DuMont's Kriminal-Bibliothek

Charlotte Matilde MacLeod wurde 1922 in Kanada geboren und wuchs in Massachusetts, USA auf. Sie studierte am Boston Art Institute und arbeitete danach kurze Zeit als Bibliothekarin und Werbetexterin. 1964 begann sie, Detektivromane für Jugendliche zu veröffentlichen, 1978 erschien der erste »Balaclava«-Band, 1979 der erste aus der »Boston«-Serie, die begeisterte Zustimmung fanden und ihren Ruf als zeitgenössische große Dame des Kriminalromans festigten.

Von Charlotte MacLeod sind in dieser Reihe bereits erschienen: »Schlaf in himmlischer Ruh'« (Band 1001), »...freu dich des Lebens« (Band 1007), »Die Familiengruft« (Band 1012) und »Über Stock und Runenstein« (Band 1019).

Herausgegeben von Volker Neuhaus

Charlotte MacLeod

Der Rauch-Salon

DuMont Buchverlag Köln

Für Josephine Webster

Alle in diesem Buch geschilderten Personen sind frei erfunden; jede Ähnlichkeit mit lebenden oder verstorbenen Personen ist daher rein zufällig.

Umschlagmotiv von Pellegrino Ritter
Aus dem Amerikanischen von Beate Felten

© 1980 by Charlotte MacLeod
© 1990 der deutschsprachigen Ausgabe by DuMont Buchverlag, Köln
3. Auflage 1991
Alle deutschsprachigen Rechte vorbehalten
Die Originalausgabe erschien 1981 unter dem Titel »The Withdrawing Room« bei Avon Books, Hearst Corporation, New York, N. Y.
Satz: Froitzheim Satzbetriebe, Bonn
Druck und buchbinderische Verarbeitung:
Leipziger Verlags- und Druckereigesellschaft mbH

Printed in Germany ISBN 3-7701-1887-1

Kapitel 1

»Verdammt nochmal, Sarah, das kannst du doch nicht machen! Was wird die Familie dazu sagen?« Cousin Dolphs Gesicht verfärbte sich purpurrot, und seine Wangen begannen vor Wut zu zittern. Wenn Dolph wütend wurde, dann geriet er wirklich außer sich.

»Wen interessiert denn schon, was die Familie dazu sagt?« brüllte Onkel Jem zurück. Jeremy Kelling war lediglich fünf Jahre älter als sein Neffe Adolphus, was für die komplizierten Familienverhältnisse der Kellings durchaus nicht ungewöhnlich war. »Mein Lebtag habe ich auf keinen von denen gehört, und ich möchte verdammt nochmal wetten, daß ich ein verdammt angenehmeres Leben geführt habe als ihr alle zusammen.«

»Pah! Du redest und redest, aber was hast du je erreicht? Wenn ich fünf Cent bekäme für jede Frau, die du –« Dolph erinnerte sich rechtzeitig, daß Sarah anwesend war, die in seinen Augen noch ein unschuldiges Kind war, trotz der Tatsache, daß sie verheiratet gewesen und inzwischen bereits verwitwet war. »Jedenfalls wäre ich dann heute bestimmt keinen Pfifferling reicher, als ich es sowieso schon bin.«

»Zum Teufel mit dir! Wenn du so stinkreich bist, warum blechst du dann nicht für Sarahs Hypothek?«

Das Purpurrot auf Adolphus Kellings Zügen vertiefte sich. »Ausgerechnet du mußt große Töne spucken! Warum läßt du denn nicht selbst was springen?«

»Weil ich den Zaster vom alten Onkel Fred schließlich nicht geerbt habe, sondern du ihn kriegst. Ich habe mein ganzes Vermögen unter die Leute gebracht, so schnell ich konnte, verpraßt und verzecht, wie es jeder vernünftige Mann machen sollte. Ich habe selber Schulden am Hals, und du brauchst gar nicht so herumzubrüllen, weil es mir sowieso schnurzegal ist. Das heißt, es wäre mir schnurzegal, wenn es dabei nicht um diese Schweinerei

5

mit den Hypotheken ginge. Sarah weiß, daß ich die Piepen auf der Stelle locker machen würde, wenn ich sie bloß hätte.«

Sarah Kelling Kelling, wenn auch um ein beträchtliches jünger und sehr viel kleiner als die beiden Kampfhähne, schaffte es, mit ihrer Stimme den Tumult zu übertönen. »Jetzt haltet endlich beide den Mund! Ich will von niemandem Geld haben. Es ist mein Problem, nicht eures. Ich – ich bin bloß dankbar, daß Alexander das alles hier nicht miterleben muß.«

So ganz entsprach das nicht der Wahrheit, und Sarahs Stimme klang auch nicht sehr überzeugend, als sie den Satz beendete. Alexander wäre bestimmt außer sich gewesen, wenn er erfahren hätte, daß seine junge Gattin, die er gut versorgt geglaubt hatte, nicht einmal mehr ein richtiges Dach über dem Kopf hatte. Daß sie ihn so plötzlich und auf so schreckliche Weise verloren hatte[*], war ein Schock, den sie noch immer nicht verwunden hatte und wahrscheinlich nie verwinden würde.

Eigentlich konnte Sarah selbst nicht verstehen, warum sie sich überhaupt die Mühe machte, Dolph und Onkel Jem in ihr Vorhaben einzuweihen. Es war im Grunde sehr viel einfacher, den ganzen Plan aufzugeben, die Hypotheken von den Banken für verfallen erklären zu lassen und sowohl das große Stadthaus in der Tulip Street als auch das viel zu große Sommerhaus in Ireson's Landing, das 20 Meilen nördlich von Boston lag, zwangsversteigern zu lassen. Dann bliebe es ihr wenigstens erspart, jeden Morgen mutterseelenallein dort aufzuwachen.

Völlig mittellos würde sie jedenfalls nicht dastehen. Sarah verfügte immer noch über das spärliche Einkommen aus dem Vermögen, das ihr der Vater hinterlassen hatte. Aber bald war sie 27 Jahre alt und in der Lage, über die ganze Summe zu verfügen, die nach der Plünderung des Kelling-Vermögens übriggeblieben war, die ihren Vater das Leben gekostet hatte. So einfach kampflos die Segel zu streichen, erschien ihr zu sehr wie ein Vertrauensbruch gegenüber Alexander und dem langen, einsamen Kampf, den er geführt hatte, um einen Teil des Vermögens für sie zu retten.

Sie hatte daher die Angelegenheit gründlich überdacht, alle Vor- und Nachteile abgewogen, und war schließlich zu einer, wie sie glaubte, klaren, vernünftigen Lösung für ihr augenblickliches

---

[*] *Die Familiengruft*, DuMont's Kriminal-Bibliothek Band 1012.

Problem gekommen. Eigentlich hätte sie wissen müssen, daß jeder Vorschlag von ihr heftige Proteste in der Familie zur Folge haben würde.

»Von Finanzen verstehst du genausowenig wie ein gottverdammter Straßenkater«, informierte Dolph gerade Jem. Keiner von beiden hatte Sarah auch nur beachtet. »Du solltest eigentlich wissen, daß ich von Onkel Freds Geld mindestens ein Jahr lang keinen Penny anrühren kann, und dann muß ich mich auch noch mit den ganzen Legaten an wohltätige Organisationen herumplagen. Wenn ich erst die Erbschaftssteuer bezahlt habe und die Spendengelder für 57 verschiedene Vereinigungen und weiß Gott was sonst noch alles lockergemacht habe, bin ich höchstwahrscheinlich verflucht viel ärmer, als ich es jetzt bin.«

Er erschrak über seine eigenen Worte. Der Gedanke daran, in die eigene Tasche greifen zu müssen, war für Dolph immer besonders schmerzhaft. »Heutzutage ist Geld sowieso verflucht wenig wert«, schloß er beleidigt.

»Eine Tatsache, die dich zur Vernunft bringen sollte, wenn du überhaupt vernünftig sein kannst, weil sie beweist, wie viel klüger ich doch war, meine Piepen rechtzeitig auszugeben, statt wie du auf dem Hintern zu hocken und ein faules Ei auszubrüten«, sagte Jeremy Kelling.

»Pah! Und was hat dir all deine Zecherei eingebracht? Bloß Leberzirrhose und eine Schwanzfeder von einem von Ann Carios Täubchen.«

»Und die fluoreszierende Quaste von Sally Keiths linker Pobacke«, fügte der Lebemann im Ruhestand sanft hinzu. »Ach, was waren das noch Zeiten, damals am Tresen im guten alten Crawford House, auf dem Sally sich wand und drehte! Da saßest du mit einer Schüssel Knabberzeug und einem Kaffee mit Cognac vor dir. Ich meine natürlich nicht dich, du vollgefressene Laus. Habe ich dir eigentlich schon von dieser Milly erzählt, die –«

»Hört endlich auf damit!« schrie seine entnervte Nichte. »Ich will nichts mehr hören von vergeudeten oder ungenutzten Jugendjahren, sondern ich möchte, daß ihr mir dabei helft, eine Fremdenpension einzurichten. Und hört gefälligst auf, mir ständig einzureden, daß ich das nicht kann, denn ich werde es trotzdem tun. Brauche ich etwa eine offizielle Genehmigung dazu oder so etwas? Dolph, du kennst doch jeden im Rathaus. Kannst du nicht deine Beziehungen spielen lassen?«

»Ja, Dolph, laß doch deine Beziehungen spielen«, sagte Jem. »Beziehungen kosten schließlich nichts. Bestechen kommt für dich ja sowieso nicht in Frage, weil du dazu verdammt zu geizig bist.«

Sein Neffe starrte ihn wütend an und beschloß, seinen Zorn hinter einer hochmütigen Miene zu verbergen. »Ich darf wohl behaupten, daß ich sehr wohl in der Lage bin, diese Formalitäten zu erledigen, wenn Sarah wirklich vorhat, diese hirnverbrannte Idee zu realisieren.«

»Es wäre wohl noch bedeutend hirnverbrannter, wenn ich der High-Street-Bank kampflos mein Geld überlassen würde, oder etwa nicht?« Immerhin war Sarah auch eine Kelling, und zwar sowohl eine gebürtige als auch eine angeheiratete, da sie einen Cousin fünften Grades geehelicht hatte. »Was soll denn so hirnverbrannt an einer Pension sein? Eine Menge ehrbarer Leute haben das gleiche getan. Zum Beispiel Mrs. Craigie.«

»Mhm. Mrs. Craigie hatte ich allerdings völlig vergessen. Das war doch die Dame aus Cambridge, nicht wahr? Und dieser Longfellow hat bei ihr gewohnt. Hat zwar bloß Gedichte verfaßt, aber seine Familie war in Ordnung, und er hat schließlich eine Appleton geheiratet. Nun ja, ich nehme an, wenn du darauf achtest, daß du die richtigen Leute –«

»Zur Hölle damit«, sagte Jeremy Kelling. »Pick dir am besten die Leute raus, die kein großes Trara um ihr Geld machen. Und dann nimm sie ordentlich aus, Sarah. Laß die Einfaltspinsel ruhig zahlen, bis sie pleite sind, für das Privileg, in einem richtigen vornehmen Herrenhaus in einer geschichtsträchtigen schönen Gegend wohnen zu dürfen und all den Mist. Trag ruhig dick auf. Ich komm' dann vorbei und spiel' den Aristokraten am Frühstückstisch.«

»Du wärst mir ein verdammt schöner Aristokrat«, höhnte Dolph. »Und was meinst du mit Frühstückstisch? Du wälzt deinen rumgetränkten Kadaver doch noch nicht einmal vor dem Mittagessen aus dem Bett. Degenerierter alter Saufsack!«

»Nie habe ich ein wahreres Wort gehört, und ich muß zugeben, daß es eine herzerfrischende Abwechslung ist, daß du mal endlich die Wahrheit sagst«, erwiderte sein Onkel mit der ausgesprochenen Höflichkeit, für die der Kelling-Clan berühmt war. »Um auf diese Pensionsgeschichte zurückzukommen, Sarah, hast du etwa tatsächlich vor, Mahlzeiten zu servieren?«

»Ich hatte eigentlich nur an Frühstück und Abendessen gedacht. Auf diese Weise kann ich bedeutend mehr Miete verlangen, und da ich sowieso daran gewöhnt bin, für eine Familie zu kochen, müßte ich es eigentlich ohne größere Schwierigkeiten schaffen.«

»Ich habe immer geglaubt, Edith hätte sich darum gekümmert«, sagte Dolph.

»Alles, was Edith jemals getan hat, war, herumzusitzen und ihre Hühneraugen zu begutachten oder sich zu beklagen, daß sie überlastet wäre.«

Die Tatsache, daß Sarah die ehemalige Hausangestellte ihrer Schwiegermutter gefeuert hatte, auch wenn es sie leider einen ganzen Monatslohn gekostet hatte, was sie sich eigentlich nicht leisten konnte, war bisher die einzige gute Seite ihrer Witwenschaft gewesen.

»Ich habe statt dessen Mariposa Fergus eingestellt. Ihr erinnert euch doch noch an diese bezaubernde junge Frau, die mir so eine Stütze und Hilfe bei der Beerdigung war? Sie und Charles werden unten in der alten Küche wohnen.«

»Und wer ist Charles?«

»Der Freund von Mariposa. Er sieht aus wie Leslie Howard und hört sich an wie eine Mischung aus Henry Higgins in *Pygmalion* und Sir Percy Blakeney in *Das scharlachrote Siegel*.«

»Woher zum Teufel willst du das wissen? Leslie Howard ist doch schon seit 1943 tot.«

»Ich habe mir immer im Brattle-Theater die alten Filme angesehen. Charles ist jedenfalls ziemlich quicklebendig, wenn man Mariposa glauben darf.«

»Mein Gott, Sarah, du kannst doch unmöglich ein Pärchen bei dir aufnehmen, daß dauernd auf der Hintertreppe Unzucht treibt! Kannst du nicht wenigstens dafür sorgen, daß sie vorher heiraten?«

»Daran würde ich nicht einmal im Traum denken. Mariposa sagt, daß sie es bereits mit dem Eheleben versucht hat und daß es unverheiratet viel mehr Spaß macht. Und Charles würde höchstens mit aristokratischem Hochmut eine Augenbraue hochziehen. Er hat die schönsten goldenen Locken, die man sich vorstellen kann, aber er wird sie sich anklatschen, wenn er als Butler auftritt. Er heißt übrigens Charles C. Charles.«

»Wobei das C. wahrscheinlich für Charles steht, nehme ich an.«

»Nein, ich glaube, es steht für Chelsea. Von dort kommt er nämlich. Er ist Schauspieler, aber er pausiert momentan.«

»Was soviel bedeutet wie arbeitslos, Dolph«, erklärte Jem. »Genau wie du.«

»Nein, nein«, sagte Sarah. »Tagsüber arbeitet Charles in einer Fabrik, und abends wird er hier für Kost und Logis als Butler auftreten. Seit *Das Haus am Eaton Place* hat er sich nichts sehnlicher gewünscht, als die Rolle von Mr. Hudson zu spielen, und er versucht gerade verzweifelt herauszufinden, ob man Rheinwein zu Perlhuhn reicht, obwohl wir das selbstverständlich hier niemals servieren werden. Aber ich kenne dafür immerhin mindestens 50 Versionen von Hühnchen und Gehacktem, und ich bin eine echte Pfennigfuchserin, wenn es um Geldsparen beim Einkauf von Lebensmitteln geht. Das mußte ich ja schließlich werden, wenn man bedenkt, was Alexander mir an Haushaltsgeld zur Verfügung stellte, auch wenn er immer nur das Beste wollte, mein armer Liebling.«

Dolph schüttelte seine Hängebacken. »Vergiß es, Sarah. Du brauchst mindestens ein Dutzend Pensionsgäste, damit es sich überhaupt rentiert, dabei gibt es bloß drei Schlafzimmer in diesem ganzen verdammten Haus.«

»Unsinn, Dolph. Da ist doch noch das andere Zimmer im Souterrain, in dem Edith ihr Schlafzimmer hatte. Ich habe mir gedacht, ich könnte es doch an einen Studenten vermieten oder so, denn er muß ja schließlich das Badezimmer mit Mariposa und Charles teilen.«

»Dafür kriegst du nie im Leben einen Pfennig Miete.«

Sarah ignorierte ihn. »Und den Rauchsalon werde ich in eine Art Privatsuite für jemanden umwandeln, der alt und reich ist und keine Treppen mehr steigen kann. Ich habe schon eine Türe zur Toilette im Flur einbauen lassen und wegen einer Duschzelle mit dem Klempner gesprochen. Den McIntire-Sekretär werde ich verkaufen, damit ich die Renovierung finanzieren kann. Der fällt doch nicht unter die Hypothek, oder?«

»Frag lieber nicht«, riet Onkel Jem.

»Und wo, wenn ich fragen darf, willst du statt dessen den Salon einrichten?« sagte Dolph spöttisch.

»Wofür zum Teufel braucht sie überhaupt einen Salon?« zischte Jeremy Kelling zurück. »Ist sowieso eine idiotische vorsintflutliche Einrichtung, damit sich die gnädigen Damen zurückziehen, auf ihren Turnüren hocken und Klatschgeschichten verbreiten konnten, während die Männer sitzen blieben und sich einen antüterten. Wenn ich anfange, alles doppelt zu sehen, sitz' ich doch lieber einem gewagten Dekolleté gegenüber als einer Säufernase mit Walroßbart darunter. Habe ich dir übrigens schon erzählt von –«

»Ganz bestimmt hast du das«, unterbrach ihn Sarah. »Aber du hast völlig recht, ich brauche wirklich keinen Salon. Ich werde die Bibliothek benutzen, was ich jetzt auch schon mache.« Der Raum mit den hohen Wänden, in dem sie sich gerade aufhielten, mit seinen zahlreichen Bücherregalen, den abgenutzten roten Samtvorhängen, dem Porträt des Kellings, der den Grundstein für das Familienvermögen gelegt hatte, über dem Kaminsims und den dunklen alten Ledersofas und Sesseln, die um den offenen Kamin standen, war bei weitem der angenehmste Raum im ganzen Haus.

»Und Tante Carolines Zimmer im ersten Stock behalte ich für mich und baue ihr Boudoir in ein Atelier um. Ich habe immerhin die ganzen Illustrationen für Harry Lackridge gemacht und bin sicher, daß ich auch von anderen Verlagen Aufträge bekomme und mir so ein bißchen Taschengeld nebenbei verdienen kann. Und im zweiten Stock sind noch die alten Zimmer von Alexander und mir mit dem Badezimmer in der Mitte, und Mariposa hat einen ihrer Schwager – ob es ein ehemaliger oder ein zukünftiger ist, weiß ich auch nicht genau – überredet, mir zu helfen, die beiden Dachzimmer wiederherzurichten, in denen früher die Hausangestellten untergebracht waren, und dort ein weiteres Badezimmer zu installieren, so daß wir insgesamt sechs Personen unterbringen können.«

»Lächerlich!« brüllte Dolph. »Und wer soll die ganzen Stufen hochkraxeln?«

»Eine ganze Menge Leute hier auf dem Hill wohnen in dreistöckigen Häusern ohne Aufzug. Und wenn ich die Zimmer nicht vermieten kann, werde ich eben selbst nach oben ziehen und den ersten Stock vermieten.«

»Mach das lieber nicht, Sarah«, sagte Jem. »Nimm dir selbst das Beste, und mach auf vornehm. Behandle sie wie Dreck, und sie werden dir aus der Hand fressen. Wenn du freundlich zu ihnen bist, werden sie dich nämlich nur schikanieren.«

»Ich gebe es höchst ungern zu«, schnaubte Dolph, »aber hier hat der alte Ziegenbock ausnahmsweise mal recht. Da mußt du

11

hart bleiben. Laß dich von keinem unterkriegen. Da fällt mir ein, wo gedenkst du dir eigentlich deine potentiellen Mieter herzuholen?«

»Ich werde wohl eine Annonce aufgeben.«

»In den Zeitungen? Um Gottes willen! Das ist doch das Allerletzte! Was würde Tante Bodie bloß –«

»Dolph!« brüllte sein Onkel. »Wenn du nicht bald aufhörst, die ganze verdammte Sippschaft hier mit hereinzuziehen, werde ich Egbert auftragen, dir anständig eine reinzuhauen.« Egbert war Jeremy Kellings Mann für alle Gelegenheiten und hatte bekanntermaßen schon bedeutend ausgefallenere Aufträge ausgeführt. »Boadicea soll bloß den Mund halten. Die würde doch sogar ihre eigenen Stiftzähne vermieten, wenn sie bloß jemand haben wollte.«

»Tante Bodie ist mir herzlich gleichgültig«, sagte Sarah. »Außerdem ist Tante Emma ganz auf meiner Seite. Wir haben die ganze Angelegenheit besprochen, als ich bei ihr zu Besuch war, nachdem – nachdem die ganze Sache damals passiert ist. Sie hatte übrigens auch die Idee, die alten Mädchenzimmer umzubauen. Ich hatte völlig vergessen, daß diese Dachzimmerchen jemals als Schlafzimmer genutzt worden sind. Sogar ein paar Decken und Bettwäsche hat sie mir mitgegeben.«

»Warum hast du das nicht gleich gesagt?« fauchte Dolph. »Tante Emma hat wenigstens Verstand im Kopf.« Das war sein höchstes Lob. »Mabel wird allerdings außer sich sein, von wegen Prinzipien, nehme ich stark an, aber wen kümmert schon, was Mabel zu sagen hat?«

»Ich habe auch schon Anora Protheroe eingeweiht«, fuhr Sarah fort. Anora war eine alte ehrbare Freundin vom Chestnut Hill. »Und sie ist äußerst erleichtert, daß ich dann hier nicht mehr allein zu leben brauche. Sie will versuchen, mir einen Mieter für den Salon zu besorgen. Ihr kennt ihn bereits, es ist Mr. Quiffen, ein alter Freund ihres Mannes, aus derselben Studentenverbindung oder so.«

»Quiffen? Muß ihn wohl irgendwann mal getroffen haben, nehme ich an. Aber ich kann mich nicht mehr an ihn erinnern. Wenn er allerdings ein dicker Freund von George ist, hat er bestimmt auch die Schlafkrankheit, also wird er dir wahrscheinlich kaum Unannehmlichkeiten machen«, säuselte Onkel Jem. »Siehst du, Sarah, so macht man das. Hier und da bei den richtigen Leuten eine kleine Bemerkung fallenlassen, und schon findest du genug Mieter. Ich werde den Clan persönlich informieren. Wie steht es übrigens mit Betten und Bettzeug? Soll ich dir so nebenbei ein bißchen was zusammenschnorren?«

»Nein, vielen Dank. Ich bin ziemlich sicher, daß ich alles Nötige aus dem Haus in Ireson's holen kann. Mr. Lomax, unser Hausmeister dort, hat einen Freund, der mir seinen Lastwagen leihen will.«

»Den braucht er zweifellos sonst, um damit Fischköpfe in die Klebstoffabrik zu karren, und todsicher werden deine Matratzen zum Himmel stinken, wenn du sie hergebracht hast«, sagte Dolph mit seinem üblichen Optimismus. »Also dann, Sarah, da du es dir offenbar in den Kopf gesetzt hast, dich selbst unglücklich zu machen, werde ich mein Bestes tun, um dir die nötigen Genehmigungen dafür zu verschaffen.«

Kapitel 2

Nach dieser Diskussion im engsten Familienkreis, wenn man dieses Gespräch überhaupt als Diskussion bezeichnen konnte, wurde Sarah aktiv. Sie ließ Mariposa noch ein paar weitere Schwäger zusammentrommeln und verkaufte den McIntire-Sekretär. Sie wußte, daß sie ihn weit unter seinem eigentlichen Preis abgab, doch sie konnte es nicht ändern. Die Rechnungen für Handwerker und Material stapelten sich, und sie brauchte unbedingt Bargeld.

Vielleicht hätte sie sich über Wasser halten können, wenn sie nacheinander sämtliche Familienerbstücke verkauft hätte, aber sie wollte mehr als nur überleben. Menschen um sich zu haben und Arbeiten zu erledigen hielt sie wenigstens davon ab, zuviel über alles nachzudenken.

Sarah wurde immer noch von einer Armverletzung behindert, die noch nicht ganz verheilt war. Sie konnte daher weder anstreichen noch tapezieren, aber sie war in der Lage, kleinere Arbeiten zu erledigen und das 1950er Studebaker-Starlite-Coupé zu fahren, das für Tante Caroline gekauft worden war und das von Alexander immer liebevoll in Schuß gehalten worden war. Den Wagen würde sie wohl auch verkaufen müssen, wenn überhaupt jemand heute noch einen Studebaker kaufen wollte. Jetzt hatte sie niemanden mehr, der ihn reparieren konnte. Hier in Boston eine Garage zu mieten und ihn versichern zu lassen, würde ihr ohnehin schon schmales Budget über Gebühr strapazieren. Sie hatte bereits den traurigen Entschluß gefaßt, den alten Wagen Ende des Jahres aus dem Verkehr zu ziehen, doch momentan hatte sie ihn noch dringend nötig.

Wenn sie nicht gerade damit beschäftigt war, ihre Arbeitstruppe zu Höchstleistungen anzuspornen, raste sie mit dem Wagen die schmalen, kurvenreichen Straßen am Beacon Hill hinab, die von langen geschlossenen Häuserreihen gesäumt wurden –

elegante oder wenigstens ehemals elegante Stadthäuser aus Backstein und rotem Sandstein mit Bulfinch-Giebeln, schmiedeeisernen Gittern und im Sommer liebevoll gepflegten Blumenkästen, die jetzt festlich geschmückt waren mit Efeu und getrocknetem Scharlachsalbei – bis hinunter an die Nordküste zu der verlassenen, mit Schindeln bedeckten viktorianischen Arche in Ireson's Landing. Dort, wo sie der Wind umtoste und das Meer in der Ferne gegen die Felsen schlug, durchstöberte sie gemeinsam mit Mr. Lomax, dem Hausmeister, ihren riesigen, leicht verwilderten Besitz und zeigte ihm die Bäume, die er fällen und verkaufen sollte. Da Brennholz momentan pro Klafter etwa 150 Dollar einbrachte, müßte der Ertrag genügen, um das Gehalt von Mr. Lomax zu bezahlen, und, so Gott wollte, blieb auch noch etwas übrig, um den anstehenden Steuerbescheid zu begleichen. Sarah und Alexander hatten schon früher erwogen, einen Teil des Landgutes zu verkaufen, aber dazu war sie momentan wegen der drohenden Prozesse nicht in der Lage. Was sie allerdings durfte und auch tat, war, das Haus zu plündern, um damit ihre leeren Schlafzimmer zu möblieren. Wenn es ihr gelingen sollte, das Landhaus im nächsten Sommer zu vermieten, mußte Mr. Lomax eben wieder den Laster ausleihen und die Betten und Frisierkommoden zurückbringen, aber bis dahin würde sie entweder genug Geld haben, um Ersatzmöbel zu finanzieren, oder ein derartiges Fiasko mit ihrer Pension hinter sich haben, daß sie hier mitten zwischen den Eichhörnchen ein Zelt aufschlagen und sich von Wurzeln und Beeren ernähren mußte.

Jede Nacht völlig erschöpft ins Bett zu sinken, hatte durchaus seine Vorteile. Sarah hatte keine Zeit, über Alexander nachzugrübeln, auch wenn sie ihn tagsüber die ganze Zeit vermißte. Ständig mußte sie die Arbeiter bei ihren weitaus wichtigeren Tätigkeiten unterbrechen und sich von ihnen dabei helfen lassen, kaputte Stühle und Kommoden instandzusetzen, Vorhänge aufzuhängen und all die kleinen Handreichungen zu verrichten, die Alexander sonst immer so perfekt und gerne erledigt hatte. Aber Charles und Mariposa bemühten sich wirklich nach Kräften, und das mußte eben jetzt genügen.

Nach dem Abendessen, wenn Sarah zu erschöpft war, um weiterzuarbeiten, zog sie sich ihre Pumps an, um ihre 160 Zentimeter etwas imposanter erscheinen zu lassen, und schlüpfte in ein schwarzes Crêpekleid ihrer Mutter, das so alt war, daß es bereits wieder modern wäre, wenn sich die feinen Ladies in Boston überhaupt um die Launen der Mode scherten, drehte ihr hellbraunes Haar zu einem Knoten, was sie ein paar Jahre älter aussehen ließ und ihrem kleinen, blassen, etwas eckigen Gesicht eine gewisse Würde verlieh, und gewährte prospektiven Mietern eine Audienz.

Jeremy Kelling hatte mit seinen Prophezeiungen völlig recht gehabt. Als die Nachricht sich erst einmal verbreitet hatte, daß eben die Sarah Kelling, die erst vor einem Monat Schlagzeilen gemacht hatte, jetzt ihr Heim zahlenden Gästen öffnen wollte, standen sich die Menschen vor ihrer Tür die Füße in den Bauch. Ihr Hauptproblem bestand darin, die Insolventen, die Unmöglichen und die Sensationslüsternen auszusortieren, die nicht die leiseste Absicht hegten, bei ihr einzuziehen, sondern sich lediglich auf keinen Fall die Gelegenheit entgehen lassen wollten, ihre Neugier zu befriedigen. Dabei verließ sie sich gänzlich auf die weltmännische Erfahrenheit ihrer Hausangestellten. Gut 80 Prozent der hoffnungsvollen Zimmeranwärter schafften es dann auch nur bis zur Vorhalle. Diejenigen, die sich weiter vorarbeiten konnten, wurden eingehend mit kühlen Blicken von einem Butler und einem Zimmermädchen gemustert. Ein gemurmeltes »Die kannst du vergessen, Schätzchen« von Mariposa vernichtete mit einem Schlag eine elegant gekleidete Dame, die eine aussichtsreiche Anwärterin auf Dolphs ererbte Gelder für wohltätige Zwecke war. Das geringste Wimpernzucken von Charles ließ verschiedene andere Bewerber ausscheiden, an deren Referenzen und Manieren es scheinbar nichts auszusetzen gab.

Sarahs Assistenten selbst traten tadellos und äußerst eindrucksvoll auf. Die beiden hatten darauf bestanden, sich selbst einzukleiden, und den Lohnscheck von Charles aus der Plastikfabrik in Kleidungsstücke umgesetzt, die ihrer Meinung nach ihrer jetzigen Stellung entsprachen. Mariposa hatte sich für ein leuchtendes Orange entschieden, um ihre hübsche Figur und lebhafte Gesichtsfarbe zu betonen, und trug dazu ein weißes Rüschenhäubchen mit langen orangefarbenen Samtbändern. Charles war das Ebenbild eines gepflegten Butlers im Haus am Eaton Place, bis hin zu seinen weißen Baumwollhandschuhen, auch wenn seine in Wirklichkeit aus pflegeleichtem Nylon waren, die ihm seiner Ansicht nach auch Mr. Hudson verziehen hätte, da Mariposa sich weigerte, sie für ihn zu waschen, und er dies selbst zu erledigen hatte. Seine Aufmachung stammte von einem Kostümverleiher und war ursprünglich mit gewissen Verzierungen versehen gewesen, doch Sarah hatte ihn überredet, das rote Band und die Orden zu entfernen und aufzuheben, bis er entweder zum Botschafter ernannt würde oder eine Nebenrolle in *Die lustige Witwe* erhielte.

Zweifellos trug die Dienstkleidung der beiden dazu bei, daß ihr Haushalt an Ansehen gewann. Der bloße Anblick von Charles in seiner prächtigen Livree genügte, um die meisten nicht in Frage kommenden Personen zu entmutigen. Diejenigen, die schließlich doch die Barrikaden erstürmten, von Charles mit allen Formalitäten angekündigt wurden und dann ein winziges Gläschen Sherry angeboten bekamen, das Mariposa mit wehenden Häubchenbändern auf einem Silbertablett servierte, waren weitaus weniger in Gefahr, bei den von Sarah genannten Preisen auch nur mit der Wimper zu zucken.

Die drei hatten gemeinsam beschlossen, daß es leichter und noch dazu, wie Charles sich ausdrückte, eine niveauvollere Vorstellung sein würde, wenn die Darsteller der zukünftigen Mieter alle an ein und demselben Tag vorsprachen, statt sie alle nacheinander einzeln antrudeln zu lassen. Da es aus finanziellen Gründen lebenswichtig war, diesen Zeitpunkt so früh wie möglich festzulegen, begann das Haus in der Tulip Street auszusehen wie der Schauplatz in einem Keystone-Cops-Film, in dem Menschen mit unglaublicher Geschwindigkeit überall herumschwirren.

Sarah entwickelte ungeahnte Fähigkeiten, Leute zur Arbeit anzutreiben. Sobald sie erschöpft war, wurde sie bereitwillig von Jeremy Kelling abgelöst. Wohl weil er sie so schikanierte oder weil sie es vielleicht einfach nicht mehr ertragen konnten, wie er in einer weiteren Erinnerung schwelgte, machten die diversen Klempner, Schreiner, Elektriker und Anstreicher nahezu übermenschliche Anstrengungen, damit sie ihre Termine auch tatsächlich einhalten konnten.

Cousin Dolph hatte ebenso prompt reagiert und sich zweifellos bei der Beschaffung der benötigten Lizenz noch weitaus unbeliebter gemacht, als er schon war. Dank der Masse der Wohnungsinteressenten hatte Sarah bereits alle Mieter ausgewählt, noch bevor der letzte Nagel eingeschlagen und der letzte Vorhang aufgehängt war.

Mrs. Theonia Sorpende würde Sarahs ehemaliges Zimmerchen beziehen. Mrs. Sorpende war eine stattliche, attraktive Dame mittleren Alters mit dunklem Teint, beinahe überwältigender Kultiviertheit und unbeschreiblicher Eleganz, die über einen erstaunlich ausgeprägten trockenen Humor verfügte. Sie sagte, die beiden Treppen würden sie nicht im geringsten stören, und fügte dann mit einem bedauernd-amüsierten Blick auf ihre junonischen Formen hinzu, daß ihr ein wenig Bewegung ganz sicherlich nicht schaden würde. Sie war verwitwet und trug dementsprechend ein einfaches schwarzes Kleid und einen schwarzen Mantel, hatte allerdings ihre düstere Garderobe mit einem weinroten Samtturban und dazu passenden Handschuhen und passender Tasche aufgelockert. In Boston kannte sie anscheinend kaum jemanden und beabsichtigte, ein zurückgezogenes Leben zu führen. Als Referenz gab sie den Namen von Mrs. G. Thackford Bodkin an, die eine Freundin von Tante Marguerite in Newport war. Da Mariposa hinter dem Rücken der Dame zustimmend gestikulierte und auch Charles sich soweit vergaß, daß er seinem Mund ein nachdrückliches »Große Klasse!« entschlüpfen ließ, verzichtete Sarah darauf, bei Mrs. Bodkin nachzufragen, und akzeptierte Mrs. Sorpende auf der Stelle.

In Alexanders ehemaliges Zimmer sollte eine gewisse Miss LaValliere einziehen, die wahrscheinlich weniger zurückgezogen zu leben gedachte. Auch bei ihr erübrigten sich Nachforschungen, da ihre Großmutter nur einen Katzensprung entfernt lebte und gemeinsam mit Tante Caroline diversen Komitees vorgestanden hatte. Möglicherweise war sie ganz attraktiv, wenn man von ihrer krausen Haarpracht absah und sich die Gewänder wegdachte, die so geschmacklos waren, daß sie bestimmt hochmodisch waren. Sarah hoffte nur, daß die Mode sich möglichst bald ändern würde.

Miss LaValliere war vom Karrierevirus befallen und nahm an einem Wirtschaftskursus am Katy-Gibbs-Institut teil, einer berühmten Berufsschule für Töchter aus besserem Hause, was gleichzeitig eine gute Entschuldigung war, endlich von ihren strengen Eltern in Lincoln wegzukommen. Natürlich hätte sie am liebsten ein eigenes Apartment im Zentrum von Boston gehabt, und Mrs. Kellings Pension war nur ein Kompromiß, dem die Familie zugestimmt hatte, der aber den fortschrittlichen Vorstellungen einer Neunzehnjährigen kaum entsprechen konnte, doch das junge Mädchen nahm die Entscheidung gelassen hin. Im großen und ganzen schien sie ganz nett zu sein. Sarah konnte sich zwar nicht daran erinnern, daß sie sich selbst irgendwann in ihrem Leben einmal mit so beeindruckender Geschwindigkeit von einer Frau mit einem äußerst überlegenen Auftreten in ein Wesen mit heftigen Kicheranfällen verwandelt hätte, aber in Jennifers Alter war sie auch bereits eine verheiratete Frau mit zwei großen Häusern gewesen, um die sie sich kümmern mußte, und hatte sich mit einer blinden, tauben, tyrannischen Schwiegermutter herumschlagen müssen.

Auf der obersten Etage sollte Mr. Eugene Porter-Smith einziehen, ein gesetzter Herr von etwa 27 Jahren. Er erinnerte Sarah lebhaft an die Ballade von W. S. Gilbert über das altkluge Baby, obwohl er keineswegs ein flinker kleiner Schurke war wie das verrufene Kleinkind und sicherlich auch nicht die Gefahr bestand, daß er als entkräfteter alter Tattergreis weit vor seiner Zeit abtreten würde. Er arbeitete als Buchhalter für Percival, Sarahs Cousin dritten Grades. Percival verbürgte sich dafür, daß er ein Muster an Rechtschaffenheit war, und Percy war ein Spezialist, was Rechtschaffenheit betraf. Außerdem war Mr. Porter-Smiths Hobby, wie er sagte, das Bergsteigen, was er eindrucksvoll unter Beweis stellte, indem er in atemberaubendem Tempo alle drei Treppen hochstürmte, ohne auch nur ein einziges Mal zu verschnaufen.

Mr. Porter-Smith sah mit seinem gepflegten Dreiteiler und seinem sandfarbenen Haar, das er mit Brillantine aus seinem schmalen Gesicht nach hinten gekämmt hatte, durchaus annehmbar aus; sein Gesicht war weder besonders häßlich noch besonders attraktiv, es befand sich lediglich dort, wo es hingehörte. Ansonsten war er drahtig und eher hager, etwa 1,73 Meter oder 1,75 Meter groß und hatte scharfe, wachsame Augen. Mr. Porter-Smith war ganz offensichtlich ein Mann, der den Dingen gern auf den Grund ging; fragte man ihn etwas zu einem beliebigen Thema, gab er mühelos Informationen von großer Detailfülle von sich, so daß in Sarah der Verdacht erwachte, er könne möglicherweise in seiner Freizeit die *Encyclopedia Britannica* lesen, was wiederum ein Hobby war, gegen das man als Vermieterin nicht das geringste einwenden konnte.

Das andere Dachzimmer wurde Professor Oscar Ormsby zur Verfügung gestellt, einem untersetzten, stark behaarten Herrn um die 50, der mit Vorliebe haarige Tweedanzüge und Rollkragenpullover trug und am Massachusetts Institute of Technology, das sich auf der anderen Flußseite befand, Aerodynamik unter-

19

richtete. Als Sarah sich dafür entschuldigte, daß das Zimmer so hoch oben lag, knurrte er bloß: »Ist mir gar nicht aufgefallen.«

Damit erschöpften sich aber auch schon seine Mitteilungen, mit Ausnahme eines weiteren Knurrens, mit dem er das Ausschreiben seines Schecks für die erste Monatsmiete begleitete, denn die Miete war im voraus zu entrichten, und Charles und Mariposa hatten Sarah eingebläut, auf jeden Fall auf dieser Zahlungsart zu bestehen. Dann erkundigte er sich, was passieren würde, wenn er sich einmal nicht zu den Mahlzeiten einfände.

Auf diese Frage hatten sich Sarah und Mariposa bereits vorbereitet. »Wenn Sie uns zeitig genug Bescheid sagen, daß Sie erst spät zurückkommen, können wir Ihnen etwas zu essen warm halten. Falls Sie vorher nicht anrufen, können Sie nach Ihrer Rückkehr in die Küche an den Kühlschrank gehen und sich selbst einen kleinen Imbiß zubereiten. Falls Sie außerhalb essen, können wir Ihnen zwar das Geld nicht zurückerstatten, aber dafür dürfen Sie dann innerhalb der nächsten vier Wochen einmal kostenlos einen Gast zum Essen mitbringen, was Sie uns allerdings selbstverständlich vorher mitteilen werden. Falls Sie keine Mahlzeit ausgelassen haben und trotzdem einen Gast mitbringen möchten, müssen Sie zehn Dollar bezahlen. Im voraus«, fügte sie hinzu, da Charles hinter dem Rücken des Professors verzweifelt gestikulierte.

Onkel Jem hatte Preise festgesetzt, die zwar nicht gerade niedrig lagen, aber bei weitem günstiger waren, als wenn man ein Apartment mietete oder im Hotel lebte und im Restaurant essen mußte. Von den Einnahmen mußten zwar Lebensmittel, Gehälter, Strom, Wasser und anfallende Reparaturen bezahlt werden, aber Sarah nahm an, daß sie es bei sorgfältiger Kalkulation und mit Hilfe ihres kleinen monatlichen Nebeneinkommens durchaus schaffen konnte, bis sie wußte, was die Bank vorhatte.

Das Zimmer im Kellergeschoß war das einzige, das noch nicht vermietet werden konnte. Sarah war sich nicht ganz darüber im klaren, wem sie es geben sollte. Inzwischen hatte sie die Idee, es einem Studenten zu überlassen, wieder verworfen. Möglicherweise würde es ihm zwar nichts ausmachen, das winzige Bad mit dem Zimmermädchen und dem Butler zu teilen, und wahrscheinlich würde er auch nichts gegen deren zuweilen etwas ausgefalleneres Verhalten hinter der Bühne einzuwenden haben, da Charles ja schließlich nicht ununterbrochen Mr. Hudson mimen konnte. Nicht auszudenken allerdings, wenn der neue Mieter den eher unkonventionellen Ton noch verstärken würde. Ihre anderen Gäste bezahlten schließlich für ein erstklassiges Etablissement, und genau das wollte sie ihnen auch bieten. Sie mußte eben auf einen passenden Mieter warten, wer auch immer er sein mochte.

Wenn sie das nicht tat, würde Mr. Quiffen zweifellos für Ärger sorgen.

Barnwell Augustus Quiffen, der alte Studienkamerad von George, hatte sich im Salon eingenistet. Anora und George hatten ihn persönlich hergebracht, damit er sich das Haus ansehen konnte. Seit Jahren war es das erste Mal gewesen, daß sie zu Besuch gekommen waren, und Sarah konnte sich den Gedanken nicht verkneifen, daß sie fern vom ständig prasselnden heimischen Kaminfeuer wie zwei verirrte Zwergelefanten aussahen. Beide trugen weite graue Tweedkleidung, und aufgrund von Georges üppigen Fettpolstern und Anoras kurzem grauen Haar und ihren weißen Stoppeln um Kinn und Mund war für Außenstehende nur schwer feststellbar, wer von beiden nun der Mann und wer die Frau war.

Barnwell Quiffen sah aus wie Rumpelstilzchen und war genau wie dieser äußerst kampflustig. Er sah sich wütend in dem zauberhaft geschnittenen, geräumigen Zimmer um, rümpfte die Nase über Anoras bewundernde Ausrufe, mit denen sie Sarahs hervorragende Renovierungskünste lobte, und schnaubte: »Noch nicht mal ein Schreibtisch! Ich wußte ja gleich, daß es reine Zeitverschwendung sein würde herzukommen. Das geht natürlich nicht! Ohne Schreibtisch kann ich hier unmöglich leben!«

»Besorg ihm doch einen Schreibtisch, Sarah«, sagte George schläfrig.

»Stell dich nur nicht so an, Barney«, sagte Anora. »Sarah, Barney braucht einen Schreibtisch, um seine giftigen Briefe aufzusetzen. Du hast doch einen in der Bibliothek, wenn ich mich nicht irre? Dort brauchst du ihn doch eigentlich gar nicht, oder?«

»Nein«, stammelte Sarah. »Ich habe mir schon überlegt, wo ich ihn –«

»Hervorragend. Dann nimmst du den kleinen Tisch hier heraus und stellst statt dessen den Schreibtisch ins Zimmer. Mach schon, Barney, Tantchen Anora hat einen schönen, großen, wunderbaren Schreibtisch für dich, an dem du dir wichtig vorkommen kannst. Zeig ihm das Ding, Sarah.«

Gemeinsam marschierten sie durch den Flur in die Bibliothek und inspizierten höchst ernsthaft den hübschen stabilen Schreibtisch aus Walnußholz, hinter dem früher Alexanders Vater und vor ihm dessen Vater gesessen hatte. Der Gedanke, ihn jetzt diesem wichtigtuerischen kleinen Mann zu überlassen, behagte Sarah zwar überhaupt nicht, aber offenbar hatte sie in dieser Angelegenheit wenig zu sagen. Andererseits mußte sie ihn sowieso hier herausnehmen, sonst hatten ihre Mieter keinen Platz zum Sitzen.

Quiffen gab knurrend zu, daß der Schreibtisch brauchbar sei, fragte jedoch nach dem dazu passenden Aktenschrank. Für seine wichtige Korrespondenz brauche er unbedingt einen Aktenschrank.

»Besorg ihm schon einen Aktenschrank«, brummte George.

»Hier ist ja schon einer«, sagte Anora. »Was ist denn da drin, Sarah? Wahrscheinlich der ganze alte Komiteekram von Caroline. Schmeiß das Zeug doch einfach weg.«

Auf diese Weise kam Mr. Quiffen an den Aktenschrank für seine wichtige Korrespondenz, die, wie Sarah sich vage erinnerte, hauptsächlich aus Leserbriefen bestand und sich vor allem damit beschäftigte, was irgend jemand falsch gemacht hatte und was in Boston und um Boston herum alles nicht stimmte. Wenn auf dem Cleveland-Circle-Bahnsteig eine Glühbirne flackerte, wenn es eine rote Tulpe wagte, sich im Park an einer Stelle zu zeigen, an der nur gelbe Tulpen vorgesehen waren, wenn (was höchst unwahrscheinlich war) ein Posaunist im Boston Symphony Orchestra ein B blies, das einen Halbton zu hoch war, war Barnwell Augustus Quiffen sofort zur Stelle, griff nach dem Füllhalter und bedauerte, darauf aufmerksam machen zu müssen.

Als Mariposa schließlich den Tee servierte – Charles war zu diesem Zeitpunkt noch in der Fabrik –, taute Mr. Quiffen genügend auf, um aus seinem Familienstammbaum zu zitieren, woraufhin Anora brüllte: »Sie will dich doch nicht als Zuchthengst einstellen, Barney. Trink deinen Tee, und laß das arme Mädchen in Ruhe. Sie wird noch genug auszuhalten haben, wenn du erst mal eingezogen bist.«

Sarah vermutete, daß dies wohl mehr als wahrscheinlich war. Der alte Barnwell Augustus ging ihr bereits stark auf die Nerven. Allerdings führte seine Bereitschaft, auf der Stelle den Scheck für die vereinbarte Vorauszahlung der Monatsmiete auszufüllen, die dank der arithmetischen Künste von Onkel Jem ziemlich hoch ausfiel, bei ihr zu dem Entschluß, den alten Herrn vielleicht doch ganz akzeptabel zu finden. Da die Protheroes es immerhin geschafft hatten, all die Jahre lang mit ihm befreundet zu sein, mußte er wohl auch seine angenehmen Seiten haben. Für den Fall, daß sie diese Seiten nicht entdeckte, konnte sie sich zumindest darauf verlassen, daß Anora ihn zurechtstauchte, wenn er zu sehr über die Stränge schlug.

Kapitel 3

Allen guten Absichten der Beteiligten zum Trotz dauerten die Renovierungsarbeiten doch länger als erwartet. Die Arbeiten, mit denen sie Ende November angefangen hatten, waren noch lange nicht beendet, als sie feststellte, daß die Feiertage, vor denen sie sich so gefürchtet hatte, vor der Tür standen. Um so besser. Was auch immer ihre zahlreichen Verwandten von ihrem Vorhaben halten mochten, wobei Dolphs Reaktion noch zu den höflichsten gehört hatte, man konnte ihr keinen Vorwurf daraus machen, daß sie die vielen sicherlich wohlgemeinten Einladungen ihrer Pflichten wegen ausgeschlagen hatte. Keiner konnte von einer Frau, die gerade erst Witwe geworden war, fröhliche Karten oder Geschenke erwarten. Sie aß ein schwer verdauliches Weihnachtsessen mit Tante Appie und Onkel Samuel in Cambridge und verbrachte ein erstaunlich ausgelassenes Silvesterfest in der Pinckney Street zusammen mit Onkel Jem, Egbert und Dolph, der vom Champagner einen Schwips bekam und alles aus Kiplings *Gunga Din* zitierte, an was er sich noch erinnern konnte – es war glücklicherweise nicht besonders viel.

Am Sonntag, den zweiten Januar, kehrte Mariposa die letzten Konfettireste weg. Am Montag, dem dritten Tag des neuen Jahres, das wohl kaum schlimmer werden konnte als das verflossene, fand sich Sarah am Kopfende ihres Eßzimmertisches wieder, wo sie das schieferblaue Abendkleid und Granny Kays Brosche mit dem Eisvogel trug und als offizielle Hausherrin ein Essen serviert bekam, das sie selbst in ihrer privaten Köchinnenrolle zubereitet hatte. Bedient wurde sie von Charles, der sich selbst übertraf in seiner Rolle als perfekter schottischer Butler in einem noblen englischen Herrenhaus.

Sarah selbst kam die ganze Inszenierung vollkommen unecht vor, doch ihre Gäste schien die Szene zu überzeugen. Alle, mit Ausnahme von Professor Ormsby allerdings, der weiterhin mit seinem haarigen Tweedanzug und dem braunen Rollkragenpullover bekleidet war, hatten sich zur Feier des Tages in Schale geworfen. Mr. Quiffen erschien formvollendet im Smoking. Seine Kleidung war vermutlich noch älter als Sarahs Gewand, da er offenbar zu dem Menschenschlag gehörte, der es strikt ablehnte, irgend etwas wegzuwerfen, das sich noch tragen ließ, lediglich weil es ein paar Jahrzehnte aus der Mode war.

Mr. Porter-Smith dagegen hatte sich in einen weinroten Smoking geworfen, dessen Satinrevers breit und glänzend genug waren, um darauf eislaufen zu können. Die Krönung bildeten eine passende Fliege, die in Größe und Farbgebung stark an einen Amazonasschmetterling erinnerte, und ein rosa Rüschenhemd.

Doch selbst er verblaßte im Vergleich zu Mrs. Sorpende. Sie war wie gewöhnlich ganz in Schwarz und trug ein langärmeliges, langes Gewand aus mattem Crêpe, das hauteng auf ihre zwar üppigen, aber keineswegs unattraktiven Formen zugeschnitten war. Darüber hatte sie kunstvoll einen smaragdgrünen Chiffonschal drapiert, der ihren tiefen Ausschnitt zwar verschleierte, jedoch immer noch durchschimmern ließ. In ihrem sorgfältig frisierten Haar trug sie eine Aigrette aus grünen Straußenfedern und ein Arrangement aus Juwelen, die, wenn sie echt gewesen wären, Sarah allen Anlaß gegeben hätten, sich vor Einbrechern zu fürchten.

Charles bemühte sich zwar, die korrekte Haltung zu bewahren, aber Sarah konnte spüren, wie er es innerlich genoß, einer Dame von solcher Weltklasse die Cracker zu reichen. Professor Ormsby blickte zufällig von seiner Suppe hoch und konnte die Augen nicht mehr abwenden. Zweifellos bedeutete Mrs. Sorpendes verführerisch drapiertes Mieder eine willkommene Abwechslung von seinen Windkanälen.

Die arme Miss LaValliere, die eigentlich ein ganz hübsches Kind war, trotz der Tatsache, daß sie ihr Kraushaar zu einer Art Frisur gebändigt hatte, wie sie die frühen Andrew Sisters getragen hatten, wurde völlig in den Schatten gestellt. Sie trug ein recht einfallsloses, aber indiskretes schlauchartiges Etwas aus irgendeinem enganliegenden Material, doch nicht einmal Charles machte sich die Mühe, in ihr freiliegendes Dekolleté zu spähen, da es offenbar der Mühe nicht wert war. Vielleicht versuchte sie, dagegen zu protestieren, daß Frauen als reine Sexualobjekte betrachtet wurden, dachte Sarah. In diesem Fall hätte sie kaum zu einem wirksameren Mittel greifen können.

Wie dem auch war, Jennifer LaValliere trug immerhin dazu bei, daß sich die zuschußbedürftige Kasse des Kelling-Haushaltes wieder füllte, und es war Sarahs Pflicht, das Mädchen bei Laune zu halten. Sie begann daher ein freundliches Gespräch mit ihr, an dem sich auch Mrs. Sorpende und Mr. Porter-Smith beteiligten. Daß Miss LaValliere plötzlich im Mittelpunkt des Interesses stand, verärgerte allerdings Mr. Quiffen, der anfing, sich wie ein äußerst verwöhntes großes Kind zu gebärden. Ihre Rolle als Pensionswirtin war offenbar wesentlich vielschichtiger, als Sarah es sich vorgestellt hatte.

Glücklicherweise kam ihr die Erfahrung zugute, die sie bei zahlreichen heiklen Familientreffen gesammelt hatte. Sie beschwichtigte den alten Herrn, indem sie ihm Gelegenheit gab, sie mit einer gehässigen Tirade gegen die Metropolitan Boston Transit Authority, die hiesigen Verkehrsbetriebe, zu Tode zu langweilen. Offenbar war er ein häufiger Fahrgast, wenn auch nur, so schien es, aus dem alleinigen Grund, eventuelle Schwachstellen festzustellen. Die Geschichte, daß er eine halbe Stunde lang in einem Straßenbahnwagen vor der Kenmore-Station eingeschlossen gewesen war, und das am ersten heißen Sommertag, noch dazu ohne Klimaanlage, während die Straßenbahnheizung auf Hochtouren lief, hätte wohl einen stärkeren Eindruck hinterlassen, wenn er sie acht Monate früher losgeworden wäre. Dennoch ertrug Sarah mit einem Gesichtsausdruck höchster Aufmerksamkeit, einem gelegentlichen Kopfschütteln und einigen gemurmelten Einwürfen, die Mr. Quiffen nach Belieben interpretieren konnte, geduldig sein Gejammere und Geknurre.

In Wirklichkeit hatte sie die meiste Zeit keinen blassen Schimmer, worüber er überhaupt redete. Ihre Gedanken kreisten vielmehr darum, ob das Bœuf Stroganoff wohl reichen würde, bis jeder eine hinlängliche Portion davon genommen hatte. Sie hatte bisher nicht gewußt, daß Aeronautikprofessoren derart zulangen konnten. Dank der unermüdlichen Beinarbeit von Charles konnte das Unheil gerade noch abgewendet werden. Als Professor Ormsby bei seiner zweiten Portion bedeutend mehr Nudeln und recht wenig Rindfleisch erhielt, schien er es nicht zu bemerken, sondern schaufelte die letzte Gabelladung mit dem gleichen gesegneten Appetit in sich hinein wie die erste.

Zum Nachtisch gab es hausgemachten Apfelkuchen. »Die Äpfel stammen von unseren Bäumen in Ireson's Landing«, erklärte

Sarah der Gesellschaft, woraufhin wie erwartet ein bewunderndes Gemurmel ertönte. Was die Pensionsgäste allerdings kaum ahnen konnten, war, daß sie vor Ende des Winters noch mehr als genug von diesen Äpfeln verspeisen würden. Sobald sie klar genug hatte denken können, um für die Eröffnung der Pension die nötigen Vorbereitungen zu treffen, hatten Sarah und Mr. Lomax nämlich sämtliche Äpfel aufgesammelt, die noch zu verwerten gewesen waren.

Als sie fertig gegessen hatten, führte Mr. Porter-Smith wie ein echter Gentleman alter Schule die Serviette an seine Lippen und sagte haargenau das, was Sarah auch von ihm erwartet hatte: »Kompliment an den Koch.«

Ohne auch nur mit der Wimper zu zucken, erwiderte Charles: »Vielen Dank, Sir. Ich werde es dem Küchenpersonal ausrichten.«

Sie begaben sich zuerst in die Bibliothek, um dort ihren Kaffee einzunehmen, und zogen sich dann wieder auf ihre Zimmer zurück, und Sarah ging nach oben, um ihr Kleid auszuziehen und dann zusammenzubrechen. Die erste große Hürde war überwunden.

Den Rest der Woche war Sarah genauso beschäftigt, wie sie es vor der Eröffnung der Pension gewesen war. Jetzt mußte sie die individuellen Bedürfnisse und Marotten ihrer Pensionsgäste herausfinden, die Speisekammer auffüllen, darüber nachdenken, wie sie Professor Ormsby satt bekommen sollte, und es fertigbringen, noch dazu einen Gewinn in der Haushaltskasse zu verbuchen. Da es ihm offenbar völlig gleichgültig zu sein schien, was er zu sich nahm, solange nur die Portionen möglichst groß ausfielen, war das nicht weiter schwierig.

Was die anderen Gäste betraf, so neigte Jennifer LaValliere dazu, wie ein Vögelchen zu essen, und Mrs. Sorpende sagte immer, eigentlich dürfe sie ja nicht, aß dann aber trotzdem. Mr. Porter-Smith war von Charles ausgezeichneten Manieren und dem Kellingschen Silberbesteck und Porzellan derart hingerissen, daß er zweifellos auch ein Scheibchen von einem alten Stiefel mit Genuß verspeisen würde, wenn man es ihm nur elegant genug servierte. Mr. Quitten stopfte sich voll, stierte in die Runde, um festzustellen, ob auch kein anderer eine bessere Portion als er selbst erwischt hatte, fing mit jedem, der sich provozieren ließ, Streit an und machte sich bei jeder Gelegenheit höchst unbeliebt.

Es war ein großer Fehler gewesen, sich von den Protheroes dazu überreden zu lassen, Georges alten Freund als Pensionsgast aufzunehmen. Noch schlimmer war, daß es nicht nötig gewesen wäre. Lediglich einen Tag, nachdem sie dazu gedrängt worden war, sich Barnwell Augustus Quiffen aufzuhalsen, hatte sie nämlich William Hartler aufgesucht.

Mr. Hartler war genauso fröhlich wie Mr. Quiffen widerlich, was wohl für sich sprach. Er strahlte und kicherte und erwähnte die entzückenden Partys bei Tante Marguerite, wo sie sich auch kennengelernt hatten, und Sarah erinnerte sich, daß es eigentlich an Mr. Hartler gelegen hatte, daß die betreffenden Zusammenkünfte weniger schrecklich gewesen waren als sonst üblich.

Damals war er stets in Begleitung seiner Schwester gewesen. Sarah erinnerte sich vage an eine sanfte, hingebungsvolle Seele, die noch kleiner und beträchtlich dünner war als er. Sie hieß Joanna, doch William und sie hatten sich immer mit irgendwelchen lächerlich kindlichen Kosenamen angeredet, auch wenn sie beide bereits 70 waren oder zumindest auf die 70 zugingen. Sie hatte ihren Bruder vergöttert, und Sarah hatte den Eindruck gehabt, daß sie ihm den Haushalt führte, da sie beide, jedenfalls soweit sie wußte, unverheiratet waren. Warum aber war William jetzt allein?

»Oh, Joanna hat sich aus dem Staub gemacht«, berichtete Mr. Hartler. »Sie hat mich sitzenlassen, um mit einer alten Freundin aus dem Internat den Winter in Rom zu verbringen. Tut ihr sicher gut, mal zur Abwechslung von hier wegzukommen. Aber für mich ist es ganz schön scheußlich, das kann ich Ihnen sagen. Wir haben unsere Wohnung in Newport verkauft und für unsere Sachen ein Lager gemietet. Wir haben vor, uns in Boston ein Apartment zu suchen, wenn sie wieder zurück ist. In der Zwischenzeit hocke ich jetzt hier allein herum und komme vorn und hinten nicht zurecht. Ich habe es schon mit einem Hotel ausprobiert, aber das hat mich ein Vermögen gekostet, also hause ich jetzt in einem Zimmer drüben in der Hereford Street, was bedeutet, daß ich mich ständig in Restaurants schleppen muß, wenn ich etwas essen möchte. Spaß macht das überhaupt keinen. Hier bei Ihnen zu wohnen wäre geradezu ideal. Gute Verpflegung, nette Gesellschaft, schönes Haus, Erdgeschoß. Ich darf nämlich keine Treppen steigen, wissen Sie. Soll angeblich mein Herz sein, sagt jedenfalls der Arzt. Ansonsten bin ich topfit.«

Sarah glaubte es ihm. Mr. Hartler hätte ohne weiteres das Modell für das Bild vom Nikolaus von Thomas Nast sein können, den richtigen Bauch und das Zwinkern besaß er schon, allerdings war er glattrasiert und rauchte keine Pfeife und war alles in allem genauso ein gepflegter, feiner Gentleman, wie sich eine Pensionswirtin einen Pensionsgast für ihren Salon nur wünschen konnte.

»Und für meine Arbeit wäre es auch ideal gewesen«, seufzte er.

»Ihre Arbeit?« fragte Sarah überrascht.

»Ehrenamtlich, natürlich, aber trotzdem ziemlich wichtig. Außerordentlich wichtig sogar! Ich suche nach Gegenständen für den Iolani-Palast, der ja restauriert werden soll. In Honolulu, wissen Sie.«

»Zufällig habe ich tatsächlich davon gehört. Edgar Driscoll hat vor einiger Zeit eine faszinierende Titelgeschichte dazu im Bostoner *Globe* herausgebracht, und wir bekamen damals, als mein Mann noch lebte, einen Brief, in dem man anfragte, ob wir nicht etwas vom Besuch der königlichen Hoheiten im Jahre 1887 hätten, das wir stiften könnten.«

»Und hatten Sie?« rief Mr. Hartler höchst interessiert.

»Nichts Besonderes. Königin Kapiolani und Prinzessin Liliuokalani haben nie bei uns gewohnt, sie sind allerdings einmal nachmittags zum Tee hergekommen.«

»Sie waren hier? In diesem Zimmer?«

»Leider nein. Sie haben in unserem offiziellen Salon gesessen.«

»Mrs. Kelling, könnte ich diesen Raum wohl sehen? Nur für eine Sekunde?«

Sarah schüttelte den Kopf. »Es tut mir schrecklich leid, aber das geht nicht, weil er gar nicht mehr existiert. Ich mußte ein Schlafzimmer daraus machen. Es wäre Ihr Zimmer geworden, wenn Sie nur ein wenig eher gekommen wären.«

Einen Moment lang dachte Sarah, daß Mr. Hartler in Tränen ausbrechen würde.

»Ich fühle mich genauso, als hätte mir der heilige Petrus das Himmelstor vor der Nase zugeschlagen«, sagte er mit einem kläglichen Lächeln. »Wenn ich mir vorstelle, daß ich in genau demselben Zimmer geschlafen hätte, in dem diese beiden wunderbaren, faszinierenden Damen gesessen und Tee getrunken haben! Mrs. Kelling, ich bin am Boden zerstört, einfach am Boden zerstört. Ich hoffe bloß, daß der glückliche Mensch, der jetzt in diesem Zimmer wohnt, sein großes Glück zu würdigen weiß. Handelt es sich zufällig um jemanden, den ich kenne?«

»Er heißt Quiffen und ist ein Freund der Protheroes. Sie kennen die beiden doch sicher?«

»Ja, die Protheroes kenne ich, allerdings nur flüchtig. Aber Quiffen? Nein, der Name sagt mir überhaupt nichts. Vielleicht könnte ich es so einrichten, daß ich irgendwie seine Bekanntschaft mache«, fügte er hinzu und lebte wieder ein wenig auf. »Wenn ich ihm erkläre, was es für mich bedeutet – er ist nicht zufällig ein klein wenig korrupt oder bestechlich?«

Er sagte dies mit einem spitzbübischen Lächeln, aber Sarah war sich nicht sicher, ob es ihm nicht doch ernst damit war. »Das glaube ich kaum«, sagte sie bestimmt. »Mr. Quiffen ist sehr wohlhabend, und er scheint mit dem Zimmer vollauf zufrieden zu sein. Jedenfalls momentan.«

Mr. Hartler ging auf diese kleine Bemerkung, die sie sich nicht hatte verkneifen können, sofort ein. »Ah, wenn Sie denken, daß auch nur die kleinste Chance für mich besteht, vergessen Sie mich bitte nicht, ich flehe Sie an. Im Harvard Club weiß man immer, wo ich zu finden bin. Sie können ruhig bei der Telefonzentrale eine Nachricht für mich hinterlassen. Sehr nette Leute da. Äußerst entgegenkommend. Sie sind sich ganz sicher, daß es sinnlos wäre, diesem Mr. Quiffen die näheren Umstände zu erklären?«

»Absolut sicher. Wenn ich Sie wäre, würde ich es auf keinen Fall versuchen, Mr. Hartler.«

Wenn der alte Barnwell Augustus herausfand, daß jemand anders an seinem Zimmer derart interessiert war, würde er sich aus purer Bösartigkeit wie ein Dachs darin vergraben, und sie würde ihn niemals wieder loswerden. So konnte man zumindest noch hoffen und beten.

Kapitel 4

Sarah hatte die angenehme Sitte eingeführt, ihre Pensionsgäste täglich eine halbe Stunde vor dem Abendessen in der Bibliothek zum Sherry zu versammeln und mit ihnen zu plaudern. Dies wirkte sich positiv auf die Laune bei Tisch aus, sorgte dafür, daß alle pünktlich erschienen, und gab Charles eine Atempause, um aus seiner Arbeitskleidung in sein Butlerkostüm zu schlüpfen. Ein weiterer Vorteil bestand darin, daß man den Appetit der Leute mit einigen billigen, aber sättigenden Horsd'œuvres dämpfen konnte, wenn die Hauptmahlzeit ein kleines bißchen mager ausfiel, wie es beispielsweise an diesem Tag der Fall war.

Mariposa glitt mit einem Tablett durchs Zimmer, das mit Sarahs köstlichem, heißen und erstaunlich preiswerten Käsegebäck beladen war. Sarah goß Mrs. Sorpende Wein aus einer Karaffe aus geschliffenem Glas ein, die sie ursprünglich hatte verkaufen wollen, die ihr aber jetzt sehr gelegen kam. Obwohl Sarah sie mit dem billigsten noch trinkbaren Sherry aus riesigen Vierliterflaschen gefüllt hatte, den sie hatte finden können, schienen die Karaffen eine positive psychologische Auswirkung auf den Geschmack des Getränks zu haben.

Plötzlich fiel ihr auf, daß die allgemeine Stimmung diesmal um einige Grade gelöster war als gewöhnlich. Keiner fing Streit an. Keine nörgelnde Stimme ließ sich dogmatisch über irgendwelche trivialen Kleinigkeiten aus, an denen höchstens der enzyklopädische Mr. Porter-Smith auch nur einen Funken von Interesse hatte. Momentan verwirrt, hielt Sarah mitten im Gießen inne, ließ die Karaffe in der Luft schweben und sah sich suchend um. Mrs. Sorpende hielt ihr weiterhin mit einem Ausdruck sanfter Geduld das Glas hin. Sarah nahm sich zusammen.

»Entschuldigen Sie bitte. Es ist mir nur gerade erst aufgefallen, daß Mr. Quiffen nicht hier ist. Normalerweise ist er doch immer so pünktlich.«

»Ich für meinen Teil hoffe, daß er wieder in der U-Bahn stekkengeblieben ist«, knurrte Professor Ormsby, nahm sich noch etwas Käsegebäck und ließ sich an einer Stelle nieder, von der aus er bequem Mrs. Sorpendes Ausschnitt beäugen konnte.

An diesem Abend hatte die elegante Dame ihr schwarzes Lieblingskleid mit einer riesigen roten Mohnblüte aus Seide herausgeputzt und sich ein spanisches Kämmchen ins Haar gesteckt. Nicht zum ersten Mal kam Sarah der Gedanke, daß Mrs. Sorpende eine bedeutend imposantere Pensionswirtin abgeben würde als sie selbst, und sie bat die Dame, als Gastgeberin zu fungieren und einzuschenken.

»Darf ich Sie bitten, mich für einen Augenblick zu vertreten? Ich würde gern eben in der Küche nachschauen, wie weit sie dort sind.«

In Wirklichkeit fragte sie sich, ob Mr. Quiffen vielleicht eine Nachricht für sie hinterlassen hatte, die man nur vergessen hatte, ihr zu geben. Normalerweise waren ihre beiden vielseitig talentierten Angestellten äußerst zuverlässig in diesen Dingen. Charles genoß es sogar ungemein, mit einem kleinen Stück Papier auf seinem silbernen Tablett hereinzukommen und seine großen Auftritte zu haben, als sei er der Bote, der die gute Nachricht von Gent nach Aachen brachte. Heute abend war er jedoch möglicherweise in der Fabrik aufgehalten worden, und Mariposa war mit dem Käsegebäck beschäftigt gewesen.

Aber sie traf Charles, fertig für seinen Auftritt, als er gerade mit seinen weißen Handschuhen die Kellertreppe hinaufhastete. Keiner hatte für sie eine Nachricht hinterlassen.

»Dann werden wir mit dem Essen auch nicht länger warten«, sagte Sarah ärgerlich. »Mr. Quiffen kennt die Hausordnung. Wenn jemand ihn warten ließe, würde er bestimmt als erster protestieren.«

Mr. Quiffen rief nicht an und erschien auch nicht. Sie aßen ohne ihn und stellten fest, daß es eine äußerst angenehme Abwechslung war. Nur Sarah wurde ein gewisses ungutes Gefühl nicht los. Es paßte so gar nicht zu Mr. Quiffen, keinen Wind um seine Person zu machen.

Vielleicht sollte sie nach dem Essen Anora Protheroe anrufen und nachfragen, ob Barnwell Augustus dort aufgetaucht war. Möglicherweise war er Georges Bärengeschichte zum Opfer gefallen, die stundenlang dauerte und dem bedauernswerten Zuhörer, wenn er sich erst einmal darauf eingelassen hatte, jede Flucht unmöglich machte. Sarahs Nerven waren – durch die eigenen, in der jüngsten Vergangenheit erlittenen tragischen Verluste – noch nicht so gut, als daß sie ohne Besorgnis hinnehmen konnte, daß jemand aus ungeklärten Gründen fernblieb, selbst wenn dieser Jemand Mr. Quiffen war.

Nach dem Essen gingen sie in die Bibliothek, um den Kaffee einzunehmen. Sarah benutzte für diese Gelegenheiten das echte chinesische Service, das einer ihrer seefahrenden Vorfahren nach einem erfolgreichen Handel mit Muskatreiben, Nachttöpfen und anderen Produkten westlicher Technologie nach Hause gebracht hatte. Die Tassen hatten den Vorteil, so klein zu sein, daß man nur sehr wenig Kaffee brauchte, und boten Sarah außerdem die Gelegenheit, hin und wieder eine ausgesuchte kleine Familienanekdote hervorzukramen, und so zu der exklusiven Atmosphäre beizutragen, für die ihre Pensionsgäste immerhin bezahlten.

Jeremy Kelling hatte ihnen schon zweimal beim Essen Gesellschaft geleistet, und jedesmal waren seine Anekdoten weit beeindruckender als Sarahs gewesen. Sarah wünschte sich, daß Onkel Jem jetzt da wäre, um ihr aus ihrer schwierigen Situation zu helfen. Leider war er zu einer Art Treffen für Zechkumpane gegangen, in irgendein passendes verrufenes Etablissement, nach dem die Gruppe sehr lange hatte suchen müssen, weil ihre ganzen alten Schlupfwinkel im Rahmen der Stadtsanierung entweder geschlossen oder in anständige Kneipen verwandelt worden waren.

Glücklicherweise würde sie sich bald zurückziehen können. Sarah hatte von Anfang an erklärt, daß sie, genau eine halbe Stunde, nachdem der Kaffee serviert worden war, entweder ihr kleines Refugium aufsuchen oder einer gesellschaftlichen Verpflichtung außer Hauses nachkommen würde, obwohl sie seit der Eröffnung ihrer Pension keine Einladungen mehr erhalten hatte. So zog sie sich auch heute zurück und überließ es den anderen, ob sie sich weiter in der Bibliothek unterhalten oder sich ihren anderen Plänen für den Abend widmen wollten.

Zufällig schien an diesem Abend jedoch keiner ausgehen zu wollen. Die Pensionsgäste befanden sich immer noch alle in der Bibliothek und genossen die ungewöhnlich freundliche Atmosphäre, als gegen Viertel nach neun plötzlich das Telefon klingelte. Nachdem es etliche Male geläutet hatte und somit klar war, daß Charles und Mariposa in ihrem Zimmer im Kellergeschoß waren und entweder ein gutes Buch lasen, Bach hörten oder möglicherweise anderweitig beschäftigt waren, ging Sarah wieder nach unten und nahm den Hörer ab.

Nach alter Sitte und Tradition befand sich der Hauptapparat, den Sarah jetzt benutzte, in der Eingangshalle. Da die Tür zur Bibliothek offenstand, konnten ihre Pensionsgäste sie hören, und das Stimmengemurmel brach abrupt ab, als sie aufgeregt sagte: »Das Polizeirevier? Ja, hier spricht Mrs. Kelling. Ja, er wohnt hier. Mr. Quiffen ist einer meiner Pensionsgäste. Nein, seine Familie kenne ich nicht, aber ich kann herausfinden, wer sie sind. Warum? Ist ihm denn irgend etwas passiert?«

Man sagte es ihr. Sie legte den Hörer zurück auf die Gabel und betrat die Bibliothek mit einem Gesicht, das so weiß war wie das Damasttuch, das sie am nächsten Tag bügeln wollte. »Leider habe ich eine schlimme Nachricht für Sie. Mr. Quiffen war in einen Unfall verwickelt.«

»Was denn für einen Unfall?« wollte Mr. Porter-Smith wissen.

Sarah schluckte. »Offenbar ist er an der Haymarket-Station unter eine U-Bahn geraten.«

»Was zum Teufel hat er denn an der Haymarket-Station zu suchen gehabt?« Das war keine sehr intelligente Frage. Merkwürdigerweise kam sie auch noch von Professor Ormsby.

»Ich habe keine Ahnung«, antwortete sie.

»Ist er schwer verletzt?« lautete die vernünftigere Frage von Mrs. Sorpende.

»Er –« Sarah stellte fest, daß sie kein Wort mehr herausbringen konnte.

»Sie meinen, er ist tot?« kreischte Miss LaValliere.

»Ich – ich glaube, es ist sehr schnell gegangen.«

»Das ist es ganz sicher«, sagte Mr. Porter-Smith. »Wenn man bedenkt, wie schwer so eine U-Bahn ist und mit welcher Geschwindigkeit sie –«

Sarah hatte nicht das Bedürfnis, derartige Faktoren zu bedenken. »Entschuldigen Sie mich bitte«, unterbrach sie ihn, »ich muß Freunde anrufen und herausfinden, wer seine nächsten Angehörigen sind. Mr. Porter-Smith, wären Sie so nett, uns allen einen kleinen Brandy einzuschenken? Ich hole schnell die Karaffe.«

»Lassen Sie mich das erledigen.« Der junge Realenzyklopädist schlüpfte ohne Mühe in seine Rolle als Alpinist und war mit einem Sprung aus dem Stuhl und am anderen Ende des Zimmers.

Sarah zeigte ihm, wo sie den Brandy und die Likörgläser aufbewahrte. Dann floh sie in die Küche, wo sich das zweite Telefon befand, und rief die Protheroes an.

George war, wie sie auch angenommen hatte, sternhagelvoll und schlief bereits. Anora war wach und genauso schockiert, wie Sarah erwartet hatte.

»So ein schlechter Kerl war Barney eigentlich gar nicht, wenn man ihn richtig kannte«, schniefte sie. »Und wir kennen ihn schon ewig. George wird es sehr schwer treffen.« Was die nächsten Verwandten betraf, mußte Anora sehr lange nachdenken. »Verheiratet war Barney nie. Und eine Freundin hatte er auch nicht«, fügte sie in ihrer direkten Art hinzu. »Er hat nie die richtige Frau finden können, und wenn er sie gefunden hätte, hätte sie bestimmt was Besseres zu tun gehabt, als sich mit so einem Plagegeist abzugeben. Ich nehme an, du hattest auch alle Hände voll zu tun mit ihm. Aber Barney war auch nicht schlimmer als viele andere, ganz egal, was die Leute sagen werden.«

Seine Eltern waren natürlich schon seit langem tot. Es hatte einen Bruder gegeben, aber auch er war verstorben. Anora war sich jedoch ziemlich sicher, daß sie irgendwo ein oder zwei Neffen oder Cousins auftreiben könnte.

»Hoffentlich kannst du das wirklich«, seufzte Sarah. »Sonst muß ich mich am Ende noch um alles kümmern. Ganz ehrlich, Anora, ich glaube nicht, daß ich dazu in der Lage bin.«

»Natürlich nicht, und warum solltest du auch? George ist einer der Testamentsvollstrecker. Das wäre der arme Barney auch bei ihm gewesen. Sie haben sich immer darüber gekabbelt, wer von beiden den anderen unter die Erde bringen würde. George kann sich zur Abwechslung ruhig auch mal aufraffen. Vielleicht wird es ihn aufmuntern zu hören, daß er der Überlebende ist und nicht der Überlebte. Ich hoffe doch sehr, daß Barney die Miete bezahlt hat?«

»Bis zum Ende der Woche. Wenn seine Erben aber so sind wie er, befürchte ich allerdings, daß sie eine Rückzahlung verlangen werden, schließlich haben wir heute erst Mittwoch. Entschuldige bitte, Anora. Ich weiß, wie sehr du ihn gemocht hast.«

»Ja, aber das tut nichts zur Sache. Ich weiß auch, wie schlimm er war. Du hättest ihn mal hören sollen, nachdem dein Onkel Fred gestorben war und er erfuhr, daß Dolph den Vorsitz für diese lächerlichen Stiftungen bekommen hatte und er nicht! Was der Neffe auch sagt, gib ihm bloß keinen Pfennig! Du mußt hart bleiben, wenn du diese Pensionsgeschichte durchziehen willst, Sarah. Sobald wir den armen Barney sicher unter die Erde gebracht haben, werde ich mal sehen, wen ich dir sonst noch vermitteln kann.«

»Das ist sehr lieb von dir, Anora, aber ich habe schon jemanden. Erinnerst du dich noch an diesen netten Mr. Hartler, den wir bei Tante Marguerite getroffen haben? Seine Schwester ist in Rom, und er ist allein hier in Boston und sucht verzweifelt ein Zimmer. Ich bin sicher, er würde auf der Stelle einziehen, es sei denn, daß ihn die Geschichte mit Quiffen abschreckt.«

»Warum sollte sie das? Alte Leute wissen, daß andere alte Leute sterben müssen. Wir wissen sogar, daß wir selbst sterben müssen, bloß wir glauben es erst, wenn es tatsächlich soweit ist, und selbst dann noch nicht immer, man braucht sich bloß dieses parapsychologische Geschwätz anzuhören. Um was willst du wetten, daß Barney sich nicht gerade beim heiligen Petrus beschwert? Oder, was noch besser zu ihm passen würde, daß er nicht gerade versucht, ein bösartiges Medium zu finden, das den Verkehrsminister verhext? Was immer auch passiert ist, ich bin sicher, er ist selbst daran schuld gewesen. Ganz bestimmt war er dabei, die Schienen zu inspizieren oder sonst irgend etwas, das ihn überhaupt nichts anging, und dachte dabei nach, an wen er darüber einen groben Brief schreiben sollte. Also, Sarah, du schließt jetzt auf der Stelle seine Schlafzimmertür ab. Laß keine Menschenseele in das Zimmer, bis George und Barneys Anwalt da sind. Vor allem keine Verwandten. Diese Quiffens sind alle aus dem gleichen Holz, und gutes Holz ist das nicht, wenn du mich fragst.«

»Ach, Tante Anora, ich liebe dich!«

Sarah war in dem Sinne erzogen worden, daß es sich nicht gehörte, sentimentale Anwandlungen zu zeigen, aber sie hatte inzwischen die schmerzliche Erfahrung machen müssen, daß es auch nicht gut war, seine Gefühle zu lange zu unterdrücken, bis es schließlich niemanden mehr gab, dem man sie gestehen konnte. Vielleicht würde diese dicke, alte Frau drüben in ihrer überheizten, mit Möbeln vollgestopften Höhle von einem Haus mit ihren dicken, alten Dienern und ihrem dicken, alten Trunkenbold von einem Ehemann einem verzeihen, wenn man ihr sagte, daß man sie liebte.

Jedenfalls erwiderte Mrs. Protheroe rauh, aber herzlich: »Nun mach dir bloß keine Sorgen wegen dieser Sache, Sarah. Ein kleiner Brandy, ein ordentliches heißes Bad und ein bißchen Ruhe, dann sieht die Welt schon wieder ganz anders aus.«

Sarah gehorchte und war später froh darüber. Es fing gerade an, hell zu werden, als ein spitznasiger, dicklicher Mann mittleren Alters, der niemand anders sein konnte als Barnwell Augustus Quiffens Neffe, auf der Matte stand und fest entschlossen schien, sich das Eigentum seines Onkels genau anzusehen, bevor die Pensionswirtin sich sämtliche Rosinen herauspickte. Wenigstens ließ seine herablassende Miene genau auf diese Absicht schließen, bis Charles, der sich den Tag frei genommen hatte, weil er dachte, daß dies auch im Sinne von Mr. Hudson sei, mit einem silbernen Tablett erschien und den Besucher mit einem hochmütigen »Ich werde der gnädigen Frau ausrichten, daß Sie hier sind. Würden Sie mir bitte Ihre Karte geben?« in die Schranken wies.

Da Mr. Quiffen keine Karte hatte und beträchtlich kleiner, weniger attraktiv und nicht im entferntesten so beeindruckend war wie Charles, befand er sich in der Position des Unterlegenen und ließ sich widerstandslos in die Bibliothek führen.

Sarah, die diesen frühen Besuch erwartet hatte, war schon angezogen und entsprechend vorbereitet, doch sie ließ den Mann ein wenig zappeln und kam erst nach etwa fünf Minuten nach unten, korrekt gekleidet in ihrem grauschwarzen Tweedkostüm, zu dem sie eine schlichte Perlenkette trug. Da sie inzwischen von Charles einige Tricks gelernt hatte, betrat sie den Raum mit genau der richtigen arroganten Haltung.

»Mr. Quiffen?« Sie hielt ihm matt ihre Hand entgegen und ließ ihn gnädig Zeige- und Mittelfinger berühren. »Erlauben Sie mir, Ihnen zu Ihrem schweren Verlust mein herzliches Beileid auszusprechen. Es war für uns alle ein schwerer Schock.«

»An die Metropolitan Boston Transit Authority werde ich noch einen Brief schreiben, der sich gewaschen hat, das kann ich Ihnen sagen.« Kein Zweifel, er war ein echter Quiffen. »Würden Sie mir jetzt bitte sein Zimmer zeigen?« fügte er beinahe im selben Atemzug hinzu.

»Ihr Onkel hatte den Salon auf der anderen Flurseite.«

Sarah wollte noch hinzufügen, daß er jedoch nicht hineingehen könne, doch der Mann war so schnell verschwunden und bereits dabei, die Klinke herunterzudrücken, daß sie keine Gelegenheit dazu hatte. Also setzte sie sich hin und wartete. Einen Augenblick später stand er auch schon wieder vor ihr, und seine Nase zuckte genauso, wie es die Nase seines Onkels zweifellos in einer entsprechenden Situation auch getan hätte.

»Ich kann nicht hinein. Stimmt mit der Tür irgend etwas nicht?«

»Ich habe natürlich sofort, als wir vom Tod Ihres Onkels erfahren haben, meinen Diener beauftragt, die Türe abzuschließen«, erwiderte Sarah gelassen.

»Würden Sie ihm dann freundlicherweise auftragen, daß er sie wieder aufschließt?«

»Selbstverständlich. Sobald Mr. Protheroe mit dem anderen Testamentsvollstrecker hier eintrifft. Ich nehme an, Sie haben für ein Treffen hier bereits die nötigen Vorkehrungen getroffen?«

»Protheroe? Dieser alte – aber ich habe nie –«

Der Neffe begann wie ein wütender Truthahn zu kollern. Sarah griff nach der kleinen silbernen Glocke neben ihrem Ellbogen. Charles, der ganz in der Nähe auf Abruf bereitstand und die Vorstellung sichtlich genoß, eilte sofort herbei.

»Sie haben geläutet, Madam?«

»Charles, würden Sie bitte bei den Protheroes anrufen? Richten Sie ihnen viele Grüße von mir aus, und erkundigen Sie sich, ob Mr. Protheroe beabsichtigt, heute morgen hier hereinzuschauen. Falls ja, finden Sie bitte heraus, wann wir ihn erwarten können, und geben Sie die Information an Mr. Quiffen weiter. Mr. Quiffen wird dann entweder einen Termin mit Ihnen vereinbaren und später wiederkommen oder hier in der Bibliothek warten wollen, je nachdem, was Mr. Protheroe zu tun beabsichtigt. Wenn er es vorzieht zu warten, soll Mariposa ihm Kaffee servieren. Und jetzt, Mr. Quiffen, darf ich Sie bitten, mich zu entschuldigen, ich habe noch zu tun.«

Es machte Sarah nicht einmal Freude, diesen nicht besonders sympathischen Herrn, der so offensichtlich erwartet hatte, einfach hereinzuplatzen und sie zu überfahren, ihre Überlegenheit spüren zu lassen. Sie hatte Charles die Morgenzeitungen kaufen lassen und mußte feststellen, daß alles, was sie befürchtet hatte, eingetroffen war. Die Reporter hatten alle Register gezogen. Der verstorbene Barnwell Quiffen war vor den Zug »gefallen oder gesprungen«. Und natürlich wurde überall erwähnt, daß er bei jener Sarah Kelling gewohnt hatte, die durch die Presse bereits mehr an

Publicity bekommen hatte, als irgend jemand mit Ausnahme eines Filmstars sich wünschen konnte.

Die kurze Stellungnahme, die sie am Vorabend widerwillig abgegeben hatte, war bis zur Unkenntlichkeit verzerrt worden. »Verarmtes Mitglied der High-Society gezwungen, Villa ihrer Vorfahren in Pension zu verwandeln«, gehörte noch zu den harmlosesten Schlagzeilen, und »Kelling-Mörder hat wieder zugeschlagen« war zweifellos die schlimmste.

Sarah hatte die Überlebenden am Frühstückstisch bereits offiziell um Entschuldigung gebeten und ihnen versichert, daß ihre Privatsphäre, soweit es ihr irgend möglich war, selbstverständlich geschützt würde. Aber alle hatten ja ihre Vergangenheit gekannt, bevor sie sich entschieden hatten, bei ihr zu wohnen, und sie hatte den starken Verdacht, daß es sie nicht im geringsten bedrückte, mitten in einen neuen Skandal verwickelt zu sein, besonders Professor Ormsby, der lediglich knurrte und sich ein weiteres Spiegelei nahm.

Miss LaValliere und Mr. Porter-Smith schwelgten offenbar in der Vorfreude, ihren Klassenkameradinnen beziehungsweise Kollegen alles mitteilen zu können, während Mrs. Sorpende tatsächlich mitgenommen aussah und ihrer verzweifelten Hoffnung Ausdruck gab, daß es den Mitbewohnern des verstorbenen Mr. Quiffen hoffentlich gelingen würde, jedem persönlichen Kontakt mit der Presse aus dem Weg zu gehen. Mariposa und Charles stimmten den Gefühlen dieser wirklichen Dame aus vollstem Herzen zu, und Sarah empfand wieder einmal eine Welle von Dankbarkeit darüber, daß Mrs. Sorpende den anderen mit gutem Beispiel voranging.

Nachdem sie die Zeitungen zusammengerollt und fortgeworfen und sich mit dem hartnäckigen Mr. Quiffen jr. abgegeben hatte, lenkte sie ihre Aufmerksamkeit auf wichtigere Dinge. Sie war gerade dabei, ein Badezimmer im ersten Stock zu säubern, als Charles, drei Stufen auf einmal nehmend, die Treppe hinaufstürmte, ohne dabei auch nur einen Hauch seiner Hudson-Würde zu verlieren, und ihr mitteilte, daß Mr. Protheroe auf dem Weg sei, daß inzwischen ein Cousin des dahingeschiedenen Mr. Quiffen dem Neffen in der Bibliothek Gesellschaft leiste und daß der neue Besucher seinen Anwalt mitgebracht habe.

»Ach herrjeh«, sagte Sarah, was so ungefähr der stärkste Kraftausdruck war, den man ihr in ihrer sorgfältig behüteten Kindheit erlaubt hatte, »vielleicht sollte ich allmählich selbst die Truppen mobilisieren.«

Sie überflog in Gedanken die kurze Liste ihrer möglichen Helfer. Onkel Jem würde zwar wie ein Blitz zur Stelle sein, aber in einer Situation wie dieser konnte er niemandem nutzen. Er und der alte George würden sich in eine Ecke verziehen, sich die einzige Whiskeyflasche, die im Hause war, zu Gemüte führen und Erinnerungen über Bären und Bardamen austauschen, während um sie herum der Kampf tobte, der sich bereits anzukündigen begann.

Sie konnte möglicherweise jemanden aus dem Büro ihres eigenen Anwalts herbitten, obwohl es bestimmt schwierig sein würde, einen der Messrs. Redfern zu überzeugen, seine Formulare beiseite zu legen und auf der Stelle herbeizueilen. Außerdem würde sie dies einen Batzen Geld kosten, und das konnte sie sich im Moment kaum erlauben. Also mußte Dolph her. Ihr Cousin mochte zwar manchmal etwas schwer von Begriff sein, aber wenn es darum ging, ordentlich zu schreien und zu poltern, würde er es jedem lebenden Quiffen zeigen. Sarah rannte zum Telefon und schlug Alarm.

Nachdem er ihr die erwartete Predigt darüber gehalten hatte, daß er ihr ja sofort gesagt habe, wie völlig hirnverbrannt ihre Idee gewesen sei, und gefragt hatte, ob es denn wirklich nötig sei, den guten Familiennamen schon wieder in die Zeitungen zu bringen, sagte Dolph, er komme sofort, und erschien auch kurze Zeit später. Er leistete sich sogar ein Taxi. Alles in allem erwartete George Protheroe ein ganz ansehnliches Empfangskomitee, als er eintraf, blinzelnd wie die Haselmaus in *Alice im Wunderland*, nachdem man sie aus der Teekanne gezogen hatte. Seine Frau schob ihn förmlich vor sich her. Sarah nahm Anora beiseite, um ihr das Hauspersonal vorzustellen, während die Männer die Sache untereinander ausfochten, wobei Dolph lauter brüllte als alle anderen zusammen, was sie auch durchaus erwartet hatte.

Anora und Mariposa kamen auf Anhieb gut miteinander aus. Die drei Frauen tranken noch Tee und hielten am Küchentisch eine strategische Konferenz über Haushaltsfragen ab, als Charles hereinkam, um sie zu informieren, daß die Herren Gentlemen, was seinem Ton nach zu urteilen eine reichlich übertriebene Bezeichnung für einige der Anwesenden war, obwohl es nicht seine Sache war, darüber ein Urteil zu fällen, es inzwischen auf sich genommen hätten, das Eigentum des verstorbenen Mr. Quiffen in dessen Zimmer einer näheren Bestandsaufnahme zu unterziehen. Charles habe sie darauf aufmerksam gemacht, daß einige der aufgeführten Gegenstände in Wirklichkeit Mrs. Kelling gehörten, und Mr. Adolphus Kelling habe daraufhin diese Gegenstände persönlich von der Liste gestrichen.

Aus Mr. Quiffens Unterlagen gehe hervor, daß sein Testament sich entweder in den Händen von Mr. Snodgrass, Mr. Winkle, Mr. Tupper oder Ms. Pickwick aus der gleichnamigen Firma in der Devonshire Street befand, und die Gentlemen seien willens, dorthin zu eilen. Mr. Protheroe sei darauf bedacht, den momentanen Aufenthaltsort seiner Gattin festzustellen, da er annehme, sie wolle ihn begleiten, und welche Nachricht sollte Charles ihm übermitteln?

»Mein Gott«, sagte Anora, »spricht der immer so?«

»Natürlich nicht, das glauben Sie doch wohl selbst nicht«, kicherte Mariposa.

Anora sagte, in ihrem Alter wisse man, daß nichts unmöglich sei, gab allen ihren Segen und watschelte ihrem Gatten hinterher. Sarah lief nach oben und putzte ein weiteres Badezimmer. Und jetzt, so Gott wollte, würde es hoffentlich etwas ruhiger zugehen.

Kapitel 5

Sarah säuberte gerade Kartoffeln für das Abendessen und fragte sich, wie lange sie wohl anstandshalber warten mußte, bis sie Mr. Hartler mitteilen konnte, daß sie ein Zimmer für ihn hatte, als Charles zu ihr in die Küche kam.

»Eine Person wünscht Sie zu sprechen, Madam«, teilte er ihr mit.

»Eine Person?« Sarah legte die Kartoffel fort, die sie gerade gewaschen hatte, und trocknete sich die Hände an einem Küchenhandtuch ab. »Was meinen Sie mit Person? Mann oder Frau?«

»Das kann ich leider nicht so genau sagen, Madam. Die Person trägt diverse verhüllende Kleidungsstücke und außerdem zwei unansehnliche Tragetaschen mit Abfall.«

»Wozu denn das?«

»Ich habe keine Ahnung, Madam. Ich habe die Person angehalten, in der Vorhalle zu warten, während ich in Erfahrung bringe, ob Sie zu Hause sind oder nicht.«

»Warum nicht in der Eingangshalle oder in der Bibliothek?«

»Es scheint keine Person zu sein, die man gern ins Haus läßt, Madam.«

»Ach, jetzt hören Sie aber auf, Charles! Das waren diese Quiffens auch nicht. Wollen Sie damit sagen, daß es einer von diesen armen alten Leutchen ist, die überall im Park in den Abfalltonnen herumwühlen?«

»Die Person fällt durchaus in diese Kategorie, Madam.«

»Hat diese Person Ihnen mitgeteilt, was sie von mir wünscht?«

»Die Person behauptet, sie habe eine wichtige Information für Sie.«

»Ich kann mir zwar nicht vorstellen, was das sein könnte, aber ich nehme an, daß ich wohl besser selbst gehe und nachschaue. Lassen Sie die Tragetaschen in der Vorhalle, und führen Sie die Person in die Eingangshalle. Sobald ich die Kartoffeln im Backofen habe, werde ich herausfinden, was die Person wünscht, wahrscheinlich bloß eine milde Gabe.«

Sarah schob schnell die Kartoffeln in den Ofen, zog sich die Schürze aus und bereitete sich darauf vor, die geheimnisvolle Person zu treffen. Als sie die Gestalt auf dem Rand einer der Dielenstühle erblickte, verstand sie, warum ihr Butler, der mit dieser Frage sonst keine Probleme hatte, verwirrt war. Der Besuch war in derartig viele und ungewöhnliche Kleidungsstücke gehüllt, unter anderem in khakifarbene Armeehosen, Gummistiefel, einen Matrosenkolani und einen gestrickten Kopfschutz in der Art einer Skimütze, daß man von dem menschlichen Wesen darunter so gut wie gar nichts erkennen konnte, das einem Anhaltspunkte über die Geschlechtszugehörigkeit hätte geben können. Wenn dieser Mensch tatsächlich zu den traurigen Jammergestalten gehörte, die durch die Straßen streiften und in Hauseingängen schliefen, war sein äußerer Zustand allerdings erstaunlich gut. Der Mantel war zwar abgetragen, aber sauber, und sämtliche Knöpfe waren ordentlich angenäht. Die Hosen waren vor noch nicht allzulanger Zeit gebügelt worden. Der marineblaue Kopfschutz war fachmännisch ausgebessert worden, und zwar mit Wolle, die beinahe den richtigen Farbton hatte, und von den Stiefeln war der Schneematsch abgewischt worden.

»Guten Tag«, sagte sie zu dem Kopfschutz. »Ich bin Mrs. Kelling. Man hat mir mitgeteilt, daß Sie mit mir sprechen möchten?«

Eine Hand in einem oft gestopften Baumwollhandschuh zog die Strickmaske vom Mund und enthüllte ein etwas faltiges, aber sauberes und keineswegs unattraktives Frauengesicht. »Guten Tag, Mrs. Kelling. Ich heiße Mary Smith. Miss Mary Smith, sollte ich wohl besser sagen. Ich habe dem Herrn eben meinen Namen nicht gesagt, weil er bestimmt gedacht hätte, es wäre ein falscher Name, was er aber nicht ist. Mein Vater war ein Smith und meine Mutter hieß Mary, und ich kann Ihnen meine Geburtsurkunde zeigen, wenn Sie wollen. Ich bin älter, als mir lieb ist. Wahrscheinlich halten Sie mich für vollkommen verrückt, hier so einfach bei Ihnen hereinzuplatzen, aber ich muß jemanden finden, der mir zuhört. Und Sie sind die einzige, bei der ich es noch nicht versucht habe. Ich war dabei, müssen Sie wissen. Ich habe gesehen, wie es passiert ist.«

»Wie was passiert ist?«

»Der Mord.«

43

»Du meine Güte!« Sarah unterdrückte einen Seufzer. Seitdem man am Abend vor Großonkel Fredericks Beerdigung die sterblichen Überreste einer lange verschollenen Revuetänzerin in der Familiengruft gefunden hatte, hatten ihr alle möglichen Verrückten das Leben schwer gemacht. Sie hatte schon gehofft, es hätte endlich aufgehört, doch offenbar hatte sie sich geirrt. Dennoch sah Miss Smith trotz ihrer Lumpensammlerverkleidung irgendwie nicht wie eine Verrückte aus.

»Ja, es war das Schrecklichste, das mir je passiert ist«, stimmte sie Sarah zu; sie nahm offenbar an, daß Sarah mit ihrer Bemerkung ihr Mitgefühl hatte ausdrücken wollen. »Jedesmal, wenn ich daran denke, läuft es mir eiskalt den Rücken herunter. Ich war gerade auf dem Heimweg mit den Sachen, die ich mir den ganzen Tag zusammengesammelt hatte. Seit meiner Pensionierung gehe ich meinem Hobby nach, wie man so sagt, ich sammle nämlich Altpapier und Blechbüchsen fürs Recycling. Um Glas kann ich mich leider nicht kümmern, weil es so schwer zu tragen ist. Es hilft der Umwelt ein wenig, sage ich mir jedenfalls immer, und ich habe etwas, womit ich mich nützlich machen kann. Aber darüber wollte ich eigentlich jetzt nicht reden.«

»Würden Sie bitte ablegen und mit mir in die Bibliothek kommen?« Sarah war sich nicht ganz sicher, ob Miss Mary Smith nun eine Irre, eine verkleidete Reporterin oder die völlig normale ältere Dame war, als die sie sich ausgab, aber sie war fest entschlossen, es herauszufinden.

»Ich will Ihre Gutmütigkeit wirklich nicht ausnutzen.« Trotzdem rollte Miss Smith ihren Kopfschutz zu einer ordentlichen Mütze zusammen und begann, sich an den Knebelknöpfen ihrer Jacke zu schaffen zu machen. »Ich ziehe bloß eben die Jacke aus, wenn es Sie nicht stört. Sonst nutzt sie mir gar nichts, wenn ich wieder nach draußen muß. Früher hat mir die Kälte nie viel ausgemacht, aber jetzt geht sie mir durch und durch. Deshalb wickele ich mich auch in alles, was ich finden kann. Was soll's, wenn ich schon eine Lumpensammlerin bin, kann ich auch wie eine aussehen, nicht wahr?«

»Warten Sie, ich helfe Ihnen.« Sarah gelang es, Miss Smith aus den obersten Schichten herauszuschälen und sie in die Bibliothek zu führen, wo Charles bereits das Feuer angezündet hatte und Plätzchen und Sherry für das abendliche Beisammensein herausgestellt hatte.

»Was für ein wunderschöner Raum!« Miss Smith zupfte ihre Kleidung auf eine sehr weibliche Art zurecht und nahm dankend das Glas Sherry an, das Sarah ihr einschenkte. »Vielen Dank, Mrs. Kelling. Einen derart königlichen Empfang hatte ich gar nicht erwartet, nachdem mich alle anderen so haben abfahren lassen. Ich hätte es natürlich besser wissen müssen, man läuft eben nicht zu einem Polizisten, wie ich es getan habe, wenn man aussieht wie ein Stadtstreicher und zwei Tragetaschen mit Abfall dabeihat. Aber so bin ich nun mal. Ich denke nie daran, wie ich aussehe, bis es dann zu spät ist.«

»Meine ganze Familie ist genauso«, stimmte Sarah zu, »keiner schert sich einen Deut darum, warum sollten Sie es also? Aber erzählen Sie mir doch bitte, warum –«

»Warum ich so einfach hier hereinplatze?« Der Sherry wirkte sich offenbar positiv auf Miss Smiths Selbstvertrauen aus. »Es klingt sicher verrückt, aber vor kurzem habe ich eine Zeitung in einem Abfallkorb gefunden. Und darin habe ich direkt auf der ersten Seite Ihren Namen und ein Foto von Ihnen gesehen, und Ihre genaue Adresse und alles stand auch dabei. Das war wie ein Omen, so eine Art Erleuchtung, wissen Sie, und da ich, wie ich schon sagte, zu den Menschen gehöre, die erst handeln und dann nachdenken, habe ich meinen Kram gepackt und mich gleich hergeschleppt. Ich bin sicher, dieser Butler von Ihnen wollte mich vorhin nicht hereinlassen, und ich kann es ihm nicht mal verdenken. Aber ich finde trotzdem, daß wir alle unsere Bürgerpflicht zu erfüllen haben, finden Sie nicht auch?«

»Natürlich«, sagte Sarah, immer noch etwas verwirrt.

»Na sehen Sie. Ich wollte nicht, daß jemand mit so einer schrecklichen Sache ungeschoren davonkommt, aber der Polizist hat mich einfach abgewimmelt, und die Reporter haben gedacht, ich wäre bloß auf Geld aus, und haben mir geraten, nach Hause zu gehen und meinen Rausch auszuschlafen, als wenn ich nichts weiter als irgend so eine alte Säuferin wäre, was ich niemals wäre, selbst wenn ich es mir leisten könnte, was ich natürlich nicht kann. Obwohl der Sherry hier wirklich köstlich ist«, fügte sie höflich hinzu.

»Als Seniorin kann ich verbilligt mit der U-Bahn fahren; so stand ich auch unten auf dem Bahnsteig und wartete auf die Bahn. Da am Haymarket findet man immer ziemlich viel, wissen Sie, wegen der Touristen und so. Ein paar Leute stecken mir auch mal hin und wieder ein paar Münzen zu, und wenn Sie glauben, ich wäre zu stolz, sie anzunehmen, dann haben Sie sich geirrt. Diesen Unsinn kann ich mir wirklich nicht mehr leisten.

Aber wie ich bereits sagte, ich stand an den Gleisen, und dieser stämmige ältere Mann im dunkelblauen Mantel stand direkt neben mir. Er hat mich angewidert angesehen und ist zurückgezuckt, als hätte er Angst, ich hätte Läuse oder so, was natürlich nicht stimmt, falls Sie das auch annehmen. Natürlich habe ich es gemerkt. Ich mußte zwar meinen Stolz begraben, seit ich versuche, von meiner Rente zu leben, aber Gefühle habe ich trotzdem noch. Dann kam die Bahn, und alle haben sich nach vorn gedrängt, Sie wissen schon, was ich meine. Der Bahnsteig war völlig überfüllt, wie üblich um diese Zeit. Ich stand also immer noch diesem dicken Mann mit Mantel direkt gegenüber; und ich habe ihm einen Blick zugeworfen, der sagen sollte: Guck nur ruhig, du bist auch nicht besser als ich, du alter Ziegenbock, wie Dreck lass' ich mich noch lange nicht behandeln. Und dann habe ich ganz deutlich zwei Hände gesehen, die den Mann auf die Gleise stießen. Genau vor die einfahrende U-Bahn.«

»Nein!« rief Sarah. »Das glaube ich nicht!«

»Sehen Sie«, sagte Miss Smith, »ich habe auch nicht erwartet, daß Sie mir mehr glauben als die anderen. Aber eins sage ich Ihnen, Mrs. Kelling, ich habe diesen Mr. Quiffen genau vor mir gesehen, und ich weiß, daß er es war, denn im *Globe* und im *Herald* waren Bilder von ihm, und ich habe sie herausgerissen und habe sie bei mir, hier in dieser Tasche. Ein Portemonnaie habe ich zwar nicht, weil es bloß eine Einladung für Diebe wäre, selbst wenn man in Lumpen wie ich herumläuft. Und sehen kann ich noch sehr gut für mein Alter, und bei so was irrt man sich nicht. Und ich habe versucht, es dem Fahrdienstleiter zu erklären, und dem Schaffner auch, und ich –, aber das habe ich Ihnen ja schon alles gesagt. So, jetzt wo ich Ihnen alles erzählt habe, will ich Sie auch nicht weiter belästigen. Und vielen Dank dafür, daß Sie mich nicht ausgelacht haben.«

»Aber ich finde Ihre Geschichte überhaupt nicht zum Lachen«, sagte Sarah. »Das Schreckliche an der Sache ist, daß ich Ihnen glaube, weil ich weiß, wie scheußlich Mr. Quiffen sein konnte. Er hatte eine natürliche Begabung dafür, sich überall Feinde zu machen. Ich kenne nur zwei Menschen auf der Welt, die ein gutes Wort über ihn gesagt haben, und das sind so liebe, herzensgute Leutchen, daß sie über niemanden schlecht reden würden.«

Miss Smith nickte. »Das wundert mich nicht. Ständig hat er die gemeinsten Briefe an die Zeitungen geschrieben; meistens hat er sich über irgendwelche unwichtigen kleinen Fehler beschwert, die immer mal vorkommen können. Ich habe sie gelesen und mir vorgestellt, wie die armen Leute wegen der Briefe Probleme mit ihrem Chef bekommen haben, und mich gefragt, ob dieser Barnwell Augustus Quiffen auch nur die leiseste Ahnung hatte, was er irgendeinem armen Kerl mit sechs Kindern am Hals damit angetan hat.«

»Ich bin sicher, daß er es nicht wußte und daß es ihn auch nicht weiter gestört hätte, wenn er es gewußt hätte. Wenn ich geahnt hätte, was er für ein Mensch war, hätte ich mich nie dazu überreden lassen, ihm ein Zimmer zu vermieten. Aber das muß unter uns bleiben, Miss Smith. Ich habe es sonst noch zu niemandem gesagt, und eigentlich hätte ich es auch Ihnen nicht sagen dürfen.«

»Machen Sie sich keine Sorgen«, antwortete die Frau. »Ich habe sowieso niemanden, dem ich es erzählen könnte. Meine alten Nachbarn besuche ich nicht mehr, weil ich nicht möchte, daß sie sehen, wie tief ich gesunken bin. Möglicherweise würden sie glauben, daß ich betteln käme. Und alle, die mich dieser Tage gut genug kennen, um mich zu grüßen, denken, daß ich bloß eine harmlose kleine Verrückte bin. Glauben Sie, Mr. Quiffen hätte irgend jemanden soweit zur Verzweiflung getrieben, daß dieser versucht hätte, ihn auf diese schreckliche Weise loszuwerden?«

»Ich weiß es nicht. Es ist durchaus möglich, mehr kann ich auch nicht sagen. Sie haben nicht zufällig die Person gesehen, die ihn, wie Sie sagen, gestoßen hat?«

»Alles, was ich beschwören kann, ist, daß ich ein Paar dunkle Lederhandschuhe und die Ärmel eines dunklen Mantels gesehen habe. Viel ist das nicht, denn sicher trug die Hälfte aller Männer an der Haltestelle Lederhandschuhe und dunkle Mäntel. Ich bin mir nicht einmal sicher, ob es ein Mann war, obwohl die Handschuhe und der Mantel wohl eher zu einem Mann als zu einer Frau paßten. Das werde ich wohl geglaubt haben, nehme ich an, weil Männer für gewöhnlich eher zu Gewalttaten neigen als Frauen. Aber es war ein derartiges Gedränge und Durcheinander, und ich hatte ja genau neben ihm gestanden und hatte Angst, daß man mich auch noch unter den Zug stoßen würde, und ich habe versucht zurückzutreten, aber die Leute haben mich immer weiter nach vorn geschoben. Es war so schrecklich, daß ich nicht mehr klar denken konnte, sonst hätte ich genügend Verstand gehabt, noch einmal genauer hinzusehen.«

»Kein Mensch hätte das in dem Moment gekonnt! Sie müssen ja furchtbare Angst gehabt haben!«

»Allerdings. Und ich hoffe, daß ich so etwas nie wieder mitmachen muß«, stimmte Miss Smith zu. »Aber ein Unfall war es bestimmt nicht, Mrs. Kelling, und ich bin sicher, daß er auch nicht absichtlich gesprungen ist, auch wenn die Zeitungen da anderer Meinung sind. Ich meine, stellen Sie sich den aufgeblasenen alten Burschen doch nur vor, ich weiß, es ist nicht nett, so von einem Toten zu reden, und ich bin froh, daß meine arme alte Mutter nicht mehr hören kann, was ich hier sage. Aber er dachte bestimmt an nichts anderes als daran, möglichst weit von mir weg zu stehen, damit sein schöner Mantel nicht verseucht würde. Und wohlbemerkt bewegte er sich nicht vorwärts, sondern rückwärts. Und ich habe gesehen, was ich gesehen habe. Und das würde ich auf einen ganzen Stapel Bibeln schwören, egal, was die Leute sagen.«

Miss Smith trank ihren Sherry aus und stellte das Glas hin. »Und jetzt muß ich aufbrechen, und vielen Dank auch für alles.«

»Nein, das geht nicht«, sagte Sarah, »so kann ich Sie unmöglich gehen lassen, nach allem, was Sie mir erzählt haben. Zuerst müssen Sie mir versprechen, daß Sie nicht versuchen werden, sonst noch irgend jemandem die Geschichte zu erzählen. Wenn Mr. Quiffen tatsächlich unter den Zug gestoßen worden ist und Sie die einzige Zeugin sind, die bereit ist, darüber Auskunft zu geben, dann bedeuten Sie doch ein Risiko für den Mörder, verstehen Sie?«

»Aber ich —«

»Sie sagen, daß Sie das Gesicht des Täters nicht gesehen haben, aber wie kann er sich da sicher sein? Vielleicht können Sie sich irgendwann an mehr erinnern als bloß die Handschuhe und die Mantelärmel, wenn Sie den Schock erst einmal überwunden haben und Zeit hatten, über alles nachzudenken. Sie haben die Leute schon auf sich aufmerksam gemacht, als Sie sich an eine Amtsperson gewandt haben und ausgesagt haben, was Sie gesehen haben. Ich hoffe, Sie wissen, daß Ihnen nichts Besseres passieren konnte, als daß man Sie als Verrückte abgetan hat. Wenn Ihr Name neben meinem in den Zeitungen aufgetaucht wäre, hätten Sie kaum noch lang genug gelebt, mich heute hier zu besuchen.«

Miss Smith lachte ungläubig. »Das klingt beinahe so, als wäre ich ganz schön wichtig.«

»Das sind Sie auch. Anständige Bürger, die Mut genug haben, zu ihren Überzeugungen zu stehen, sind immer wichtig. Miss Smith, Sie müssen mir einfach glauben. Vielleicht denken Sie, daß ich nur versuche, Sie zum Schweigen zu bringen, weil ich nicht will, daß die Öffentlichkeit erfährt, daß einer meiner Mieter ermordet wurde, aber glauben Sie mir bitte, so ist es nicht. Wenn diese Pensionsgeschichte sich als Reinfall erweist, werde ich zwar mein Eigentum verlieren, aber damit kann ich leben. Womit ich nicht leben kann, ist der Gedanke, daß ich Sie allein in die Dunkelheit hinausschicke und jemand Sie ermordet.«

»Mrs. Kelling!«

»Ich spreche aus Erfahrung. Geben Sie mir Ihre Adresse, so daß wir in Kontakt bleiben können. Ich werde Sie alles wissen lassen, was ich herausfinde, aber ich muß Sie dringend bitten, und zwar zu Ihrer eigenen Sicherheit, sich wie eine harmlose Verrückte zu verhalten und mir die Angelegenheit zu überlassen. Versprechen Sie mir das?«

»Warum nicht? Vielleicht ist es wirklich das Beste. Wenigstens besteht bei Ihnen eine Chance, daß Sie jemand anhört, was ich in meinem Fall kaum annehme. Hören Sie, haben Sie nicht vielleicht eine Hintertür, durch die ich ungesehen verschwinden kann? Ich will Sie nicht in Verlegenheit bringen, falls mich einer Ihrer Mieter hier sieht.«

»Sie würden mich durchaus nicht in Verlegenheit bringen, aber es besteht immer die unangenehme Möglichkeit, daß einer von ihnen Sie erkennt und die richtigen Schlüsse daraus zieht. Ich kann Ihnen doch ein Taxi rufen.«

»Nein, tun Sie das bitte nicht. Ich lebe drüben in dem Viertel mit den Sozialbauten. Wenn irgend jemand mich dort in einem Taxi vorfahren sieht, denkt der sicher, daß ich in meinem Zimmer Geld versteckt habe. Lassen Sie mich ruhig wieder mit der U-Bahn fahren, die benutze ich immer.«

»In Ordnung, wenn Sie darauf bestehen, doch ich lasse Sie auf keinen Fall allein fahren. Ich selbst kann Sie zwar im Moment nicht begleiten, weil ich das Abendessen vorbereiten muß, aber warten Sie bitte noch, bis ich jemand anderen gefunden habe.«

Sarah klingelte, und Charles eilte herbei.

»Charles, holen Sie bitte Miss Smiths Sachen aus der Vorhalle und ihren Mantel aus dem Wandschrank, und bringen Sie die Dame zur Hintertür. Sie arbeitet gerade an einem sehr wichtigen Forschungsprojekt für die Umweltkommission, und niemand darf wissen, daß sie hier war. Ich bin sicher, daß ich Ihnen nicht zu sagen brauche, Miss Smith, daß Sie sich auf die Diskretion meines Personals hundertprozentig verlassen können. Am besten warten Sie solange drinnen, bis Ihr Begleiter angekommen ist. Manchmal treibt sich hier hinter dem Haus leider allerlei Gesindel herum, und Charles hat im Moment oben zu tun. Ich werde versuchen, Sie nicht zu lange warten zu lassen, aber ich muß Sie um ein wenig Geduld bitten.«

Charles war von Sarahs Worten, die seinen Sinn fürs Dramatische ansprachen, äußerst beeindruckt. Er brachte Miss Smith und ihre Tragetaschen mit ökologischem Forschungsmaterial mit verstohlenem Respekt zur Hintertür. Sarahs Problem bestand nun darin, die geeignete Begleitperson für Miss Smith zu finden.

Cousin Dolph hatte heute schon seine tägliche gute Tat für sie getan, außerdem konnte Sarah sich nicht vorstellen, wie er zusammen mit einer Frau, die aussah wie ein wandelnder Lumpensack, durch die Gegend gondelte. Onkel Jem konnte nicht mitgehen, weil er bereits zugesagt hatte, am Abendessen teilzunehmen, um die anderen Pensionsgäste von Mr. Quiffen abzulenken. Wahrscheinlich warf er sich gerade in seinen alten Fischgrätanzug, dachte sich ein paar neue malerische Skelette aus, die sich gut im Kellingschen Familienstammbaum machen würden, und brachte seine Stimmbänder mit einigen kleinen Martinis in Schwung, wohl wissend, daß es bei seiner mittellosen Nichte keine Aperitifs geben würde.

Möglicherweise würde sie Egbert überzeugen können, aber Jems Kammerdiener war auch nicht mehr der Jüngste und hatte genug mit seiner eigentlichen Aufgabe zu tun, nämlich damit, auf seinen launischen Herrn aufzupassen. Mr. Lomax wäre gerade der Richtige, aber er war eine Autostunde weit weg in Ireson's Landing. Miss Smith konnte man aber nicht den ganzen Abend vor Kälte zitternd an der Hintertür stehen lassen. Es gab sonst nur noch einen Menschen, den Sarah wirklich bitten konnte, eine derartige Aufgabe zu übernehmen.

Wenn er sich bloß nicht gerade in Hongkong oder Uxbridge oder an einem anderen exotischen Ort aufhielt! Nein, er war tatsächlich zu Hause. Sarah hätte vor Erleichterung weinen können, als sie seine Stimme am Telefon hörte.

»Mrs. Kelling! Ich habe gerade –«

»Ich weiß schon, über mich in der Zeitung gelesen. Es tut mir schrecklich leid, daß ich Sie wieder stören muß, Mr. Bittersohn, aber ich bin verzweifelt auf der Suche nach jemandem, der bereit ist, eine ältere Dame, die sechs Pullover und einen Kopfschutz trägt, der wie eine Skimütze aussieht, nach Hause zu begleiten. Sie lebt in einer gefährlichen Gegend, und ich möchte nicht, daß ihr auf dem Weg etwas passiert. Ich vermute, Sie können nicht zufällig gerade –«

»Wo ist sie denn jetzt?«

»Momentan wartet sie an meiner Hintertür. Sie erinnern sich vielleicht, es ist genau die Tür, die Sie damals nachts bewacht haben, als Großonkel Nathans Feldstuhl unter Ihnen zusammengebrochen ist.«

»Ich hege sehr zärtliche Erinnerungen an jene Nacht. Werden Sie auch da sein?«

»Ich glaube kaum. Ich muß für meine Pensionsgäste das Abendessen vorbereiten. Aber ich laufe schnell nach unten und teile ihr mit, daß Sie kommen. Würden Sie ihr bitte Ihren Namen sagen und ihr ausrichten, daß Sarah Kelling Sie geschickt hat? Wenn Sie morgen mit mir zu Mittag essen wollen, werde ich Ihnen gerne erklären, was los ist. Mariposa hat ihren freien Tag, und Charles arbeitet, also werde ich ungestört reden können. Charles denkt übrigens, daß die Frau eine Spionin für die Umweltkommission ist, falls Sie ihn also treffen sollten, klären Sie ihn bitte nicht auf.«

»Würde mir nicht mal im Traum einfallen. Wer ist Charles?«

»Charles C. Charles, mein Butler. Das heißt, er ist –, oh, ich werde Ihnen alles erklären, wenn wir uns sehen. Werden Sie kommen?«

»Ich bin schon unterwegs.«

Die Leitung war plötzlich tot, und Sarah hängte wieder ein, nicht ohne ein leises Bedauern. Es war doch ziemlich angenehm gewesen, wieder mit Mr. Bittersohn zu reden, auch wenn die Um-

51

stände derart ungünstig waren. Aber war sie nicht allmählich an so etwas gewöhnt? Sie wünschte sich, sie könnte wenigstens zusammen mit Miss Smith auf Mr. Bittersohn warten, aber sie mußte sich jetzt wirklich mit dem Abendessen beeilen.

Trotzdem lief sie noch schnell mit einem hastig zusammengestellten Teller mit Horsd'œuvres hinunter zu der kleinen, schlecht beleuchteten Hintertür und sagte zu ihrem merkwürdigen Gast: »Mr. Max Bittersohn, ein sehr freundlicher, vertrauenswürdiger Mann, wird Sie nach Hause begleiten. Er wird sich Ihnen vorstellen und Ihnen sagen, daß ich ihn geschickt habe. Gehen Sie bitte mit niemand anderem. Hier haben Sie eine Kleinigkeit zu knabbern, während Sie warten. Ich muß Sie jetzt leider allein lassen, aber mir kocht das Essen schon über.«

»Macht doch nichts. Wohin soll ich den Teller stellen?«

»Am besten einfach hier auf den Stuhl.«

Sarah befand sich bereits wieder auf der Treppe, als sie dies sagte, denn das Essen war tatsächlich in Gefahr, und ihr Budget war so schmal, daß sie sich keine Katastrophe erlauben konnte. Alexander würde sicher stolz auf sie sein, wenn er sehen könnte, wie sie sich durchschlug. Ihr lieber, guter Alexander! Warum fiel er ihr bloß gerade in diesem hektischen Moment ein? Etwa, weil sie sich ein winziges kleines bißchen untreu vorkam, weil sie so erleichtert war, daß Mr. Bittersohn dabei war, sie wieder einmal zu retten?

Kapitel 6

»Mr. Bittersohn, wie nett, Sie zu sehen.«
Sarahs Begrüßung mochte zwar konventionell klingen, aber in ihrer Stimme schwang ein Hauch von Wärme, den Cousine Mabel wahrscheinlich für höchst übertrieben halten würde. Aber wie Cousin Dolph bereits treffend bemerkt hatte, wer scherte sich schon um Cousine Mabel? Darüber hinaus war Mabel schließlich nicht anwesend. Es wurde Sarah mit einem Mal siedendheiß bewußt, daß sie ihrem Gast fast allzu deutlich gemacht hatte, daß außer ihnen beiden niemand anwesend sein würde. Ihre Wangen waren rosiger, als sie es während der letzten Wochen gewesen waren, und sie schüttelte seine kantige, warme Hand.

»Ich hatte schon die ganze Zeit vor, Ihnen einen kleinen Dankesgruß zu schicken für alles, was Sie für mich getan haben –«

»Nachdem Sie immerhin meinen Fall gelöst hatten?« Sein Lächeln war genauso angenehm, wie sie es in Erinnerung hatte, man sah dabei seine Zähne nicht, nur die Lippen, die ungewöhnlich gut geschnitten waren, bogen sich amüsiert nach oben. Mr. Bittersohn war nicht so gutaussehend wie der verstorbene Alexander Kelling, kein Mann konnte das sein, aber sein etwas herbes Gesicht war trotzdem sehr attraktiv. Sarah bemerkte mit innerer Belustigung, daß seine üppigen dunkelbraunen Wellen an den Stellen, an denen er versucht hatte, sie zu bändigen, eigensinnig hochstanden, und sie konnte immer noch nicht genau feststellen, ob seine Augen nun grau oder blau waren.

»Das habe ich doch gar nicht«, protestierte sie. »Kommen Sie mit in die Bibliothek. Was möchten Sie gern trinken? Den Whiskey stelle ich nie heraus, wenn meine Pensionsgäste hier sind, aus lauter Angst, sie könnten alle auch welchen wollen. Wie der Mann aus dem Limerick, der in Crewe aß und eine große Maus in seinem Essen fand, wozu der Ober meinte, die anderen Gäste würden zweifellos auch eine Maus im Essen wollen, wenn das bekannt würde.«

Sie redete einfach so daher, nur, um etwas zu sagen, und sie war sich dessen bewußt, aber was sollte man auch zu einem Mann sagen, der einem das Leben gerettet hatte und dessen Belohnung dann darin bestanden hatte, Miss Smith und ihre Tragetaschen in ihr schlecht beleumundetes Viertel zu bringen, und das alles derartig kurzfristig? »Sie mögen Ihren Scotch mit etwas Zitronenschale und viel Eis, nicht wahr?«

»Wunderbar.« Er schien auch nicht genau zu wissen, was er sagen sollte.

»Mein Onkel Jem hat mir beigebracht, Drinks zu mixen, als ich sechs Jahre alt war, ich bin also ganz gut. Schmeckt er Ihnen so?«

Bittersohn nippte an seinem Glas. »Perfekt. Wollen Sie nicht etwas mittrinken?«

»Sicher werde ich das.«

Sarah goß sich einen kleineren Drink ein und fügte Wasser hinzu. »Wissen Sie, als Miss Smith mir gestern erzählte, was wirklich passiert ist, war ich so schockiert, daß ich überhaupt nicht mehr klar denken konnte. Dann mußte ich das Abendessen machen, und Onkel Jem kam auch noch und wollte überhaupt nicht mehr gehen, wie immer, wenn er sich endlich einmal aufgerafft hat zu kommen. Natürlich wollten alle mehr Anekdoten hören, denn er ist wirklich ein phantastischer Geschichtenerzähler, wenn man auch nicht alles gutheißen kann, was er erzählt. Also hat es gestern schrecklich lange gedauert, und ich bin sehr spät ins Bett gekommen und sofort eingeschlafen. Und heute morgen mußte ich natürlich Frühstück machen, und daher hatte ich, ehrlich gesagt, bis eben überhaupt keine Zeit, über all das nachzudenken, was sie mir gestern erzählt hat. Meinen Sie, daß es wirklich stimmen könnte?«

»Möglicherweise – nur habe ich keine Ahnung, wovon Sie überhaupt sprechen.«

»Hat sie Ihnen denn nichts erzählt?«

»Miss Smith hat mir eine Menge über ihre ganz persönlichen Pläne und Einsätze zur Rettung der Umwelt erzählt, aber ich nehme an, das ist es nicht, was Sie meinen. Als wir zu diesem kleinen Loch kamen, in dem sie lebt, hat sie allerdings erwähnt, wie glücklich sie doch sei, daß ich bei ihr sei und daß sie wirklich nicht geahnt habe, auf was sie sich da eingelassen habe, bis Mrs.

Kelling sie darauf hingewiesen habe, aber daß Mrs. Kelling ihr eingeschärft habe, zu keinem Menschen etwas davon zu sagen, und das werde sie auch nicht tun.«

»Aber damit hatte ich Sie doch nicht gemeint! Hier bitte, nehmen Sie doch ein paar von diesen Käsedingern, solange sie noch heiß sind. Ich befinde mich offenbar in dem für mich üblichen Zustand völliger Verwirrung. Ich nehme an, ich sollte ganz von vorne anfangen, und das wäre dann bei meinen Geldproblemen, von denen Sie bereits wissen. Sie waren sicher nicht besonders überrascht, als Sie in den Zeitungen gelesen haben, daß ich unser Haus in eine Pension verwandelt habe. Ich habe keine andere Möglichkeit, mich über Wasser zu halten, bis diese Sache mit der High-Street-Bank geregelt ist, falls das überhaupt jemals der Fall sein wird. Aber ich konnte es einfach nicht ertragen, klein beizugeben, ohne mich auch nur zu wehren, und von praktisch nichts zu leben, ist alles, was ich gelernt habe.«

»Ich dachte, Sie sind Gebrauchsgraphikerin?«

»Nun ja, vielleicht bin ich das tatsächlich, aber ich habe niemals damit richtig Geld verdient. Ich möchte zwar unbedingt Arbeit finden, aber bis jetzt hatte ich nicht einmal Zeit, eine Mappe zusammenzustellen. Ständig muß ich herumsausen und den Klempner rufen oder sonst irgend etwas tun, wenn ich gerade damit anfangen will.«

»Haben Sie denn niemanden hier im Haus, der Ihnen hilft?«

»Doch, schon. Ich habe ein Riesenglück gehabt. Mariposa, diese wunderbare Frau, die früher für uns saubergemacht hat, wohnt jetzt hier im Haus.«

»Die mit dem Hund und dem Freund?«

»Daß Sie sich daran noch erinnern! Der Hund ist jetzt glücklicherweise bei ihrem Bruder auf dem Land. Rover gehört zu der Sorte Hund, die viel Auslauf braucht. Der Freund ist allerdings noch da. Er ist der Charles, den ich am Telefon erwähnt habe. Charles ist in Wirklichkeit Schauspieler, aber er pausiert gerade, wie man so sagt, also hilft er hier aus, indem er eine hervorragende Vorstellung als Butler liefert. Ich brauche ihn nicht einmal zu bezahlen, mit Ausnahme von Kost und Logis natürlich, denn er hat außerdem einen Job am Fließband, wo er irgend etwas an irgend etwas anderes schraubt. Ich muß zugeben, daß ich jetzt schon Angst bekomme, wenn ich daran denke, daß seine Agenten für ihn eine neue Rolle finden könnten. Möchten Sie noch etwas trinken?«

»Nein danke. Im Moment bin ich vollauf zufrieden. Aber was hat Miss Smith damit zu tun?«

»Sie ist gestern nachmittag aus heiterem Himmel hier aufgetaucht. Sagen Sie bitte, Mr. Bittersohn, welchen Eindruck hat sie auf Sie gemacht? Ich weiß, daß man auf Anhieb denken könnte, sie hätte ein oder zwei Sprünge in der Schüssel, aber glauben Sie das auch?«

»Eine überfüllte U-Bahn ist nicht gerade der ideale Ort, um das herauszufinden«, erwiderte er, »aber mein erster Eindruck ist der, daß Miss Smith eine tapfere, nette Person ist und versucht, das Beste aus einer miesen Situation zu machen. Sie hat mir erzählt, daß sie ihr Leben lang in einem dieser vornehmen Läden für die oberen Zehntausend gearbeitet hat, die dann durch die Inflation und die großen Kaufhäuser eingegangen sind. Man hat ihr nur ein lächerliches Gehalt gezahlt, und sie mußte für ihre gebrechliche Mutter sorgen, deshalb hatte sie nie die Möglichkeit, ein bißchen Geld auf die hohe Kante zu legen. Als dann der Laden zumachte, war sie zu alt, um sich etwas Neues zu suchen, und die Rente, die ihr den Lebensabend erleichtern sollte, reicht nur für ein zehn Quadratmeter großes Zimmer in einem heruntergekommenen Haus und für eine Büchse Ölsardinen einmal die Woche.«

»Wie um alles in der Welt kann sie dann überleben?«

»Sie versucht zurechtzukommen. Sammelt Zeitungen aus Mülltonnen und liest nach, wer gerade kostenlos Essen an Senioren verteilt. Dann verkauft sie die Zeitungen an einen Altwarenhändler für das Fahrgeld zur Futterkrippe. Sie hat mir erzählt, daß sie ein paar sehr schöne Kleidungsstücke besitzt, die sie anzieht, wenn sie in Gesellschaft ist; ich hätte leider das Pech gehabt, sie in ihrer Arbeitskleidung zu erwischen. Und sie hat darauf bestanden, selbst für die U-Bahn zu zahlen. Ich war in Versuchung, sie zum Essen und zu einem Kinobesuch einzuladen, aber ich dachte, da wir uns gerade erst kennengelernt hatten, wäre es wohl etwas unpassend. Miss Smith sieht aus, als ob sie viel Wert auf gute Manieren legen würde.«

»Ich glaube, da irren Sie sich gewaltig«, sagte Sarah. »Bestimmt hätte sie auf der Stelle angenommen. Sie hat mir selbst erzählt, daß sie diesen Unsinn mit falschem Stolz und dergleichen längst hinter sich gelassen hat. Ich übrigens auch, deshalb war ich auch so dreist, Sie anzurufen. Ich wußte einfach nicht, wen ich sonst hätte fragen können, und ich wollte sie nicht so allein losschicken. Ich denke außerdem, daß sie völlig klar im Kopf ist. Als sie mir ihre Geschichte erzählte, konnte ich das Risiko nicht eingehen, ihr nicht zu glauben.«

Sarah nippte an ihrem Scotch. »Tut mir leid. Ich dachte, es wäre so einfach, darüber zu reden, aber es ist – ich bin diese ganzen schrecklichen Dinge einfach so leid!«

»Schon in Ordnung, Mrs. Kelling. Nehmen Sie sich Zeit. Ich glaube, ich kann es schon erraten. Wenn ich die Zeitungsberichte und die U-Bahn-Geschichte richtig kombiniere: Gehe ich dann recht in der Annahme, daß Miss Smiths Geschichte etwas mit diesem Mr. Quiffen zu tun hat, der bei Ihnen gewohnt hat und gestern unter den Zug gefallen ist?«

»Haben Sie sich jemals geirrt? Miss Smith hat mir mitgeteilt, daß sie und Mr. Quiffen nebeneinander am Rand des Bahnsteigs gestanden haben. Sie starrten sich mehr oder weniger wütend an, weil er nicht gern neben jemandem stehen wollte, der – nun ja, Sie haben sie ja gestern abend selbst gesehen – und sie nahm es nicht besonders gut auf, als eine Art wandelnde Pestilenz angesehen zu werden. Wer täte das schon!«

»War er so ein Mensch?«

»Oh ja, das war typisch für ihn. Ein paar alte Freunde, die der Ansicht waren, mir damit einen Riesengefallen zu tun, haben ihn mir untergeschoben, doch ich habe sofort gewußt, daß es ein großer Fehler war. Wenn er keine Ausrede hatte, sich scheußlich zu benehmen, suchte er sich eine. Wenn ich ihn noch eine Woche länger hätte ertragen müssen, wäre ich wohl selbst durchaus in Versuchung gewesen – ihm das anzutun, was Miss Smith jemand anderen tun sah.«

»Ihn unter die U-Bahn zu stoßen?«

»Das behauptet sie jedenfalls. Sie besteht darauf, daß sie genau gesehen hat, wie zwei Hände in braunen Lederhandschuhen aus der Menschenmenge hervorkamen und ihn absichtlich auf die Gleise stießen, gerade als der Zug aus dem Tunnel herauskam.«

»Sonst hat sie nichts gesehen? Nur die Hände?«

»Die Hände und dann irgendwelche dunklen Mantelärmel. Natürlich hat die Bahn nicht mehr stoppen können, als er stürzte, und sie stand genau daneben, und um sie herum waren all die vielen Menschen, die schoben und drängelten. Sie hatte Angst, daß sie auch unter den Zug gestoßen würde. Sie wissen, wie schlimm es in der Hauptverkehrszeit sein kann. Ich nehme an, daß der Täter, wer immer es auch war, einfach wieder in der Menschenmenge verschwunden ist.«

»Oder er hat sich umgedreht und die hinter ihm Stehenden angebrüllt: ›Drängeln Sie doch nicht so!‹, so daß er behaupten konnte, er habe es nicht absichtlich getan, für den Fall, daß ihn jemand beobachtet hatte. Was allerdings ziemlich unwahrscheinlich ist. Die Leute konzentrieren sich auf die Bahn oder passen vielleicht aus Angst vor Taschendieben auf ihre Handtaschen und Brieftaschen auf oder versuchen zu verhindern, daß ihnen die Aktentaschen und Pakete aus der Hand geschlagen werden. Nicht einmal die schlechteste Methode, jemanden loszuwerden, wenn man die Nerven dazu hat. Man gibt ihm einfach einen Schubs, läßt sich von der Menge verschlucken, tritt zurück und nimmt dann den ersten besten Zug in die entgegengesetzte Richtung. Und ist weg, bevor irgend jemand gemerkt hat, was passiert ist. Hat Miss Smith jemandem gemeldet, was sie gesehen hat?«

»Sie hat es versucht, so gut sie konnte. Ich nehme an, sie hat einen ganz schönen Wirbel veranstaltet. Sie behauptet, sie habe dem Fahrdienstleiter und dem Schaffner Bescheid gesagt, außerdem der Polizei und sogar ein paar Reportern, aber keiner wollte ihr zuhören. Deshalb ist sie schließlich zu mir gekommen. Sie hat zufällig eine Zeitung gefunden, in der diese Geschichten mit »Neues Unglück in der Tulip Street« mit meinem Namen und meinem Foto standen. Das hielt sie für einen Fingerzeig Gottes und kam auf dem schnellsten Weg angesaust, inklusive Tragetaschen und allem. Das war natürlich äußerst unvorsichtig von ihr, und als ich daran dachte, was damals alles passiert ist, habe ich mir um sie natürlich schreckliche Sorgen gemacht.«

»Sie wissen doch, daß die Sache damals nicht Ihre Schuld war.«

»Das weiß ich natürlich, aber ich kann das Gefühl trotzdem nicht loswerden. Jedenfalls ist Miss Smith völlig entgangen, daß sie eine ziemlich auffällige Person ist, mit ihren Plastiktaschen und all diesen Lumpenschichten übereinander. Und die Erben von Mr. Quiffen oder was ich zumindest für seine Erben halte, waren gerade vorher hier aufgekreuzt wie hungrige Wölfe bei ihrer Beute, und ich erwartete meine Pensionsgäste zum Abendessen. Ich mußte sie irgendwie hinausbugsieren, und da fiel mir nichts anderes ein, als Sie anzurufen. Nach dieser Episode werden Sie sich wahrscheinlich eine neue Telefonnummer zulegen.«

Bittersohn lächelte wieder. »Darauf würde ich mich nicht verlassen. Darf ich Ihnen eine etwas peinliche Frage stellen? Wollten Sie nicht, daß Ihre Mieter Miss Smith sahen, weil sie so heruntergekommen aussah oder weil Sie befürchteten, daß sie jemand als die Zeugin, die so ein Aufsehen verursacht hatte, wiedererkennen könnte? Ich nehme an, Sie haben ihr die Geschichte geglaubt?«

»Das mußte ich doch, oder? Was die Pensionsgäste betrifft, ist es mir völlig egal, was sie denken. Im Notfall hätte ich sie immer noch als eine meiner reichen Verwandten ausgeben können. Ich habe nur Angst, daß sie einer von ihnen als die Person identifizieren könnte, die versucht hat, eine Zeugenaussage zu machen.«

»Irgend jemand Bestimmtes?«

»Nein, aber sehen Sie, ich kenne sie doch alle nicht. Sie kamen zwar alle mit irgendwelchen Empfehlungen, und wir haben Auswahlgespräche geführt, aber was sagt das schon? Ich kenne sie nicht gut genug, um genaue Aussagen machen zu können, ob sie so etwas getan haben könnten oder nicht. Und Mr. Quiffen hat jeden von uns irgendwann auf die Palme getrieben. Wir haben uns zwar bei Tisch nicht gerade mit Kartoffelpüree bombardiert, aber das lag hauptsächlich daran, daß Charles und ich und Mrs. Sorpende, eine wirklich liebe Frau, uns verbündet haben, sobald er völlig außer Kontrolle zu geraten drohte. Wie die Beziehungen untereinander außerhalb des Hauses aussahen, weiß ich natürlich nicht und konnte ich wohl auch kaum herausfinden.«

»Sie sagten, die Erben seien hier gewesen. Hat er viel Geld hinterlassen?«

»Das glaube ich schon, nach dem, was meine Freunde gesagt haben. Wenn Sie wollen, kann ich aber leicht herausbekommen, wieviel es genau ist, weil George Protheroe sein Testamentsvollstrecker ist. George und seine Frau Anora waren es auch, die mir Quiffen überhaupt auf den Hals gehetzt haben. Anora hat mir gesagt, ich könnte ihn ruhig schröpfen, da er sowieso genug hätte, und hat noch hinzugefügt, daß er schon dafür sorgen würde, daß ich es mir redlich verdiene, was weiß Gott die Wahrheit war. Ich habe sie gestern abend noch angerufen, weil ich nicht wußte, wie ich seine Verwandten erreichen konnte. Heute morgen sind alle hiergewesen, auch ein Neffe und ein Cousin, die bereit waren,

alles wegzukarren, was sie in die Finger kriegen konnten. Glücklicherweise hatte Anora mir den Tip gegeben, bloß die Tür abzuschließen und so lange nicht aufzuschließen, bis George da wäre.«
»Tatsächlich?«
»Ja, aber wenn Sie jetzt das denken, was ich vermute, können Sie es getrost vergessen. Die Protheroes brauchen von niemandem Geld zu stehlen. Und als ich dann schließlich die ganze Versammlung sah, hielt ich es für besser, einen Vertreter der eigenen Familie dabeizuhaben, also habe ich Cousin Dolph gerufen. Sie sind alle gleichzeitig wie eine wilde Meute in den Raum gestürmt. Ich nehme also kaum an, daß einer von ihnen die Möglichkeit hatte, irgend etwas von Mr. Quiffens Sachen einzustecken, ohne daß der Rest es ihm wieder aus der Hand riß. Sollen wir jetzt essen?«
»In der Küche?«
»Nein, im Eßzimmer.« Sarah erinnerte sich, daß das letzte Essen, das sie für Mr. Bittersohn zubereitet hatte, ein Frühstück gewesen war und daß er sein Spiegelei am liebsten so zäh wie Leder mochte. Diesen kleinen Teil ihres gemeinsamen Abenteuers hatte sie niemals preisgegeben, nicht einmal Tante Emma wußte davon.
»Wir sind sehr vornehm geworden«, fuhr sie mit einem schüchternen Anflug von Übermut fort. »Leider können wir Sie nicht mit allem Drum und Dran bewirten, dann würden Sie das Vergnügen haben, sich von Mariposa das Brötchen schmieren zu lassen und Charles in seiner Butlerkluft zu erleben, aber vielleicht können Sie bald einmal zum Abendessen hereinschauen. Nehmen Sie sich bitte selbst von dem Salat, da der Lakai heute frei hat. Sie mögen doch hoffentlich Hühnchen?«
»Das müßte meine Mutter hören! Sie gehört noch zur echten alten Hühnersuppengarde.«
»Ach ja, das soll ja ein richtiges Allheilmittel sein, nicht wahr? Am besten koche ich auch welche, um mir meine restlichen Pensionsgäste zu erhalten.«
»Erzählen Sie mir doch mal etwas mehr über sie.«
Sarah war erstaunt, wie wenig sie im Grunde zu erzählen wußte. »Also, da wäre Jennifer LaValliere. Sie ist die Enkelin einer Dame, die hier auf dem Hill lebt, und sie besucht das Katherine-Gibbs-Institut. Das nehme ich jedenfalls an, denn sie bringt ab und zu Lehrbücher mit nach Hause. Und ein gewisser Mr. Por-

ter-Smith, der irgend etwas mit Buchhaltung zu tun hat und in der Firma arbeitet, an der ein Cousin dritten Grades von mir beteiligt ist.«

»Wie heißt die Firma?«

»Ach je, das weiß ich gar nicht. Kelling und irgendwas, nehme ich an.«

»Wie alt ist dieser Porter-Smith?«

»Geht auf die 30 zu, glaube ich.«

»Oh?« sagte Bittersohn in einem Ton, der Sarah irgendwie übertrieben unbeteiligt vorkam. »Sieht er gut aus?«

Sie zuckte mit den Schultern. »Es geht. Er ist auffallend gut angezogen und eigentlich ganz nett, nur redet er ziemlich viel. Jedenfalls weiß ich genau, daß Percy mir niemanden schicken würde, der finanziell unzuverlässig ist, und das ist momentan alles, was für mich zählt. Und dann ist da noch Professor Ormsby, der am Massachusetts Institute of Technology Aerodynamik unterrichtet, und eine charmante Dame namens Mrs. Theonia Sorpende, die ich, glaube ich, bereits erwähnt habe. Sie und Professor Ormsby sind beide mittleren Alters, und er scheint von ihr höchst angetan zu sein. Mrs. Sorpende ist eine Frau, die mein Onkel Jem als eine stattliche Erscheinung bezeichnen würde.«

»Wo haben Sie sie denn aufgetrieben?«

»Sie hat über eine Freundin von Tante Carolines Schwester Marguerite von uns gehört, deshalb hat sie uns angerufen und gefragt, ob sie kommen und sich das Zimmer ansehen kann. Da sie so eine angenehme Abwechslung zu den anderen Interessenten war und ihr die Treppe nichts ausmachte, habe ich sie genommen.«

»Ohne ihre Referenzen zu überprüfen?«

»Eigentlich ja. Ich habe zugesagt, bevor sie es sich anders überlegen konnte. Mrs. Sorpende ist eine kinderlose Witwe.«

»Woher wissen Sie das?«

»Das hat sie mir erzählt. Sonst spricht sie wenig über sich.«

»Ach, tatsächlich?« Aus irgendeinem Grund sah Bittersohn keineswegs zufrieden aus. Vielleicht schmeckte ihm das Hühnchen nicht so gut wie bei seiner Mutter.

Kapitel 7

Sarahs Gast aß eine Zeitlang schweigend weiter. Dann fragte er: »Wie haben die anderen Pensionsgäste auf Mr. Quiffens Tod reagiert?«

»Sie haben die richtigen Geräusche von sich gegeben, als sie es erfuhren, außer Professor Ormsby, der sowieso kaum redet, aber niemand schien besonders erschüttert zu sein. Um ganz ehrlich zu sein, ich glaube, wir waren alle ein klein wenig erleichtert, ihn los zu sein, auch wenn das Ganze auf so schreckliche Weise passiert ist. Und obwohl mir Miss Smith alles erzählt hat und ich mich darüber wahnsinnig aufrege, überlege ich trotzdem schon, wie lange ich anstandshalber warten muß, bis ich sein Zimmer wieder vermieten kann, weil ich das Geld so dringend brauche. Was meinen Sie, Mr. Bittersohn?«

Er zuckte mit den Schultern. »Wie schnell können Sie denn einen neuen Mieter finden?«

»Oh, ich habe schon jemanden. Es ist ein ziemlich alter Herr, etwa so alt wie Mr. Quiffen, aber bedeutend angenehmer. Seltsamerweise war es wieder Tante Marguerite, die ihn mir vermittelt hat. Er war bitter enttäuscht, als er herausfand, daß ich kein Zimmer mehr frei hatte, weil der Salon genau dem entsprach, was er sich vorgestellt hatte. Es gehört ein eigenes Badezimmer dazu, und der Raum liegt im Erdgeschoß. Er darf nämlich keine Treppen steigen, wissen Sie, und er möchte so gerne wieder auf dem Hill wohnen. Ich glaube, er und seine Schwester haben früher hier irgendwo gewohnt, bevor sie nach Newport gezogen sind. Dann wollten sie wieder zurück, aber eine alte Freundin hat die Schwester eingeladen, den Winter in Italien zu verbringen, so daß sie die andere Wohnung aufgegeben und alles in ein Möbellager gebracht haben. Er hat bereits ein Hotel und eine dieser regulären Pensionen ausprobiert und war todunglücklich damit. Ich habe ihm versprochen, Bescheid zu sagen, wenn etwas frei würde, weil ich schon so eine Ahnung hatte, daß Mr. Quiffen und ich über kurz oder lang getrennte Wege gehen würden, aber natürlich habe ich nicht im Traum daran gedacht, daß es so kommen würde.«

»Wie heißt dieser andere Mann?«

»Hartler. William Hartler. Vielleicht kennen Sie ihn, denn er hat mehr oder weniger mit Ihrem Spezialgebiet zu tun.«

»Tatsächlich? Ich glaube nicht, daß ich schon von ihm gehört habe.«

»Nun ja, er ist kein richtiger Profi, so wie Sie. Er versucht einfach nur, ein paar Sachen für die Freunde und Förderer des Iolani-Palastes zu finden.«

»Die Königsschätze aus Hawaii? An dem Projekt arbeiten einige hervorragende Leute. Das Hühnchen ist übrigens köstlich. Kennen Sie den Iolani-Palast?«

»Nein, ich war noch nie in Honolulu. Oder sonst irgendwo, wenn ich ehrlich sein soll. Mein Vater hat immer die Haltung vertreten: ›Warum groß reisen? Wir sind doch schon hier.‹ Und Alexander und ich konnten es uns nie leisten, irgendwo hinzufahren, selbst wenn wir Tante Caroline irgendwo hätten unterbringen können. Ich nehme an, Sie waren schon dort?«

»Nur einmal, rein geschäftlich. Ich stöberte gerade einen Kerl auf, der von irgendwelchen Leuten in Brookline einen hübschen Degas hatte mitgehen lassen. Und außerdem einen Puvis de Chavannes, obwohl mir schleierhaft ist, warum sie den zurückhaben wollten.« Bittersohn hatte ein Ein-Mann-Detektivbüro, das auf das Auffinden von gestohlenen Kunstgegenständen und Schmuck spezialisiert war, und arbeitete entweder für die untröstlichen Besitzer oder für Versicherungsgesellschaften, die den Verdacht hegten, daß die untröstlichen Besitzer den Einbruch selbst inszeniert hatten, um kräftig absahnen zu können.

»Und was hatte der Palast damit zu tun?«

»Reiner Zufall. Als der Knabe herausfand, daß ich ihm auf den Fersen war, versuchte er, die Bilder loszuwerden und sie dem Kustos anzudrehen, indem er ihn davon zu überzeugen versuchte, daß König Kalakaua sie einer seiner Großtanten geschenkt hätte. Zu seinem Pech ist der Kustos aber ein guter alter Bekannter von mir und wußte von meinem Auftrag. Außerdem war der Degas ein Spätwerk, er wurde 1899 gemalt. Kalakaua ist aber schon 1891 gestorben, und seine Schwester Liliuokalani, die seine Nachfolgerin war, hat nur drei Jahre regiert, denn 1893 war bereits die Revolution.«

»Sie müssen aber wirklich viel wissen!«

»Für mein Wissen werde ich schließlich bezahlt. Möchten Sie irgendwann einmal mit mir ins Kunstmuseum gehen? Ich könnte Sie mit meiner tiefsinnigen Gelehrsamkeit zu Tode langweilen.«

»Das kann ich mir nicht vorstellen«, sagte Sarah und errötete aus unerfindlichen Gründen. »Aber stellen Sie sich vor, daß irgend jemand einen Degas und einen Puvis de Chavannes geschenkt bekommt. Hat König Kalakaua tatsächlich so etwas gemacht?«

»Durchaus, ein Geizhals war er nicht. Ich wünschte, Sie könnten den Palast sehen. Er hat 104 Zimmer.«

»Das hat mir Mr. Hartler auch schon erzählt. Er hat versprochen, mir Fotos zu zeigen, hoffentlich allerdings nicht von allen 104 Zimmern. Er scheint bei diesem Projekt schrecklich engagiert zu sein. Das war auch der Hauptgrund, warum er nach Boston zurückkommen wollte, weil er nämlich dachte, daß man hier mehr finden könnte. Sie wissen, nehme ich an, daß Königin Liliuokalani jemanden aus einer Bostoner Familie geheiratet hat. Mr. Hartler behauptet, daß er auf der Seite seiner Mutter mit den Dominises verwandt ist, obwohl er nicht genau erklärt hat, wie. Jedenfalls hat Liliuokalani, als sie noch Prinzessin war, zusammen mit Königin Kapiolani, der Frau von König Kalakaua, Boston besucht. Das war 1887, als sie auf dem Weg zu Königin Victorias 50. Thronjubiläum waren. Alle wollten sie aufnehmen und bewirten, und sie hat sich mit den kostbarsten Geschenken erkenntlich gezeigt. Als ich Mr. Hartler erzählt habe, daß sie sogar in genau dem Zimmer, das er hätte haben können, wenn Mr. Quiffen es nicht schon hätte, Tee getrunken haben, sah er ganz so aus, als ob er jeden Moment in sich zusammensinken und in Tränen ausbrechen würde.«

»Vielleicht sollten wir besser herausfinden, wo sich dieser Hartler befand, als Mr. Quiffen den bewußten Stoß erhielt«, sagte Bittersohn, aber nur halb im Scherz.

Sarah legte ihre Gabel hin. »Sie können einen wirklich aufmuntern, wissen Sie! Mr. Hartler kann es unmöglich gewesen sein. Erstens hätte er gar nicht die Stufen heruntersteigen können, und zweitens ist er viel zu alt.«

»Wie alt ist er denn?«

»Jedenfalls bestimmt älter als Mr. Quiffen, wenn man ihn so sieht, und bedeutend gebrechlicher. Er hat sogar einen Stock. Mr. Quiffen war stämmig und großtuerisch und hatte eine Art, einen Fuß vor den andern zu setzen, die einen an Horatius auf der Brücke erinnerte. Es war schon ein gehöriger Stoß nötig, ihn umzuwerfen. Aber man kann wahrscheinlich nichts ausschließen.«

»Also machen Sie sich am besten keine Sorgen, solange es nicht unbedingt nötig ist. Ich kenne jemanden, der an der Palastrenovierung beteiligt ist. Momentan ist er nicht in der Stadt, aber ich werde mit ihm sprechen, sobald sich die Möglichkeit ergibt, und sehen, was er über Hartler weiß. In der Zwischenzeit können Sie wie geplant weitermachen. Zweifellos wird Hartler sehr bald auf der Matte stehen. Ich nehme doch an, daß auch er Zeitung liest. Sie besitzen nicht zufällig selbst einen dieser Palastschätze?«

»Die Mr. Hartler dann stehlen kann, sobald er eingezogen ist? Ich wünschte, ich hätte welche. Dann würde ich sie auf der Stelle verkaufen. Wir hatten einen wundervollen Fächer aus Pfauenfedern, mit dem Wappen von Hawaii auf einer Silberplakette in der Mitte, aber als die Leute vom Iolani-Palast anfingen, Bostoner Familien zu bitten, etwas zu stiften, hielt Alexander es für das Beste, ihnen den Fächer zu geben, und das haben wir dann auch getan. Ich nehme nicht an, daß er viel wert war im Vergleich zu den meisten anderen Gegenständen. König Kalakaua soll angeblich 100 000 Dollar allein für Möbel ausgegeben haben, und das war natürlich damals eine ganz enorme Summe. Und dann gab es da noch den königlichen Familienschmuck, der von einer Generation zur nächsten weitergegeben wurde, und eine schwindelerregende Menge anderer Sachen.«

»Ich weiß, und viel davon wurde nach der Revolution für einen Appel und ein Ei versteigert«, sagte Bittersohn.

»Ja, und wir Yankee-Pferdehändler waren alle dabei und haben uns gegenseitig überboten«, fügte Sarah hinzu. »Ich würde mich nicht wundern, wenn ein paar Kelling-Schmuckstücke auch daher stammten, aber das werden wir wohl niemals herausbekommen. Wenigstens habe ich dank Ihrer Hilfe Großmutter Kays Eisvogel bekommen.«

Sie berührte die kostbare Brosche mit dem Rubinauge und der prächtigen Barockperle, die vom Schnabel des Vogels baumelte. Sie war alles, was Bittersohn von der einst so umfangreichen Sammlung für sie hatte retten können.

»Und von dem Fächer habe ich ein Foto. Alexander hat es gemacht, bevor wir den Fächer weggeschickt haben, weil er dachte, wir müßten ihn für die Nachwelt festhalten. Ich kann Ihnen das Bild zeigen, wenn Sie mögen. Oder sind Sie wie mein Onkel Jem? Er sagt, er mag nur Bilder von Fächern, wenn es dahinter Fächertänzerinnen gibt. Mr. Bittersohn, was soll ich denn jetzt mit Miss Mary Smith machen?«

»Das Beste, was Sie für die Frau tun können, ist, sich so weit wie möglich von ihr fernzuhalten und sich ganz auf Ihre Pension zu konzentrieren. Offiziell wissen Sie gar nichts von Mr. Quiffens Tod, Sie kennen nur die Informationen, die jedermann zugänglich sind. Er war lediglich jemand, der bei Ihnen zur Miete gewohnt hat und durch einen Unfall ums Leben gekommen ist. Sie halten es für selbstverständlich, daß Sie den Raum sofort weitervermieten können, sobald man seine Sachen abgeholt hat. Wie weit im voraus hat er bezahlt?«

»Nur bis Ende dieser Woche.«

»Dann ist ja alles klar, oder nicht? Erzählen Sie diesem Mr. Hartler, daß er am Montag einziehen kann – oder an jedem anderen Tag, der ihm paßt. Je länger der Raum leer steht, desto größer die Möglichkeit, daß er in der Zwischenzeit etwas anderes findet, und desto schwerer für Sie, das Zimmer wieder zu vermieten. Übrigens haben Sie mir immer noch nicht verraten, wer im Souterrain wohnt. Da unten gibt es doch noch zwei Zimmer, wenn ich mich recht erinnere, und den kleinen Raum mit dem Heizkessel und der Waschmaschine. Hat das Zimmermädchen das eine Zimmer und der Butler das andere, oder wie?«

»Momentan gilt das ›oder wie‹«, berichtete Sarah. »Mariposa und Charles teilen sich die alte Küche, weil sie größer ist und zum Hinterhof hinausgeht, wo sie im nächsten Frühjahr einen kleinen Garten anlegen wollen, falls wir alle dann noch hier sind. Ich hoffe, ich kann das vordere Zimmer, das früher Ediths Schlafzimmer war, möglichst bald an jemanden vermieten, sobald ich es hergerichtet habe. Allerdings habe ich keine Ahnung, wem ich es geben soll. Studenten möchte ich lieber nicht, weil dieses ganze Unternehmen, wie Sie wahrscheinlich bereits bemerkt haben, Gäste mit einem Sinn fürs Höhere anziehen soll. Bei Jennifer LaValliere habe ich es riskiert, weil ihre Verwandten ganz in der Nähe wohnen und sie sofort zu ihren Eltern zurückschicken würden, wenn ihnen irgend etwas Schlechtes zu Ohren käme, und das weiß sie auch. Aber wenn ich an jemandem komme, der Hasch raucht, Discomusik spielt und noch Schlimmeres tut, würde das die Szene schmeißen, wie Charles sich hinter den Kulissen ausdrückt. Ich brauche also jemanden, der bereit ist, die Hausordnung zu akzeptieren, dem die Kellertreppe nichts ausmacht und der auch das Bad mit einem Paar teilt, das lediglich befreundet ist.«

»Die Hochzeitsglocken werden also nicht für sie geläutet?«

»Nicht, wenn es nach Mariposa geht. Sie scheint mit der Situation völlig zufrieden zu sein. Außerdem ist sie sich nicht so ganz sicher, was ihre letzten beiden Scheidungen betrifft. Die hat sie bei einer Art Versandhaus irgendwo in Uruguay durchbekommen, und das klingt schon etwas riskant, meinen Sie nicht?«

»Sogar mehr als riskant.« Bittersohn betrachtete den letzten Pilz auf seinem Teller. »Wie schade, daß ich nicht genug hermache für eine Pension wie diese.«

»Oh, aber Sie machen doch mehr als genug her!« stieß Sarah hervor. »Mr. Bittersohn, Sie – Sie würden doch nicht allen Ernstes in Erwägung ziehen – ach herrjeh, ich weiß doch, daß Sie bereits eine Wohnung haben, und ich benehme mich – bitte vergessen Sie schnell, was ich da gerade gesagt habe. Ich hole den Nachtisch. Mögen Sie etwas Käse zu Ihrem Apfelkuchen?«

»Käse ist teuer, nicht wahr? Wissen Sie was, wo Sie mich doch gerade als möglichen Mieter in Betracht gezogen haben, könnten Sie die Mahlzeit doch als Geschäftskosten verbuchen, oder?«

»Wie könnte ich bei Ihnen jemals an Geschäftskosten denken? Aber als Mieter – Mr. Bittersohn, ist das Ihr Ernst?«

»Sie brauchen einen Mieter, der daran gewöhnt ist, unter allen Umständen ein ungerührtes Gesicht zu machen, richtig? Und ich brauche ein Zimmer, in dem ich bleiben kann, wenn ich in der Stadt bin, nicht wahr?«

»Aber Sie haben doch bereits eins.«

»Falsch. Ich hatte. Man ist dabei, alle Apartments des Gebäudes in Eigentumswohnungen zu verwandeln, und ich muß entweder mit geborgtem Geld ein Apartment kaufen, das ich überhaupt nicht haben will, oder ich muß zum ersten ausgezogen sein. Sie möchten mich doch nicht mit meinem gesamten Hab und Gut mitten auf der Bowdoin Street sitzen sehen – als da wären zwei Koffer und ein handgeschnitzter Teakholz-Rückenkratzer, den mir ein dankbarer Kunde als Zeichen seiner Wertschätzung überreicht hat?«

»Natürlich nicht, aber – ich kann es einfach nicht glauben!«

»Dann rufen Sie doch die Makler an! Ich gebe Ihnen die Nummer. Sie würden Ihnen meine Wohnung auf der Stelle verkaufen, falls es Ihnen nichts ausmacht, sich wirtschaftlich zu ruinieren für zwei lausige Zimmer mit Ausblick auf mehrere Quadratmeter Taubendreck. Vielleicht bin ich schon obdachlos, wenn ich jetzt zurückgehe, wer weiß. Mrs. Kelling, ich bin Nichtraucher, poliere meine Schuhe nicht mit der Bettdecke, weil meine Mutter mich ordentlich erzogen hat, ich besitze keine Schallplatten mit Discomusik, und wenn, würde ich sie nicht spielen. Ich bezahle meine Miete immer einen Monat im voraus, weil ich nie genau weiß, wann man mich aus der Stadt ruft und wie lange ich wegbleiben werde, und was Sie auch verlangen, kann kaum schlimmer sein als das, was ich im Moment bezahlen muß. Ich müßte allerdings ein Privattelefon installieren lassen, aber das würde ich selbst bezahlen. Manchmal habe ich etwas merkwürdige Besucher zu etwas ungewöhnlichen Zeiten, aber ich könnte dafür sorgen, daß sie durch die Hintertür kommen, um Ihren Ruf nicht zu gefährden. Ich wäre sowieso lieber im Kellergeschoß, weil ich mich wahrscheinlich bei den Dienstboten wohler fühlen würde als bei den zahlenden Gästen. Machen wir also ein Geschäft?«

Sarah zögerte und lachte dann. »Kündigen Sie Ihre Wohnung bei diesen Haien, und packen Sie Ihren Rückenkratzer. Ihr Zimmer wird Montagmorgen schon auf Sie warten.«

Kapitel 8

Es war ziemlich viel Arbeit, aber am Montag war die weiße Farbe an den Wänden getrocknet, und das Zimmer, das so viele kummervolle Jahre lang Ediths Höhle gewesen war, wartete auf den neuen Mieter. Es sah doppelt so geräumig und hell aus wie vorher. Sarah und Mr. Lomax hatten die besten Stücke aus dem jetzt völlig leeren Haus in Ireson's Landing zusammengetragen: eine Kiefernkommode, einen gemütlichen Sessel mit Fußpolster, ein paar Lampen, einen Stuhl mit lederbezogener Rückenlehne und einen robusten Tisch, von dem sie hoffte, daß er einen angenehmen Schreibtischersatz darstellte. Mr. Bittersohn mußte für seine seltsame Arbeit bestimmt eine Menge Papierkram erledigen.

Sie leistete sich sogar eine neue Matratze mit Federkern, ließ durch Mr. Lomax Holzfüße an das Bettgestell schrauben und setzte sich dann an ihre alte Singernähmaschine und nähte ein paar leuchtendrot gemusterte Kissenbezüge, um dem Bett mehr das Aussehen einer Couch zu geben und dem verblaßten blauen Denimüberwurf etwas Farbe hinzuzufügen. Sie nähte kleine Vorhänge passend zu den Kissen und stellte Töpfe mit Nephthytis und Sansevierien auf die hohen schmalen Fensterbänke, die auf gleicher Höhe mit dem Bürgersteig lagen, weil sie wußte, daß empfindlichere Pflanzen dort kaum überleben würden. Charles schrubbte und wachste den abgenutzten alten Ziegelfußboden, und Mariposa reinigte die am wenigsten ausgebleichten Flickenteppiche, die Sarah in Ireson's finden konnte. Als Sarah schließlich das Zimmer hergerichtet hatte, behaupteten ihre beiden Helfer, es sei das schönste Zimmer im ganzen Haus, und schlugen vor, mehr Miete dafür zu verlangen.

»Mr. Bittersohn ist in seinem Beruf ein sehr bekannter Mann«, erwiderte Sarah förmlich, »wir können ihm wohl kaum zumuten, in einer Bruchbude zu hausen.«

»Richtig vornehmer Herr, was?«
»Vornehm ja, aber keineswegs steif. Ihr werdet ihn sicher mögen.«
»Sie mögen ihn wohl selbst auch?« fragte Mariposa eine Nuance zu unschuldig.
»Er hat vor kurzem unter anderem immerhin mein Leben gerettet. Ein bißchen Dankbarkeit bin ich ihm wohl schuldig.«
»Die Miete kassieren wir aber trotzdem, oder?« Mariposa nahm sich die Familienfinanzen sehr zu Herzen.
»Natürlich tun wir das. So dankbar bin ich nun auch wieder nicht.«
In Wirklichkeit war sie es natürlich doch. Aber Sarah hatte instinktiv gewußt, daß Mr. Bittersohn entsetzt sein würde, wenn sie auch nur andeutete, daß er das Zimmer umsonst haben könnte, obwohl sie durchaus Leute kannte, die weitaus vornehmer waren und die Gelegenheit sofort beim Schopf gepackt hätten. Ihr Kompromiß bestand darin, einen niedrigeren Preis zu veranschlagen, als sie ursprünglich geplant hatte. Mr. Bittersohn hatte jedoch eisern auf einer höheren Summe bestanden und seinen eigenen Vorschlag gemacht. Schließlich hatten sie sich in der Mitte geeinigt und den Preis festgemacht, den Onkel Jem von vorneherein als angemessen angesetzt hatte. Sarah hatte kapituliert und es ihm erzählt, woraufhin sie gelacht hatten und im gegenseitigen Einverständnis auseinandergegangen waren.
Jedenfalls hoffte Sarah, daß es gegenseitig war. Was sie betraf, erübrigte sich jede Frage. Je länger sie Professor Ormsby beim Herunterschlingen des Essens beobachtete und Mr. Porter-Smiths endlose Aufzählung der Berge anhörte, die er bereits erklommen hatte, desto ungeduldiger erwartete sie die Gegenwart von Mr. Bittersohn an ihrem Abendbrottisch.
Was Mr. Hartler betraf, war dieser bereits mit einem Armvoll persönlicher Habseligkeiten auf der Schwelle erschienen, fast noch bevor Sarah dazu gekommen war, ihm zu sagen, er könne einziehen. Das Zimmer rechtzeitig für ihn vorzubereiten war kein Problem. Mr. Quiffen hatte kaum lange genug darin gelebt, um seine Spuren auf dem Teppich zu hinterlassen, und die Erben hatten nur zu bereitwillig die persönliche Habe des Verstorbenen an sich genommen.
Anora hatte Sarah darin bestärkt, schnell zu handeln. George übrigens ebenfalls, nachdem es seiner Gattin endlich gelungen

war, ihn lange genug wach zu halten, um die offizielle Genehmigung für die Herausgabe von Mr. Quiffens Habseligkeiten zu geben. Sogar Dolph äußerte widerwillig seine Bewunderung für den Geschäftssinn seiner kleinen Cousine, sich nicht um die Miete für eine Woche prellen zu lassen, die sie ansonsten höchstens bekommen hätte, wenn sie die Metropolitan Boston Transit Authority verklagt hätte. Dolph hatte bereits gerichtliche Schritte erwogen, mit der Begründung, daß es ganz im Sinne Quiffens sei.

Dolph hatte zweifellos recht. Barnwell Augustus Quiffen war ein unglaublich streitsüchtiger, rachsüchtiger alter Mann gewesen. Das Problem bestand nicht darin, herauszufinden, wer seine persönlichen Feinde gewesen waren, sondern aus der Vielzahl seiner Feinde den Richtigen herauszufinden. Aber Sarah wußte aus bitterer Erfahrung, daß es besser war, die Finger von Dingen zu lassen, mit denen man nicht fertig wurde. Sie versuchte, Mr. Quiffen so weit wie möglich aus ihren Gedanken zu verbannen, und konzentrierte sich auf dringlichere Aufgaben.

Da es nicht nur einen, sondern gleich zwei neue Gäste zu begrüßen galt, mußte das Abendessen am Montag ein Galaempfang werden. Was es dann auch wurde. Mrs. Sorpende trug ihren smaragdgrünen Kopfschmuck, Miss LaValliere, die endlich eingesehen hatte, daß ihr Jerseyschlauch sie nicht weiterbrachte, erblühte in einem Arrangement aus rosa Rüschen, das hervorragend auf Mr. Porter-Smiths weinroten Smoking abgestimmt war, der sich zudem an diesem Abend mit einer extraschmalen Fliege und einem extrabreiten Kummerbund aus verwegenem blau- und burgunderrotem Karostoff ausstaffiert hatte.

Mr. Hartler stürzte enthusiastisch und strahlend herein und trug den alten, ausgebeulten Smoking, der bei Männern seiner Generation und seines gesellschaftlichen Hintergrundes aus der Abendgarderobe nicht wegzudenken war. Kaum war er den anderen vorgestellt worden, als er auch schon schnurstracks auf Mrs. Sorpendes Kopfschmuck zueilte und sich daranmachte, die dazugehörige Dame mit der Beschreibung des blauen, mit Pfauenfedern geschmückten Samtgewandes zu beglücken, das Königin Kapiolani anläßlich ihres Staatsbesuches bei Königin Victoria bei B. Altman in Auftrag gegeben hatte. Professor Ormsby stand schweigend daneben, diesmal als Konzession an die feierliche Gelegenheit in einem schwarzen Rollkragenpullover statt des gewöhnlichen braunen, und hatte sich entweder abstrusen Höhenberechnungen hingegeben oder stellte sich gerade vor, wie Mrs. Sorpende wohl in einem blauen Samtgewand mit Straußenfedern aussehen würde.

Charles bereitete sich schon darauf vor, das Abendessen anzukündigen, und Mr. Bittersohn war immer noch nicht in der Bibliothek aufgetaucht. Sarah wurde nervös und fragte sich, ob er überhaupt noch kommen würde, als sie Jennifer LaValliere nach Luft schnappen hörte.

Soweit sich Sarah erinnern konnte, war Max Bittersohn genauso gekleidet wie an dem Abend, als Harry Lackridge sie einander vorgestellt hatte. Er trug einen dunkelgrauen Kammgarnanzug, ein schlichtes weißes Hemd und eine unauffällige seidene Halsschleife. Er trug keinerlei Schmuck, nicht einmal Manschettenknöpfe oder eine Krawattennadel, und doch ging etwas von ihm aus, das alle anderen Anwesenden wie die letzten Gäste eines ziemlich geschmacklosen Kostümfestes erscheinen ließ.

Damals bei den Lackridges war es genauso gewesen: Harry in seiner schrecklichen alten Smokingjacke aus lila Samt, die dem Anzug von Mr. Porter-Smith so verwirrend ähnlich sah, und Bob Dee in seinem Rollkragenpullover und dem flotten Sportblazer. Alexander in seinem alten Smoking, den er, wie auch Mr. Hartler seine Kleidung, möglichst oft trug, damit er sich bezahlt machte. Einen Moment lang konnte sie vor lauter Tränen nicht mehr klar sehen.

Aber Pensionswirtinnen verlieren nun einmal nicht ohne weiteres vor ihren zahlenden Gästen die Fassung. Innerhalb kürzester Zeit hatte sich Sarah bereits wieder gefangen und machte alle miteinander bekannt, und Miss LaValliere gluckste »wahnsinnig« und »toll« oder was auch immer das neueste Modewort ihrer Kreise war. Mrs. Sorpende war zwar kultiviert wie immer, doch weitaus weniger überschwenglich. Sarah hatte sogar das merkwürdige Gefühl, daß sie sich irgendwie mißtrauisch verhielt, obwohl sie keinen blassen Schimmer hatte, was der Grund dafür sein könnte.

Fest stand jedenfalls, daß Mrs. Sorpende um einiges älter war als ihr Gegenüber. Bittersohn konnte unmöglich mehr als zehn Jahre älter sein als Sarah selbst, und Mrs. Sorpende war offensichtlich eine sehr gut erhaltene Mittfünfzigerin oder noch älter, und Sarah, obwohl sie eigentlich kein Bargeld besaß, das sie entbehren konnte, hätte ohne zu zögern eine kleine Summe auf

»noch älter« gesetzt. Hielt Mrs. Sorpende Mr. Bittersohn für einen zu attraktiven Untermieter im Haus einer jungen Witwe? Befürchtete sie, daß er Miss LaValliere verführen könnte oder die ihn?

Oder befürchtete sie, daß er ihrem eigenen gereiften Charme widerstehen könnte? Aber warum sollte das ihr etwas ausmachen, wo sie doch Professor Ormsby hatte, der offensichtlich nach ihr und ihrem Kopfschmuck lechzte, und Mr. Hartler, der sich schon bereitwillig in ihr seidenes Netz gestürzt hatte, noch bevor sie es überhaupt ausgebreitet hatte, und Cousin Dolph, Onkel Jem und Gott weiß wie viele andere betuchte Junggesellen passenden Alters, die ebenfalls Interesse gezeigt hatten?

Vielleicht bildete sich Sarah aber auch alles nur ein. Jedenfalls schien Mr. Bittersohn keinerlei Mißstimmung wahrzunehmen. Sie hatten sich darauf geeinigt, daß sie ihn ganz einfach als einen Experten für Kunstgegenstände und Gemälde einführen würde und daß die anderen sich darunter vorstellen konnten, was sie wollten.

Mr. Porter-Smith verstand darunter offenbar Gutachter und begann seine eigenen Kenntnisse über die Finanzen im Kunstbetrieb auszubreiten, der in seinen Worten so kompliziert erschien, daß nur ein äußerst scharfer Verstand wie der von Eugene Porter-Smith ihn durchdringen konnte.

Max Bittersohn hörte ihm höchst respektvoll zu. Mr. Hartler gelang es, sich von Mrs. Sorpende lange genug losreißen zu können, um einige Worte über den Iolani-Palast einwerfen zu können, und er war überglücklich, als er erfuhr, daß Mr. Bittersohn ihn bereits besucht hatte. Doch diese Fahnenflucht mußte Mrs. Sorpende nicht frustrieren, denn sofort nahm der Professor den Platz des abtrünnigen Bewunderers ein und überschüttete den grünen Chiffonschal der Dame, der nur notdürftig ihren beeindruckenden Vorbau verhüllte, mit überaus faszinierenden Kostbarkeiten aus seinem aerodynamischen Schatzkästchen.

Das Essen war hervorragend, die Konversation verlief sichtlich lebhafter durch die Abwesenheit von Mr. Quiffen und die Bereicherung durch den jovialen Mr. Hartler und den zurückhaltenden, aber dennoch beeindruckenden Mr. Bittersohn. Charles reichte die Sauciere und füllte die Weingläser mit noch größerer Wurde als sonst. Sein Verhalten ließ deutlich erkennen, daß er dies für eine echt starke Versammlung hielt.

Sarah hatte es sich zur Gewohnheit gemacht, die Sitzordnung ihrer Pensionsgäste immer wieder zu verändern, so daß keiner darüber klagen konnte, vernachlässigt zu werden. An diesem Abend saßen Mr. Hartler und Mr. Bittersohn neben ihr. Nachdem Charles den Hauptgang hinausgetragen hatte und es sichtlich genoß, einen Rechaud zu entzünden, der mit Dosenpfirsichen gefüllt war, die Sarah als Sonderangebot erstanden hatte und in eine bescheidene Version von Pêches flambées verwandelt hatte, überraschte Bittersohn sie, indem er lauter, als es sonst seine Art war, zu ihr sagte: »Was die Illustrationen betrifft, die Sie mir versprochen haben, Mrs. Kelling, hoffe ich, daß Sie es nicht allzu unhöflich von mir finden, wenn ich dieses Thema am Essenstisch anspreche, aber mein Verleger drängt auf die Nennung eines Abgabetermins. Glauben Sie, wir könnten das irgendwann einmal besprechen?«

»Aber natürlich.« Sarah war überrascht. Sie hatte angenommen, daß er die Idee mit dem Buch über antiken Schmuck längst hatte fallen lassen. Wollte er wirklich damit weitermachen, oder suchte er nur nach einer Entschuldigung, um mit ihr über etwas ganz anderes zu sprechen, etwa Mary Smith oder Mr. Quiffen? Am besten spielte sie mit.

»Es tut mir schrecklich leid. Ich habe es Ihnen schon vor so langer Zeit versprochen, nicht wahr?«

Da der Rest der Versammlung sie verständnislos ansah, begann sie die Angelegenheit zu erklären. »Mein Ehemann und ich haben häufig Bücher illustriert. Er war ein hervorragender Fotograf. Einige seiner Aufnahmen hängen hier im Zimmer.«

Sie hatte inzwischen endlich einige von Alexanders gerahmten Abzügen ins Eßzimmer gehängt, was sie schon seit langem vorgehabt hatte, aber nie hatte verwirklichen können, solange ihre Schwiegermutter noch am Leben gewesen war. Alle bewunderten einen Moment in respektvoller Stille die äußerst einfühlsamen Fotografien, dann sagte Miss LaValliere: »Können wir nicht einige von Ihren Bildern sehen?«

»Aber gern. In der Bibliothek befinden sich mehrere Bücher, an denen wir mitgearbeitet haben. Allerdings sind meine Beiträge meist nur kleine Skizzen. So habe ich Mr. Bittersohn auch kennengelernt. Sein Verleger hat uns miteinander bekannt gemacht und mich für eines seiner Bücher empfohlen. Aber dann bin ich – nun ja, Sie wissen ja alle, was dann passiert ist, ich brauche Ihnen also nichts zu erklären. Die Fotos, nach denen ich arbeiten sollte, habe ich immer noch oben in meinem Arbeitszimmer, Mr. Bittersohn. Vielleicht können wir dort später unser Gespräch fortsetzen, statt jetzt sämtliche Gäste damit zu langweilen.«

»Ich möchte Sie auf keinen Fall drängen«, protestierte er sehr überzeugend.

»Aber ich brauche ab und zu einen Anstoß. Ich wußte sehr wohl, daß ich mich wieder damit beschäftigen sollte, aber allein konnte ich mich einfach nicht dazu aufraffen.«

»Kreative Arbeit muß wirklich sehr anstrengend sein«, meinte Mrs. Sorpende. Doch sehr überzeugt sah sie dabei nicht aus, dachte Sarah. Entweder sie spielten ihre Rollen nicht gut genug, was Sarah befürchtet hatte, oder Mrs. Sorpende war eine bemerkenswert scharfsinnige Frau.

»Ich kann Ihnen ein paar Fotos herunterholen, wenn Mr. Bittersohn nichts dagegen hat.« Vielleicht würde das den skeptischen Ausdruck aus diesem Mona-Lisa-Gesicht verschwinden lassen. »Sie sind wirklich phantastisch. Das Buch ist über antiken Schmuck. Mr. Bittersohn ist ein ausgesprochener Fachmann auf diesem Gebiet, auch wenn er selbst zu bescheiden ist, es zuzugeben.«

»Wie kann ich bescheiden sein, wo ich doch gerade ein Buch darüber schreibe?« erwiderte er.

»Ich dachte, die Juwelierszunft oder wie sie sich nennt, hätte Sie dazu gezwungen. Sagten Sie nicht, man hätte Ihnen einen Zuschuß bewilligt?«

»Das habe nicht ich gesagt, sondern das hat offenbar unser gemeinsamer Freund oder wie Sie ihn auch immer nennen mögen, getan.«

»Ach du liebe Zeit, habe ich jetzt etwa ein Geheimnis verraten?«

»Macht nichts. Jedenfalls nehme ich an, daß es die Anwesenden vor allem interessiert, daß ich unter ihnen wohne und nicht über ihnen, so daß sie nicht mitanhören müssen, wie jemand auf seiner Schreibmaschine herumhämmert.«

Oder auch, wie er nicht herumhämmerte. Was Mariposa und Charles betraf, so machten die beiden in ihrer Freizeit selbst soviel Krach, daß es sie wohl kaum stören oder ihnen überhaupt auffallen würde, und außerdem waren sie zu anständig, um ihn zu bespitzeln.

Sarah stellte ihre Glaubwürdigkeit als Illustratorin unter Beweis, indem sie den Anwesenden die vier Bücher präsentierte, an denen sie und Alexander gearbeitet hatten, sowie das Buch, das sie allein illustriert hatte. Dann ging sie Bittersohns Fotografien aus ihrem Arbeitszimmer holen, das sie selbst eingerichtet hatte, nachdem sie alle Möbel verkauft hatte, die zu Tante Carolines sogenanntem Boudoir gehört hatten, und in das sie eine arg mitgenommene Kommode, einen Tisch und einen Stuhl hineingestellt hatte. Da das Zimmer auf der Straßenseite lag, hatte sie einfache weiße Vorhänge aufgehängt, damit es auch nach etwas aussah. Das Zimmer war jetzt richtig hübsch, dachte sie, als sie in den Schubladen herumkramte. Und was für ein glücklicher Zufall, daß sie vergessen hatte, diese scheinbar nutzlosen Fotos wegzuwerfen, als sie das Zimmer umgeräumt hatte. Wenigstens konnten sie jetzt dabei helfen, Mrs. Sorpende von etwas zu überzeugen, was möglicherweise sogar die Wahrheit war.

Die wohlproportionierte Schönheit zeigte dann auch tatsächlich Interesse an den Schmuckstücken. Mr. Hartler schaute die Bilder kurz durch, um festzustellen, ob auch Diamanten aus Hawaii dabei waren, fand jedoch keine und ging wieder dazu über, lange Ausführungen über König Kalakauas vergoldete Schaukästen zu machen. Miss LaValliere redete wie ein Wasserfall, ohne die Bilder auch nur anzusehen, und fragte Mr. Bittersohn, wie man sich am besten die richtigen Verlobungsringe zulegen könne, und interessierte sich dafür, ob er zufällig in der letzten Zeit jemandem einen solchen gegeben habe. Als die rituelle halbe Stunde vorüber war, sprang Mr. Bittersohn wie eine aufgeschreckte Gemse von ihrer Seite und eilte hinter Mrs. Kelling die Treppe hinauf.

Kapitel 9

»Also«, sagte Sarah, nachdem sie einen zusätzlichen Stuhl aus ihrem Schlafzimmer geholt hatte und sie es sich beide in ihrem Arbeitszimmer bequem gemacht hatten, »worüber möchten Sie denn nun wirklich sprechen? Doch wohl sicher nicht über die Verschlüsse von Halsketten?«

»Richtig. Obwohl Sie vielleicht besser doch welche zeichnen sollten«, sagte Bittersohn. »La belle dame sans merci hat uns die Geschichte nämlich nicht ganz abgekauft, wie Sie sicherlich bemerkt haben.«

»Natürlich habe ich das. Was denken Sie, warum ich das ganze Trara mit den Fotos veranstaltet habe? Aber gnadenlos dürfen Sie sie nicht nennen. Wenigstens hat sie doch den Anstand gehabt, nicht zu sagen, was sie dachte.«

»Es ist wahrscheinlich auch nicht gerade sehr angebracht, seine Vermieterin der Lüge zu bezichtigen.«

»Ach, nehmen Sie es ihr bitte nicht übel. Haben Sie schon irgend etwas herausgefunden?«

»Könnte man sagen. Übrigens, wie gut haben Sie diesen Quiffen gekannt, bevor Sie ihn bei sich aufgenommen haben?«

»Offensichtlich nicht gut genug, sonst hätte ich es nämlich nicht getan. Ich hatte ihn zwar einige Male bei den Protheroes gesehen, aber nie besonders beachtet, und er mich auch nicht. Es waren immer eine Menge Leute da, denn George kann nie länger als zehn Minuten wach bleiben, und das ist natürlich für Anora ziemlich langweilig. Quiffen gehörte zu den Leuten, von denen man annimmt, daß man sie kennt, bis man dann herausfindet, daß man sich geirrt hat.«

»Fällt Ihr Mr. Hartler nicht in dieselbe Kategorie?«

»Ja, da könnten Sie recht haben, aber finden Sie nicht, daß er ein liebenswerter alter Herr ist?«

»Ich würde bloß gern einmal einen Blick auf die königlichen Schätze aus Hawaii werfen, die er sammelt«, sagte Bittersohn.

»Warum denn? Glauben Sie etwa, daß man ihn betrügt? Und was könnte das mit Mr. Quiffen zu tun haben?«

»Ich habe keine Ahnung, ob er betrogen wird oder nicht, und eine Verbindung zu Quiffen sehe ich auch nicht. Nennen Sie es einfach professionelle Neugier. Aber eigentlich wollte ich mich mit Ihnen über Ihren Cousin unterhalten.«

»Über welchen denn? Ich habe Tausende davon.«

»Adolphus Kelling. Sie haben ihn doch in Verbindung mit Ihrem Großonkel Frederick erwähnt, nicht wahr?«

»Cousin Dolph? Ja, natürlich. Seine eigenen Eltern sind früh gestorben, und er wurde von Großonkel Frederick und Großtante Matilda mehr oder weniger wie der eigene Sohn großgezogen. Er wird ihren Besitz erben. Was ist denn mit ihm?«

»Hat er nicht auch die Gelder verwaltet, die wohltätigen Zwecken oder so zukommen sollen?«

»Nachdem Großtante Matilda tot war, hat man ihn offiziell zum Verwalter bestimmt, weil Großonkel Frederick damals schon nicht mehr alle Tassen im Schrank hatte und man kein Scheckbuch mehr in seiner Nähe lassen konnte. Er hat sich immer gern in der Rolle des öffentlichen Wohltäters gesehen, wissen Sie, und Dolph stellte jahrelang so etwas wie seinen Adjutanten vor. Dolph kämpft immer noch in Onkel Freds Namen auf der Seite des Guten, und ich glaube, daß er damit auch nicht aufhören wird. Es füllt ihn aus, und er kann sich wichtig fühlen, und man muß schon sagen, daß sie irgendwie auch schon eine Menge erreicht haben, wenn auch nichts wirklich Besonderes. Was ist denn mit Dolph?«

»Gute Frage. Um mich ganz kurz zu fassen, dieser Barnwell Quiffen hat einen Privatdetektiv angeheuert, um herauszufinden, wie Ihr Cousin den Besitz seines Onkels verwaltet hat.«

»Aber warum denn das?« Sarah schnappte nach Luft. »Meinen Sie damit, daß Mr. Quiffen dachte, Dolph hätte – wie heißt es doch gleich – die Bücher frisiert?«

»In seine eigene Tasche gewirtschaftet, war die Formulierung, die Mr. Quiffen dem Detektiv gegenüber gebraucht hat.«

»Aber das ist doch absurd! Warum hätte er so etwas denn tun sollen? Dolph hat doch sowieso schon das ganze Geld seiner Eltern, und ich kann Ihnen versichern, daß er bestimmt kein Verschwender ist, aber da er mich einmal im Jahr immer in ein sehr nettes Restaurant einlädt, kann ich ihn auch nicht wirklich als Geizhals bezeichnen. Aber bevor er bezahlt, rechnet er jedesmal ganz genau nach, ob auch alles stimmt. Onkel Freds Geld hätte er doch sowieso bekommen, er hätte sich also nur selbst bestohlen, wenn das überhaupt möglich ist.«

»Wußte er, daß er alles erben würde?«

»Aber natürlich. Das wußte doch jeder. Bei jedem Familientreffen ist Onkel Fred wie General Pershing herummarschiert und hat laut deklamiert: ›Dir werfe ich die Fackel zu mit ermattender Hand. Dein soll sie sein, so halte du sie hoch!‹ Und Dolph hat sich aufgeplustert wie ein Kugelfisch, bis ihm die Augen aus dem Kopf traten, sich in die Brust geworfen, wie er es immer tut, und gesagt: ›Ich werde dich nicht enttäuschen, Onkel Fred.‹ Und das hat er auch nicht. Ich kenne Dolph sehr gut. Er ist furchtbar und stur und etwas langsam, verliert leicht die Fassung und kann schrecklich langweilig sein, aber er ist so ehrlich, daß er einem richtig leid tun kann, und der Familie gegenüber hat er ein ausgeprägtes Verantwortungsgefühl. Mit Onkel Frederick ist er manchmal ein bißchen barsch umgegangen, aber wer ist das nicht, und er hat immer alles getan, was Onkel Frederick wollte, selbst wenn er es manchmal besser nicht hätte tun sollen.«

»Zum Beispiel?«

»Ein Paradebeispiel ist die Sache mit den Fröschen. Sie wissen doch, wie sich manche Leute immer aufregen, daß es keine Frösche im Bostoner Froschteich gibt? Dort können Frösche natürlich nicht leben, weil der Teichgrund betoniert ist und der Teich die meiste Zeit ganz ausgetrocknet ist, aber Großonkel Frederick hatte beschlossen, daß Boston trotzdem seine Frösche haben sollte. Also ließ er Dolph einen klatschnassen großen Sack voll wild quakender Frösche in seinem Wagen transportieren, den ganzen Weg über die Autobahn. Dann hielt Großonkel Frederick eine Rede, und Dolph kippte die Frösche in den Teich. Das ließen sie sich natürlich nicht gefallen. Sie sind schnurstracks wieder herausgesprungen und in den Teich im Public Garden gehüpft. Die Frösche, die nicht zerquetscht auf der Charles Street liegenblieben, saßen schließlich dort im Teich und machten einen so fürchterlichen Krach, daß ein anderer öffentlicher Wohltäter sich aus ihnen ein Froschschenkelmenü zubereitet hat, und das war das Ende der Geschichte.

Aber von Onkel Fredericks Geld wurde bei dem ganzen Unternehmen kein Pfennig verschwendet. Dolph wollte nämlich auf keinen Fall die Frösche kaufen. Er hat einen ganzen Tag mit einem alten Elritzennetz, das er schon als Kind hatte, im Sumpf gesessen und wilde Frösche gefangen. Außerdem befand sich der Sumpf auf einem Grundstück, das er von seinen Eltern geerbt hatte, so daß es sogar seine eigenen Frösche waren, wenn einem ein Frosch überhaupt gehören kann. Und das ist ganz typisch für Dolph. Mr. Quiffen ist bestimmt die Phantasie durchgegangen. Allerdings –«

»Allerdings ist Quiffen jetzt tot, nicht wahr?« erinnerte sie Bittersohn sanft. »Und wir glauben beide, daß Miss Smith die Wahrheit sagt. Sie hat gesehen, wie jemand ihn unter die U-Bahn gestoßen hat. Und Ihr Cousin verbringt doch auch eine Menge Zeit drüben im Regierungsgebäude und im Rathaus, weil er dort zu tun hat, oder nicht? Geht er auch schon mal in Richtung Haymarket?«

»Doch schon, dort ist er dauernd. In der Gegend gibt es eine Menge exzellente Restaurants, und Dolph geht ständig mit irgendwelchen Leuten zu Arbeitsessen, wie er sie nennt, die stundenlang dauern. Wie ich bereits gesagt habe, wenn es ums Essen geht, läßt sich Dolph nicht lumpen.«

»Nimmt er schon mal die U-Bahn?«

»Immer. Er wohnt ganz in der Nähe der Chestnut-Hill-Station, also geht er zu Fuß dorthin und fährt dann mit der Riverside-Linie in die Stadt. Jeder, der mit dem Auto in die Stadt fährt, ist doch völlig verrückt. Das heißt natürlich jeder außer uns.« Sarah lachte nervös und dachte an Bittersohns eleganten Wagen, der in der Garage unter dem Boston Common geparkt war.

Auch Bittersohn lächelte, vielleicht weil er dankbar war, endlich eine Entschuldigung gefunden zu haben, um das unangenehme Thema fallenlassen zu können. »Haben Sie den alten Studebaker noch?«

»Ja, aber ich werde ihn wohl Ende des Jahres verkaufen müssen. Die Versicherung und die Garagenmiete sind schrecklich teuer, und Alexander ist auch nicht mehr da, um ihn zu reparieren. Es bricht mir das Herz, wenn ich nur daran denke, ihn verkaufen zu müssen. Meinen Sie, daß sich jemand für ihn interessieren wird?«

»Einen Studebaker von 1950 in erstklassigem Zustand? Ich bin sicher, daß Sie sich mit einer ordentlichen Geldsumme über den

Trennungsschmerz trösten können. Soll ich meinen Schwager fragen, wie die Chancen stehen?«

»Das wäre wirklich sehr nett. Ein bißchen Trost habe ich momentan dringend nötig. Mr. Bittersohn, hat der Detektiv etwas über Dolph herausgefunden?«

»Ich weiß nur, daß Quiffen ihn Nachforschungen anstellen ließ. Was er mit den Informationen anfangen wollte und ob er sie bekommen hat, weiß ich nicht.«

»Aber ich«, sagte Sarah. »Er hätte es in die Zeitung gesetzt. Er hat ständig Leserbriefe geschrieben. Und die Geschichte wäre bestimmt groß rausgekommen, allein schon wegen des Aufsehens, das Onkel Fredericks Beerdigung erregt hat. Sehen Sie sich bloß an, welches Tamtam sie vorige Woche wegen mir gemacht haben, bloß weil Mr. Quiffen zufällig in meinem Haus gewohnt hat. Ich hatte schon zwei anonyme Briefe, in denen man mich beschuldigt hat, seine Geliebte gewesen zu sein und ihn in den Tod getrieben zu haben.«

»Um Gottes willen!« Bittersohn sah sie entsetzt an.

»Ach, es ist nicht weiter schlimm. Mir macht das nichts mehr aus, aber Dolph würde es umbringen, wenn sie ihn in den Schlagzeilen als mutmaßlichen Betrüger zerreißen würden. Wann wird das alles bloß endlich aufhören?«

»Bitte sehen Sie doch nicht so traurig aus! Ruhen Sie sich ein wenig aus. Ich hole Ihnen einen Brandy.«

»Nein, bitte nicht.« Sarah kämpfte um ihre Fassung. »Wir wollten doch eigentlich nur ein nettes kleines Arbeitsgespräch führen, erinnern Sie sich? Wenn es Ihnen nichts ausmacht, könnten Sie mir vielleicht ein Glas Wasser aus dem Badezimmer holen. Ich werde nicht in Ohnmacht fallen, keine Sorge. Es ist bloß – irgendwie scheint es einfach nicht aufzuhören.«

»Ich verstehe Sie gut. Glauben Sie mir, ich wollte es Ihnen auch zuerst gar nicht sagen, aber ich hatte Angst, daß Quiffen bereits Andeutungen über die Nachforschungen gemacht hatte, vielleicht sogar hier im Haus, und ich dachte, es würde Sie weniger schokkieren, es privat von mir zu erfahren und dann Ihren Cousin darauf aufmerksam zu machen, so daß eventuelle Gerüchte bereits im Keim erstickt werden können, bevor sie außer Kontrolle geraten. Es tut mir leid, Mrs. Kelling.«

»Bestimmt nicht so leid wie mir.« Sarah nahm das Glas, das er ihr reichte, und trank. »Entschuldigen Sie bitte meinen Ton. Dabei hatte ich Sie ja schließlich selbst um Hilfe gebeten, nicht? Wenn sich herausstellen sollte, daß mein Pensionsgast von dem Cousin umgebracht wurde, der mir die Genehmigung für eben diese Pension verschafft hat, dann ist das wohl einfach nur Pech, oder?«

»Möchten Sie noch ein wenig Wasser?«

»Seien Sie doch bitte nicht so nett zu mir! Ich muß mich ja direkt schämen. Ganz ehrlich, Mr. Bittersohn, ich kann mir wirklich nicht vorstellen, wie Dolph einem alten Mann auflauert und ihn unter die Bahn stößt. Ich will damit nicht sagen, daß er nicht rachsüchtig gewesen wäre, wenn er alles herausgefunden hätte, das wäre er ganz bestimmt, aber das ist ganz einfach nicht sein Stil. Seine Vorstellung von Rache wäre eine öffentliche Versammlung in der Faneuil Hall, wo er Mr. Quiffen aufs Podium schleifen und vor aller Welt als Schweinehund und Mistkerl beschimpfen würde. Dann würde er eine komplette Betriebsprüfung seiner gesamten Bücher zu Onkel Fredericks Fonds seit Menschengedenken beantragen.«

»Frösche inklusive?«

»Es würde mich nicht wundern, wenn jemand das Thema und ein paar andere Wahnsinnstaten auch noch erwähnen würde. Wie zum Beispiel die Sache, als Großonkel Frederick zufällig mitbekam, wie ein junger Mann ein Mädchen damit neckte, doch mit ihm gemeinsam nachts an der Esplanade das Wettrennen für U-Boote anzusehen. Sofort war er überzeugt, daß die Russen irgendwelche subversiven Aktivitäten auf dem Charles River vorhätten. Er hat sich furchtbar aufgeregt und schließlich auch noch Dolph überzeugt. Dann sind die beiden gemeinsam in das Zeughaus der National Guard gestürmt und haben verlangt, daß man Truppen aussendet, um die Hatch Memorial Shell zu bewachen, so daß keiner Arthur Fiedler bombardieren konnte.«

»Wundert mich, daß ich das verpaßt habe.«

»Sie können mir glauben, daß es eine Menge Leute gibt, die es keineswegs verpaßt haben. Jedenfalls hätte man am Ende der Vorstellung sehr wohl den Schluß ziehen können, daß Dolph sich nicht einmal dazu eignen würde, das Kakaogeld für kleine Pfadfinderinnen zu verwalten und daß die Familie für ihn am besten gleich auch einen Vormund einsetzen sollte. Obwohl Dolph in finanzieller Hinsicht völlig klar im Kopf ist. Die wirklich komplizierten Geschäfte erledigen seine Anwälte, und die läßt er durch eine Gruppe Rechnungsprüfer kontrollieren. Ich kann mir also kaum vorstellen, daß Mr. Quiffens Nachforschungen irgend etwas ergeben haben, es sei denn, es handelt sich um eine Verschwörung einer ganzen Gruppe von respektablen Bürgern. Mr. Quiffen hat sicher wie üblich nur das Schlechteste angenommen. Allerdings bleibt die Tatsache, daß er tot ist. Wenn wir aber jetzt Schwierigkeiten machen und den Mörder oder die Mörderin aufstören, müssen wir damit rechnen, daß er oder sie bestimmt gerissen genug ist, die Sache mit Dolph und dem Detektiv an die große Glocke zu hängen. Das wäre schließlich ein ideales Ablenkungsmanöver, nicht wahr?«

»Da haben Sie leider recht«, stimmte Bittersohn zu. »Das war einer der Gründe, warum ich es für besser hielt, diese Angelegenheit sofort zur Sprache zu bringen und nicht erst später.«

»Und natürlich wollten Sie auch sehen, wie ich auf die Theorie von Dolph als Täter reagiere. Ich nehme es Ihnen auch gar nicht übel, Mr. Bittersohn. Aber ich kann es einfach nicht glauben, weil es so gar nicht zu dem paßt, was ich über Dolph weiß und für ihn empfinde. Man sollte doch in gewissem Maße seinen Instinkten gegenüber anderen Menschen trauen, nicht? Sie haben das auch getan. Und Sie hatten recht.«

»Das heißt gar nichts.«

»Mir hat es immerhin das Leben gerettet. Also gut, Mr. Bittersohn, was halten Sie hiervon: Wenn Sie es arrangieren können, daß sich Miss Smith irgendwo in der Nähe aufhält, werde ich mit Dolph einen kleinen Spaziergang machen. Ich glaube nicht, daß Sie ihn je getroffen haben, aber er ist ein großer, relativ stämmiger Mann; groß genug, um in einer Menschenmenge aufzufallen. Da sie mich kennt, wird Miss Smith wissen, nach wem sie Ausschau halten soll, und ihn möglicherweise identifizieren, vielleicht erinnert sie sich, ob sie ihn neulich abends auf dem Bahnsteig gesehen hat, oder sie wird Ihnen wenigstens sagen können, ob seine Handschuhe und Mantelärmel die richtige Farbe haben.«

»Wird er denn wieder dasselbe anhaben?«

»Natürlich. Dolph ist nicht besonders modebewußt. Letztes Jahr mußte er sich einen neuen Mantel kaufen, weil er so dick geworden war, daß er an seinem alten die Knöpfe nicht mehr zubekam. Und er hat soviel Angst, daß sich die Ausgabe nicht gelohnt hat, daß er das Ding praktisch sogar im Bett noch trägt.

Und Tante Emma hat ihm dazu passend ein hübsches Paar Handschuhe geschenkt, also trägt er die auch.«

»Das wäre eine Idee. Wie wollen Sie ihn denn dazu kriegen, mit Ihnen zu gehen?«

»Das ist nicht besonders schwer, denke ich. Dolph hat mir bei diesem juristischen Hokuspokus geholfen, mit dem ich fertigwerden mußte. Ich könnte ihn bitten, mit mir zum Anwalt zu gehen, und dann vorgeben, ich hätte das Datum verwechselt.«

»Wird er dann nicht wütend?«

»Er tut nur so. Dolph liebt es, Leute anzubrüllen, weil sie seine kostbare Zeit verschwenden. Das schmeichelt ihm. Bevor wir dort ankommen, kann ich ihn so nebenbei fragen, ob er zufällig zu dem Zeitpunkt, als Mr. Quiffen umgebracht wurde, an der Haymarket-Station war. Das würde ihn nicht mißtrauisch machen. Sie kannten sich von den Protheroes, und er war auch einmal zum Essen hier bei uns, als Mr. Quiffen noch lebte. Ich könnte sagen, einer der Pensionsgäste sei dagewesen und glaube, in dem Getümmel Mr. Kelling erkannt zu haben.«

»Und habe dann gesehen, wie er Quiffen auf die Gleise gestoßen hat? Was erwarten Sie denn für eine Antwort auf so eine Frage?«

»Oh, Dolph würde bestimmt irgendwie die Wahrheit sagen. Ausflüchte sind nicht gerade seine Stärke. Ich habe mich schon oft gefragt, ob Dolph so ein schrecklich schlechter Lügner ist, weil er so fanatisch ehrlich ist, oder umgekehrt. Wenn Sie von meiner Idee nichts halten, könnte ich ihn wieder zum Abendessen einladen, und dann können Sie ihn selbst ausfragen.«

»Nein, es wäre viel besser, wenn Miss Smith ihn sich ansieht. Könnten wir wohl für morgen etwas arrangieren?«

»Ich kann es versuchen. Dolph müßte jetzt eigentlich zu Hause sein, wenn er nicht gerade bei einem Bankett im Heim für pensionierte Traumtänzer oder einer von Großonkel Fredericks anderen philantropischen Unternehmungen ist. Aber wie können wir Miss Smith erreichen?«

»Das brauchen wir gar nicht. Sie hat eine Route, die sie jeden Tag geht. Ich habe mir ihren Zeitplan geben lassen, für den Fall, daß wir sie irgendwie brauchen sollten, wie etwa jetzt, und auch weil ich es für besser hielt, sie ein wenig im Auge zu behalten. Wir haben nämlich heute mittag zusammen gegessen.«

»Das ist doch nicht möglich!«

»Und ob es das ist. Sie war unten am Quincy Market, und es kam jemand mit einem Hot-Dog-Karren vorbei, also habe ich sie eingeladen. Bei den Straßenhändlern bin ich als Diamond Jim Bittersohn bekannt.«

»Das klingt wunderbar«, sagte Sarah sehnsüchtig. »Miss Smith ist eine sehr nette Frau. Ich wünschte, ich könnte sie ein bißchen besser kennenlernen. Meinen Sie, es wäre gefährlich, ihr kurz zuzunicken und sie anzulächeln, wenn wir uns zufällig treffen?«

»Sie können sogar stehenbleiben und ihr eine Münze zustekken, denke ich.«

Sarah errötete. »Sie meinen, die gnädige Frau läßt sich herab, der armen Bettlerin etwas zuzustecken? Das habe ich nicht gemeint.«

»Das weiß ich doch«, sagte Bittersohn, »aber es ist immerhin eine Möglichkeit, unauffällig mit ihr in Kontakt zu treten, nicht? Wenn jemand sieht, wie Sie in Ihrem Portemonnaie nach einer Münze suchen, um sie dieser armen Frau zu geben, nimmt man an, daß es sich um einen impulsiven Akt der Mildtätigkeit handelt. Wenn Sie stehenbleiben und ihr guten Tag sagen, sind Sie einfach nur freundlich. Außerdem kann die alte Dame den Zaster ganz gut brauchen.«

»Die junge auch. Miss Smith und ich haben mehr gemeinsam, als es den Anschein hat. Aber sie hat tatsächlich gesagt, daß die Leute ihr Geld anbieten und daß sie es immer annimmt, so daß es mir wirklich das Beste erscheint. Wie sieht denn der Zeitplan für morgen aus?«

»Boston Common. Das macht es ziemlich einfach. Halten Sie gegen elf Uhr an der Informationsstelle nach ihr Ausschau.«

»Wunderbar, ich werde sofort Dolph anrufen. Vielen Dank, Mr. Bittersohn.«

»Wofür denn?«

»Das weiß ich momentan auch nicht so genau. Trotzdem vielen Dank.«

Kapitel 10

Dolph war tatsächlich zu Hause und nicht abgeneigt, sich von Sarah zu einer geschäftlichen Besprechung überreden zu lassen, die sie sich inzwischen ausgedacht hatte, auch wenn er vorher umständlich seinen Terminkalender durchging und mit sich selbst diskutierte, ob er möglicherweise eine seiner lebenswichtigen Verabredungen um eine halbe Stunde verschieben könnte.

»Wie lange soll es denn dauern, Sarah?«

»Nur ein paar Minuten, denke ich.«

Das war die reine Wahrheit, da sie lediglich der Sekretärin ein ausgefülltes Formular überreichen wollte, das sie genausogut mit der Post schicken konnte und das sowieso erst in sechs Wochen fällig war.

»Ich würde mich sehr viel wohler fühlen, wenn du dabeiwärst«, fügte sie hinzu. »Für den Fall, daß es irgendwelche Fragen gibt.« Etwa: »Glauben Sie, daß es an Weihnachten schneien wird?« oder ähnliche brandaktuelle Probleme.

Pünktlich auf die Minute erschien Dolph im Haus in der Tulip Street, trug wie erwartet seinen dunkelbraunen Mantel und die schönen braunen Lederhandschuhe, die Tante Emma ihm gekauft hatte, und einen piekfeinen Homburg, den Onkel Fred 1928 während des Wahlkampfes für Hoover mit großem Bedauern ausrangiert hatte, weil er ihn zu sehr an den braunen Derby von Al Smith erinnert hatte und somit ein Symbol der Demokraten war. Er hatte ihn aber wohlweislich sorgsam für eine Zeit aufgehoben, in der man ihn möglicherweise wieder brauchen konnte. Schon der Hut wäre Miss Smith sicherlich aufgefallen.

Als sie die Plaza auf der Höhe des Springbrunnens überquerten, den man jetzt während des Winters abgeschaltet hatte, erblickte Sarah Miss Smith, die gerade dabei war, sorgfältig die Abfallbehälter zu durchsuchen. Während Dolph sich umdrehte, um einem Kind auf einem Skateboard Drohungen nachzuschicken, gelang es Sarah, ihr einen Vierteldollar zuzustecken und ihr kurz zuzunicken. Miss Smith sagte: »Vielen Dank, Miss. Nochmals besten Dank« und stopfte weiter Zeitungspapier in ihre Tragetaschen.

Mit keinem Wimpernzucken hatte sie verraten, ob sie Sarah oder Dolph je zuvor gesehen hatte. Mr. Bittersohn mußte sie sehr gut instruiert haben, oder Miss Smith mußte eine äußerst kluge Frau sein. Hoffentlich stieß ihr nicht irgend etwas Schreckliches zu!

Dolph fuhr mit seiner Schmährede über die Frechheit von Skateboardfahrern fort, bis sie zu Mr. Redferns Büro kamen, und hielt dann Miss Tremblay, der leidgeprüften Sekretärin des Rechtsanwalts, eine völlig unnötige Predigt über das harmlose Formular, das sie mitgebracht hatten. Erst als sie das Gebäude wieder verlassen hatten und dabei waren, wieder getrennte Wege zu gehen, gelang es Sarah, Dolph die Frage zu stellen, die sie ihrem Cousin eigentlich die ganze Zeit hatte stellen wollen, seit sie sich getroffen hatten.

»Ich wollte dich übrigens noch etwas fragen, Dolph. Warst du eigentlich an dem Abend, als Mr. Quiffen den Unfall hatte, auch in der Haymarket-Station?«

»Wie zum Teufel soll ich mich denn jetzt noch daran erinnern?« schnaubte er. »Ich habe an wichtige Dinge zu denken, Sarah, obwohl du das manchmal einfach nicht zu begreifen scheinst.«

»Ich begreife es sehr wohl, Dolph, und ich bin dir wirklich dankbar, daß du mir und meinen Angelegenheiten so viel von deiner kostbaren Zeit opferst«, erwiderte Sarah so demütig, wie es von ihr erwartet wurde. »Es ist bloß so, daß einer meiner Pensionsgäste zufällig in der Nähe spazieren gegangen ist und einen großen, vornehm aussehenden Herrn in einem schrecklich eleganten Mantel zur Haltestelle gehen sah. Sie dachte, das könntest vielleicht du gewesen sein, und hat sich Sorgen gemacht, daß du vielleicht irgendwie mit in den – den Unfall verwickelt sein könntest.«

»Oh. Verdammt nochmal, Sarah, ich kann mich aber wirklich nicht erinnern. Und den Terminkalender hab' ich auch nicht da bei.«

»Aber du wirst dich doch sicher an das ganze Durcheinander erinnern, mit all den Polizisten und Krankenwagen und was weiß ich noch, und daran, daß die Züge alle Verspätung hatten.«

»Die verdammten Züge haben immer Verspätung. Feuer, Vandalismus, Unfälle, Fehlplanungen, verdammte bürokratische Inkompetenz.« Dolph ließ seinen Arm hervorschnellen und starrte auf seine Armbanduhr. »Jetzt muß ich aber weg. Viele Grüße an die gute Frau. Nett von ihr, sich Sorgen um mich zu machen. Findest du allein zurück?«

»Natürlich. Ich wünsche dir guten Appetit.«

Sarah hatte nicht die Absicht, auf direktem Wege zurück zur Tulip Street zu gehen. Nach diesem frustrierenden Ausflug verspürte sie das Bedürfnis nach etwas zusätzlicher Bewegung. Außerdem war es bestimmt ganz gut, ein neues Fläschchen Tusche und etwas Zeichenpapier zu kaufen. Mrs. Sorpende würde früher oder später fragen, wie weit sie mit den Illustrationen für Mr. Bittersohns Buch war.

Ganz in der Nähe gab es ein Geschäft für Künstlerbedarf, allerdings war auch die Bank nicht weit entfernt, die derart hartnäckig diese rechtsgültigen oder illegal aufgenommenen Hypotheken zur Sprache brachte. Es konnte Jahre dauern, ehe sie genau wissen würde, wem der Besitz eigentlich gehörte, ihr oder den Banken. In der Zwischenzeit mußte sie weiter Zinsen und Steuern zahlen und vielleicht ein paar Intensivstunden in Recycling bei Miss Mary Smith nehmen.

Momentan war die Entscheidung des Gerichts jedoch nicht ihr größtes Problem. Was ihr am meisten Sorgen machte, war Dolph. Hatte er ihre Frage, ob er an dem besagten Abend in der U-Bahn gewesen war, einfach nicht klar beantworten wollen, oder war seine diffuse Antwort nur darauf zurückzuführen, daß er eben Dolph war? Und welches Urteil würde Mr. Bittersohn von Miss Mary Smith zu hören bekommen?

Ob die beiden wieder zusammen zu Mittag aßen, möglicherweise eine dieser riesigen heißen Brezeln, die Sarah sich als Kind immer so sehnlichst gewünscht hatte, und diese mit giftgelber Orangenlimonade hinunterspülen würden, die Sarah selbst nie hatte kaufen dürfen, weil sie voller Chemikalien war? Wie es wohl wäre, wenn man genau das tun konnte, wozu man wirklich Lust hatte?

Wenigstens hatten sie und Alexander im Winter geröstete Maronen vom Maronenmann gekauft und im Sommer Popcorn, um damit auf dem Teich von den Schwanenbooten aus die Enten zu füttern. Das war genau der Park gewesen, den sich auch Onkel

Freds Frösche ausgesucht hatten. Damals war sie ein Kind gewesen und Alexander ein junger Mann, der noch nicht damit angefangen hatte, jeden Pfennig umzudrehen. Wie schön war das gewesen, dachte sie, aber irgendwie schien sie die Erinnerung momentan auch nicht zu trösten. Sarah zwang sich, wie so oft in diesen Tagen, ihre Gedanken von ihrem verstorbenen Mann zu lösen und sich aktuellen Problemen zuzuwenden, etwa der Frage, ob die kargen Essensreste vom letzten Abendessen sich möglicherweise noch in ein interessantes Frühstück verwandeln ließen.

Auf allen möglichen Umwegen ging sie nach Hause zurück. Dank des Spaziergangs fühlte sie sich etwas besser und fischte gerade in ihrem Portemonnaie nach ihrem Haustürschlüssel, als ein Mann aus dem Haus kam, der ein Paket trug, das in braunes Papier eingeschlagen war. Zu ihrem großen Erstaunen beachtete er sie nicht im geringsten. Sarah war eigentlich nicht daran gewöhnt, an der eigenen Haustür ignoriert zu werden.

Als sie ins Haus kam, klärte sich die Sache jedoch auf. Mr. Hartler kam federnden Schrittes aus seinem Zimmer und bestand darauf, ihr aus dem Mantel zu helfen und ihn aufzuhängen.

»Haben Sie eben den Mann herausgehen sehen? Der dachte, er hätte einen der Palastschätze. Leider mußte ich ihm eröffnen, daß dem nicht so war. Solche Leute kommen dauernd zu mir, wissen Sie. Kommen hereingeschossen wie die Raketen und halsen mir irgendeinen Krempel auf. Ich mache mir die Mühe und versuche, die Echtheit zu überprüfen, und schließlich muß ich den armen Kerlen schreiben, daß sie kommen und sich ihre Sachen wieder abholen sollen, weil ihre Großtante ihnen nur irgendein Märchen aufgetischt hat. Sie wollen im Grunde niemanden betrügen, wissen Sie, sie genießen eben bloß, irgend etwas zu besitzen, das vielleicht aus dem Königshaus stammt.«

»Aber einige Gegenstände sind doch sicher echt?« fragte Sarah. »Sonst würde sich Ihre Arbeit ja gar nicht lohnen!«

»Doch schon. Manchmal stoße ich auf einen richtigen Schatz wie dieses kleine Prachtstück.«

Er eilte wieder in den ehemaligen Rauchsalon und erschien mit einer wunderschönen kleinen viktorianischen Schmuckschatulle aus ziseliertem Silber und Emaille. »Sehen Sie, da ist das königliche Wappen, der Schild mit den roten und blauen Streifen und den drei weißen Kreisen und den beiden Kriegern mit ihren Speeren, die ihn bewachen. Sehr schön gearbeitet, finden Sie nicht?«

89

»Wunderhübsch«, stimmte Sarah zu. »Genauso ein Wappen war auch auf dem Fächer, von dem ich Ihnen erzählt habe. Ich dachte immer, diese Kreise mit den Linien könnten die verschiedenen Inseln symbolisieren, die zusammen das Königreich bilden.«

»Wie klug Sie sind, Mrs. Kelling.«

Mr. Hartler sagte damit nicht, daß sie recht hatte, aber wahrscheinlich würde er auch nichts gesagt haben, wenn sie etwas Dummes gesagt hätte. Mr. Quiffen hätte es bestimmt auf der Stelle getan, wenn er die Möglichkeit dazu gehabt hätte, und seine spitze kleine Nase hätte dabei gezuckt und gezittert wie ein Papageienschnabel, seine Stimme hätte gekrächzt und gekreischt, bis man ihm schließlich am liebsten eine Serviette in den Mund gestopft hätte, nur damit er endlich ruhig war.

Genau das war ja das Schlimme. Sarah konnte sich nur allzu gut vorstellen, daß jemand Barnwell Augustus Quiffen einzig und allein deswegen umgebracht hatte, damit er endlich aufhörte zu keifen. Vielleicht jemand, der selbst gern im Mittelpunkt stand. Jemand, der bei der winzigsten Kleinigkeit wie eine Bombe explodierte, so wie Dolph eben wegen des Kindes mit dem Skateboard, nur weil es zu nahe an seinem kostbaren Mantel vorbeigesaust war. Sie hatte Mr. Bittersohn gegenüber äußerst deutlich gemacht, daß Dolph zwar schrie, aber nicht zuschlug. Doch war sie sich da wirklich so sicher?

Wann würde Mr. Bittersohn endlich nach Hause kommen? Sarah fühlte sich so ungeduldig und beunruhigt zugleich, daß sie in die Küche lief, erschreckend viele Karotten kleinhackte und fast ihren linken Zeigefinger mit abgehackt hätte.

Dieser Beinahe-Unfall brachte sie wieder zur Vernunft. Es war dumm von ihr zu denken, daß Dolph der Hauptverdächtige war, nur weil Mr. Quiffen irgendwelche paranoiden Vorstellungen über ihn gehabt hatte und reich genug gewesen war, seinen Verdächtigungen auf besonders gemeine, hinterhältige Weise nachzugehen. Immerhin hatte es der alte Mann geschafft, auch sie und alle anderen Hausbewohner innerhalb kürzester Zeit gegen sich aufzubringen. Er mußte eine lange Liste mit Feinden gehabt haben, die jahrelang nur darauf gewartet hatten, alte Rechnungen zu begleichen.

Und wieso konnte sie erwarten, daß Max Bittersohn so einfach seine Arbeit stehen und liegen ließ und einer Frau zu Hilfe eilte, die ihn noch nicht einmal dafür bezahlen konnte? Wo Kunstraub von Tag zu Tag mehr in Mode kam, hatte er bestimmt schon Unmengen profitabler Fälle zu lösen. Sie hatte doch allein mit ihren Problemen fertigwerden wollen. Aber sie hatte nicht damit gerechnet, jemanden wie Mary Smith zu treffen.

Sarah starrte auf den kleinen Berg aus rohen Karotten, der sich inzwischen angesammelt hatte. »Was soll ich bloß mit dem ganzen Zeug machen?« fragte sie sich. Vielleicht den Überschuß in kaltes Salzwasser legen und um göttlichen Beistand beten.

Oder einen Karottenpudding daraus machen. Anora Protheroes Köchin und ihr leider inzwischen dahingeschiedener und immer noch heftig betrauerter Kater Percival waren ganz besonders liebe Freunde von Sarah gewesen, seit sie als kleines Kelling-Mädchen immer hinausgeschickt worden war, um das niedliche Kätzchen zu streicheln, wenn sie mit den Erwachsenen dort zu Besuch war. Die Köchin hatte ihr das Rezept vor Jahren beigebracht. Diese köstliche, aber preiswerte Nachspeise, die so ähnlich wie Plumpudding war, nur sehr viel leichter verdaulich, wurde bei Anoras Dinnerpartys immer gefeiert. Sarah hatte sie ein paar Mal für ihren Vater gemacht, jedesmal mit großem Erfolg. Hier in diesem Haus hatte sie es nur einmal versucht, aber Tante Caroline hatte »viel zu stark gewürzt« gezischt und verächtlich Kuchengabel und Löffel hingelegt.

Vielleicht waren ihre Pensionsgäste weniger kritisch. Jedenfalls konnte sie auf diese Weise alle Karotten verwenden und hatte eine gute Entschuldigung, um die alte Puddingform herauszuholen, die seit dem Tod von Onkel Gilbert und der darauffolgenden Entlassung der Köchin fast nur noch auf dem obersten Regal in der Speisekammer geruht hatte. Edith hatte das Kochen Sarah aufgehalst, indem sie auf das praktischste Mittel zurückgegriffen hatte, das es gab, nämlich einfach nur Ungenießbares zuzubereiten. Die junge Ehefrau hatte das Kochen während ihrer schwierigen Ehezeit häufig als wirkungsvolle Therapie empfunden. Jetzt, nach dem plötzlichen Tod ihres Mannes, griff sie noch eifriger nach Töpfen und Pfannen.

Nachdem sie den Pudding zubereitet und in ein Dampfbad gestellt hatte, waren noch immer so viele gehackte Karotten übrig, daß sie auf die Suche nach einem Rezept für Karottenbrot ging, das gebacken und solange eingefroren werden konnte, bis man es brauchte. Ihr treuer Untergebener Mr. Lomax hatte ihr spottbillig eine Tiefkühltruhe besorgt, die er von Leuten bekommen hatte, die weggezogen waren. Um die restliche Ofenhitze zu nutzen, machte sie noch schnell ein paar süße Brötchen für das Frühstück und eine Früchtepastete aus den Äpfeln, die sie und Mr. Lomax gerettet hatten. Die Pastete würde sie heute abend servieren, den Pudding morgen, beschloß sie. Die Köchin hatte immer gesagt, er schmecke am besten, wenn man ihn einen Tag stehen ließe.

Alles in allem verbrachte Sarah einen weitaus produktiveren Nachmittag, als sie eigentlich beabsichtigt hatte, vergaß vor lauter Besorgnis um den Pudding Mr. Quiffen und war gerade dabei, höchst erleichtert ihre erfolgreiche Kreation aus der Form zu lösen, als Max Bittersohn die Küche betrat.

»Meine Güte! Feiern wir heute irgend etwas? Machen Sie das etwa jeden Tag?«

»Nein, ich wollte nur zur Abwechslung ein wenig im voraus backen. Der Pudding ist für morgen, aber Sie können gern ein Brötchen probieren, wenn Sie mögen.«

»Sie meinen wohl ein Bötchen. So nennt meine Mutter sie jedenfalls. Gelegentlich macht sie eine ganze Ladung davon, um die Qualen der Monogamie zu lindern.«

»Und hilft es?«

»Wer weiß. Meine Mutter erweitert ihr Englisch permanent.«

»Sie scheint eine sehr nette Frau zu sein. Warum laden Sie sie und Ihren Vater nicht einmal hierher zum Essen ein?«

»Sie gehen fast nie aus.«

Natürlich, wahrscheinlich legten sie viel Wert auf ein koscheres Haus. Sarah gab sich im Geist einen Tritt. Nun ja, vielleicht war es sowieso grundfalsch, sie einzuladen. Schließlich sollte man mit seinen Pensionsgästen nicht unbedingt auf Familienfuß stehen, nicht wahr? Aber Mr. Bittersohn fiel ja auch nicht unbedingt in dieselbe Kategorie wie die anderen Pensionsgäste, oder? Vielleicht sollte man diesen Umstand besser ändern. Auf jeden Fall sollte sie sich jetzt wieder den wirklich dringlichen Dingen zuwenden.

»Hatten Sie Gelegenheit, mit Miss Smith zu reden?«
»Ja.«
»Und was hat sie über Dolph gesagt?«

Bittersohn zuckte mit den Schultern. »Sie war sich fast sicher, ihn schon einmal gesehen zu haben, aber sie konnte nicht genau sagen, wann und wo. Vielleicht war es an dem besagten Tag, vielleicht aber auch nicht. Vielleicht war es an der Haymarket-Station, vielleicht auch nicht. Er kam ihr zu groß vor, aber vielleicht hatte er sich an dem Abend nach vorn gebeugt. Der Mantel hat vielleicht die richtige Farbe, aber das war bei der Beleuchtung schwer zu erkennen gewesen. Die Handschuhe stimmten, aber sie war sich nicht sicher, ob die Hände nicht doch größer oder kleiner waren. Alles in allem könnte man es ein zaghaftes ›Vielleicht‹ nennen. Haben Sie irgend etwas von Ihrem Cousin erfahren?«

»Ich habe total versagt. Erstens konnte ich ihn nie unterbrechen, erst ganz zum Schluß habe ich es geschafft. Als ich dann meine kleine Rede gehalten habe, hat Dolph ein wenig geschimpft und über den Kundendienst der U-Bahn gewettert, dann hat er auf seine Uhr gesehen und ist im Eiltempo zum Parker House marschiert. Ich kann beim besten Willen nicht sagen, ob er jetzt meiner Frage ausgewichen ist oder ob sein Verhalten einfach nur seiner üblichen Art zuzuschreiben war. Um das zu verstehen, müßten Sie Dolph kennen.«

»Dann sollten wir vielleicht ein Treffen mit ihm arrangieren«, sagte Bittersohn. »Ist das alles, was Sie herausbekommen haben?«

»Nicht ganz. Ich glaube, wir können aufhören damit, uns Sorgen zu machen, daß Mr. Hartler möglicherweise irgendwelchen Betrügern aufgesessen ist. Als ich heute Mittag nach Hause kam, bin ich einem Mann begegnet, dessen echten hawaiianischen Kunstschatz er gerade zurückgewiesen hatte. Er verließ soeben das Haus mit dem obskuren Gegenstand, der schön ordentlich in Packpapier eingepackt war. Mr. Hartler kam heraus und berichtete mir von den Qualen, die er durchzustehen hat, wenn er das meiste zurückweisen muß, was die Leute ihm bringen, weil er es nicht für echt erklären kann.

Er sagt, daß sie ihn nicht absichtlich betrügen wollen, sondern daß die meisten Familien einfach dazu neigen, ihre alten Erbstücke mit romantischen Geschichten zu verklären. Ich wußte genau, was er meinte. Erinnern Sie sich daran, was wir neulich über den alten Feldstuhl im Keller gesagt haben?«

»Der Stuhl, auf dem ich saß, als mir die Maus das Hosenbein hochgelaufen ist. Viel kann davon nicht übriggeblieben sein.«

»Da haben Sie recht, aber ich habe die traurigen Überreste in den Besenschrank gesteckt, und Onkel Jem hat sie gefunden, als er herumkramte, um herauszufinden, wo ich den Whiskey versteckt hatte. Er hat die Stücke herausgeholt, um sie den Pensionsgästen zu zeigen, und ihnen die alte Geschichte erzählt, wie Großonkel Nathan auf dem Stuhl den San Juan Hill hochgestürmt ist, zwei Längen vor Teddy Roosevelt. Mr. Hartler hat mir eine niedliche kleine Schatulle gezeigt, von der ich weiß, daß sie echt sein muß, denn sie hat dasselbe Wappen wie der Fächer, den wir zurückgegeben haben.«

»Wie schön für ihn«, meinte Bittersohn und nahm sich geistesabwesend noch ein Brötchen. »Also, ich mache mich jetzt wohl besser aus dem Staub, bevor meine vornehme Pensionswirtin mich hier in trauter Zweisamkeit mit der Köchin erwischt. Soll ich mich eigentlich zum Dinner umziehen, oder wahre ich weiterhin Rangabstand gegenüber den Gentlemen aus der oberen Etage?«

»Ganz, wie Sie mögen«, meinte Sarah. »Denken Sie bloß nicht, daß Mr. Porter-Smiths Kummerbund meine Idee war, aber da es ihn glücklich zu machen scheint, spiele ich mit, so gut ich kann. Jetzt müssen Sie aber tatsächlich verschwinden, denn da kommt Charles gerade draußen durch das hintere Tor, und offiziell dürfen Sie nicht wissen, daß ich koche. Charles ist der Meinung, das würde meinem Ansehen Abbruch tun. Nochmals vielen Dank für Ihre Mühe heute. Es tut mir schrecklich leid, daß es so ein Reinfall war.«

Kapitel 11

Wie Sarah erwartet hatte, gab Mrs. Sorpende bei Tisch höflich ihrer Hoffnung Ausdruck, daß Sarah mit ihrer künstlerischen Arbeit gut vorankomme.

»Ich bin schon so weit fortgeschritten, daß ich immerhin neue Tusche gekauft habe«, erwiderte Sarah. »Mein Cousin und ich mußten uns um eine juristische Sache kümmern, was leider viel zuviel Zeit in Anspruch genommen hat. Übrigens soll ich Sie ganz besonders von ihm grüßen.«

»Wie reizend von ihm.«

Mrs. Sorpende lächelte. Professor Ormsby gab leise Knurrlaute von sich. Miss LaValliere und Mr. Porter-Smith tauschten wissende Blicke aus. Mr. Bittersohn fuhr fort, seinen Schinken zu essen, eine Tatsache, die Sarah mit Erleichterung erfüllte. Sie hatte nämlich vergessen, nachzufragen, ob er die orthodoxen Speisegebote befolgte, aber sie hätte eigentlich wissen müssen, daß Mr. Bittersohn alles andere als orthodox war.

Nach dem Essen schlug Miss LaValliere vor, hinüber zum Common zu gehen, um nachzusehen, ob die Weihnachtsdekorationen noch nicht entfernt worden waren, aber niemand zeigte Interesse. Mrs. Sorpende hatte noch Briefe zu schreiben, Mr. Hartler ebenfalls. Professor Ormsby mußte am MIT ein Referat halten und schlug vor, Miss LaValliere könne mit ihm hinübergehen, aber Miss LaValliere wollte nicht. Was sie wollte, war Mr. Bittersohn, aber Mr. Bittersohn hatte nicht genauer definierte berufliche Pflichten anderswo zu erfüllen. Doch als Mr. Porter-Smith, der gern irgendwo hingegangen wäre, wo er seinen neuen Kummerbund vorführen konnte, als Alternative vorschlug, sich in der Charles Street in ein Café zu setzen, stellte sie sich wieder der harten Realität und akzeptierte schließlich.

Sarah ließ Mariposa und Charles in der Küche zurück, wo sie ihre traute Zweisamkeit genossen, und ging nach oben, um sich mit ein oder zwei Illustrationen abzuquälen. Sie wählte willkürlich ein Foto aus und begann eine detaillierte Skizze des Schnappverschlusses. Die winzigen Einzelheiten exakt wiederzugeben ermüdete ihre Augen, also begann sie, selbst welche zu erfinden, so wie Mr. Bittersohns Mutter nach Aussage ihres Sohnes neue englische Wörter erfand. Was machte es schon aus? Die Skizze war sowieso nur als Dekoration gedacht.

Seit ihrer fatalen Skizze von der Familiengruft hatte Sarah nicht mehr gezeichnet. Sie mußte allen Mut zusammennehmen, um überhaupt den Bleistift in die Hand zu nehmen. Als sie jedoch einmal dabei war, fand sie wieder die alte Freude an ihrer Arbeit, und bald war aus dem Verschluß ein Entwurf für Ohrringe geworden, die perfekt zu Granny Kays Eisvogelbrosche paßten.

Eine wunderbare Idee! Sie würde sie zwar wahrscheinlich nie besitzen, aber allein die Vorstellung machte schon Spaß. Sie drehte das Radio an, das sie aus der Bibliothek geholt hatte, und stellte fest, daß WXHR gerade César Francks *Sinfonie in d-Moll* spielte, ein Stück, das sie liebte und seit langem nicht mehr gehört hatte. Plötzlich stellte sie fest, daß sie zum ersten Mal seit Alexanders Tod beinahe glücklich war.

Sofort fühlte sie sich schuldig. Wie konnte sie sich gut fühlen, wo doch schon wieder ein Mord passiert war und Dolph möglicherweise damit zu tun hatte? Dann wurde sie wütend. Warum sollte sie sich eigentlich nicht gut fühlen? Barnwell Quiffens Gemeinheiten und Dolphs ungezügeltes Temperament waren schließlich nicht ihre Schuld. Und wie konnte sie hundertprozentig sicher sein, daß Miss Mary Smith sich nicht eine amüsante kleine Phantasiegeschichte ausgedacht hatte, wie sie es gerade selbst bei den Ohrringen gemacht hatte?

Aber die Freude war ihr wieder einmal vergangen. Die Zeichnung war fertig, das Konzert war vorbei. Sarah knipste das Radio aus und machte sich für die Nacht zurecht. Sie nahm zwei Aspirin und versuchte, ein wenig Schopenhauer zu lesen. Aber selbst sein trockener Stil konnte sie erst nach längerer Zeit zum Einschlafen verleiten.

Als sie wieder aufwachte, fühlte sie sich ein bißchen durcheinander, doch für solche Gefühle hatte sie jetzt keine Zeit. Aufgrund der unterschiedlichen Terminpläne ihrer Pensionsgäste gab es ein Frühstücksbuffet im englischen Stil, wobei die Gerichte auf der Anrichte standen, sie selbst die Kaffeemaschine überwachte und Mariposa dekorativ mit ihren orangefarbenen Bändern hin- und herhuschte, um neue Brotscheiben in den Toaster zu stecken oder gebrauchte Teller und Tassen abzuräumen.

Professor Ormsby kam immer als erster herunter und Mrs. Sorpende meistens als letzte. Nachdem die würdevolle Matrone alles verspeist hatte, was von der vorangegangenen Verwüstung verschont geblieben war, zogen sich Sarah und Mariposa in die Küche zurück, um die geschäftliche Seite zu besprechen.

Da sie sonst immer vollauf damit beschäftigt waren, das Haus in Ordnung zu halten und sämtliche Gäste zufriedenzustellen, war dies die einzige Gelegenheit für ein richtiges Gespräch. Obwohl sie vor den anderen stets den passenden Abstand zwischen Hausherrin und Angestellter wahrten, waren sie in Wirklichkeit echte Kampfgenossinnen in ihrem privaten Krieg gegen die Armut. Mariposa fungierte ebenso oft als stellvertretender General wie Sarah als Tellerwäscherin. In vielen Punkten war sie die Geschäftstüchtigere von beiden, war ungewöhnlich praktisch eingestellt, besaß eine ungeheuer originelle Art und drückte häufig ihre Gedanken äußerst amüsant aus.

Heute war Mariposa allerdings ganz und gar nicht zu Späßen aufgelegt. Während Sarah die letzten Eireste von einer Gabel kratzte, sagte sie: »Ich muß etwas mit Ihnen besprechen.«

»Dann legen Sie ruhig los. Würden Sie mir bitte eben das Silberputzzeug reichen? Um was geht es denn?«

»Es handelt sich um Mrs. Sorpende. Ich mache mir Sorgen um sie.«

»Nach dem, was sie heute zum Frühstück verputzt hat? Doch sicher nicht wegen ihrer Gesundheit? Ich habe wirklich keine Ahnung, wie diese Frau es schafft, ihr Gewicht zu halten.«

»Sie läßt das Mittagessen aus«, sagte Mariposa.

»Woher wissen Sie das?«

»Reine Logik, wie Charles sagen würde. Wenn sie das Kleingeld für ein Sandwich hätte, würde sie es für was anderes ausgeben. Wissen Sie, daß sie ihre Unterwäsche im Badezimmer auswäscht?«

»Das wußte ich zwar nicht, aber was ist denn so schlimm daran? Es sei denn, sie ließe es so hängen, daß es Miss LaValliere völlig volltropft.«

»Pah! Sie würde nie zulassen, daß es jemand sieht. Wissen Sie auch, warum?«

»Weil sie zu schamhaft ist?«

Wenn sie allerdings daran dachte, wieviel Mrs. Sorpende jeden Morgen von ihrer Front zur Schau stellte, konnte Sarah sich nicht vorstellen, daß dies die richtige Antwort war, womit sie völlig recht hatte. Mariposa schnaufte verächtlich.

»Weil ihre Unterwäsche völlig zerrissen ist. Deshalb.«

»Ist meine auch.«

»Ja, wir müssen Ihnen unbedingt was Anständiges kaufen. Es schadet unserem Image, wenn Sie vor der silbernen Kaffeemaschine sitzen und eine zerlöcherte Unterhose tragen. Und was wäre, wenn es plötzlich ein Erdbeben gäbe? Aber wenigstens war Ihre Unterwäsche beste Qualität, als Sie sie gekauft haben. Aber die von Mrs. Sorpende ist wirklich billigstes Zeug. Und wie viele Kleider haben Sie je an ihr gesehen?«

»Keinen blassen Schimmer. Ich habe sie nie gezählt. Es scheint so, als ob sie jeden dritten Abend ein neues Kleid anhätte.«

»Richtig. Es scheint so. Aber wenn man sich die ganzen Schals, Blumen und Perlen und all das Zeug mal wegdenkt, was bleibt dann übrig?«

»Ein einfaches schwarzes Kleid, vermute ich. Sie trägt immer Schwarz.«

»Genau ins Schwarze getroffen, Liebchen. Ein einfaches schwarzes Kleid für den Abend, und wenn sie das nicht in Filene's Basement gekauft hat, bin ich die Königin Liliuokawhoozis. Und ein einfaches kurzes Kleid für tagsüber, ein einfacher Mantel und ein Paar schwarze Lederpumps und ein Paar schwarze Vinylstiefel und eine Schublade voll Kunstblumen und billige Schals und Modeschmuck und ein Paar Nylonstrümpfe und ein paar Kniestrümpfe, die wirklich kunstvoll gestopft worden sind, und wenn sich jemand schon die Mühe macht, eine Laufmasche zu stopfen, wenn die Strümpfe nur 49 Cent kosten –«

»Mariposa, Sie haben in den Schubladen herumgeschnüffelt!«

»Sie haben Klasse, Liebchen. Charles hat Klasse. Hier gibt es einfach zuviel Leute mit Klasse, und bald bricht der ganze Laden zusammen wie das Kartenhaus von 'nem Falschspieler. Ich, ich hab' keine Klasse. Konnt' ich mir nie erlauben. Und Sie können mir glauben, Liebchen, diese Lady kann es sich auch nicht erlauben. Sie ist doch wohl hoffentlich nicht mit der Miete in Verzug?«

»Nein, überhaupt nicht. Sie zahlt immer pünktlich, genau wie die anderen.«

»Wie?«

»Sie überreicht es mir in einem kleinen Umschlag. Ach so, Sie meinen, ob sie bar bezahlt oder mit einem Scheck? Sie bezahlt immer bar. Komisch, sie ist eigentlich die einzige, die das tut. Alle anderen schreiben Schecks aus. Hat das etwas zu bedeuten?«

»Für mich bedeutet das sogar eine ganze Menge«, sagte Mariposa. »Wenn man ein Konto eröffnet, muß man erst einmal Geld einzahlen, oder? Und wenn man nicht genug auf dem Konto hat, muß man für jeden Scheck eine Gebühr bezahlen, nicht? Zählen Sie mal so Gebühren zusammen, und schon haben Sie den Preis von einem Paar Kniestrümpfe für 49 Cent raus, die man dann unter einem poppigen schwarzen Abendkleid tragen kann. Und keiner merkt was, nicht?«

»Aber Mariposa –«

»Sie brauchen gar nicht erst aber zu sagen, Liebchen. Ich nehme an, sie hat irgendwo ein kleines Sparguthaben. So kriegt sie wahrscheinlich ein oder zwei Dollar Zinsen, statt selbst draufzuzahlen. Sie hebt die Miete für eine Woche ab, gibt Ihnen das Geld, ißt, was Sie ihr vorsetzen, und schon braucht sie keinen Pfennig mehr auszugeben, als sie schon hat. Sie führt uns weiter ihren Schleiertanz vor, vielleicht kann sie Ihnen noch ein paar Wochen länger vormachen, daß sie die vornehme Dame ist, für die sie sich ausgibt. Aber in dem Moment, wo sie die Miete nicht mehr pünktlich bezahlt, schaffen Sie sich am besten schnellstens eine kranke Tante an, die das Zimmer dringend braucht.«

»Wirklich, Mariposa! Eine kranke Tante würde doch wohl nicht zwei Treppen hochsteigen!«

»Dann eben eine gesunde Tante. Sehen Sie, am besten legen Sie sich schnellstens mit einer Halsentzündung hin und überlassen Charles die ganze Angelegenheit. Ich schätze, Sie haben nicht viel Erfahrung damit, jemanden rauszuschmeißen, oder?«

»Aber ich mag Mrs. Sorpende«, jammerte Sarah. »Ich mag sie sogar von allen Pensionsgästen am liebsten, außer natürlich – aber Mr. Bittersohn kannte ich schließlich schon vorher.«

»Mr. Quiffen auch, Liebchen. Ich hab' allerdings nicht bemerkt, daß Sie deswegen Trauer tragen.«

»Vielleicht bilden Sie sich das meiste nur ein«, brauste Sarah auf. Es war das erste Mal, daß sie mit Mariposa aneinandergeriet. »Wenn Sie soviel überschüssige Energien haben, warum kümmern Sie sich dann nicht um die Eingangshalle, statt die Löcher in anderer Leute Unterwäsche zu zählen? Die Halle sieht immer aus wie bei Hempels, ich weiß auch nicht wieso. Bis vor ein paar Tagen war doch noch alles in Ordnung.«

»Das sind all die Leute, die ständig bei Mr. Hartler rein- und rausrennen. Treten sich nicht mal die Füße ab und tun so, als hätten sie einem auch noch 'nen Gefallen damit getan, daß man ihnen die Tür aufmachen darf. Mr. Hartler ist vielleicht einer von Ihren netten alten Bostoner Gentlemen, aber er hat verdammt merkwürdige Freunde.«

»Das sind nicht seine Freunde«, korrigierte Sarah. »Es sind bloß Leute, die ihm Dinge verkaufen wollen, die angeblich aus dem Iolani-Palast stammen, von dem er ständig redet.«

»Und wieso kommen die alle mit leeren Händen und gehen mit Paketen weg?«

»Weil sie ihm die Sachen dagelassen haben, damit er sie untersucht und für echt oder unecht erklärt, und er ihnen immer sagen muß, daß es sich nicht um das handelt, wonach er gesucht hat, und sie bitten muß, wieder herzukommen und sich die Sachen abzuholen. Ich vermute, sie sind alle wütend und enttäuscht, und darum sind sie auch nicht besonders höflich.«

»Das ist überhaupt keine Entschuldigung für schlechte Manieren«, sagte Mariposa eingeschnappt. »Besonders nicht in 'nem Nobelschuppen wie diesem. Charles sagt immer, die Unfähigkeit, mit Frustrationen fertigzuwerden, ist ein Zeichen von Unreife. Wie finden Sie das? Na ja, das ist wohl auch der Grund, warum ich in Mr. Hartlers Zimmer nicht saubermachen soll. Ich wette, er hat Angst, ich würde ihm seine echten falschen Antiquitäten klauen!«

»Ich bin ganz sicher, daß er nichts dergleichen denkt. Er ist bloß so sehr mit dem Iolani-Palast beschäftigt, daß alles andere ihm unwichtig erscheint. Wenn Mr. Hartler nicht wünscht, daß wir bei ihm Sachen staubwischen, die ihm nicht gehören, finde ich das ganz verständlich, aber wir werden das Zimmer natürlich trotzdem saubermachen. Sonst haben wir nachher Ohrenkneifer und Küchenschaben oder Gott weiß was noch im Haus. Ich denke, am besten unterhalte ich mich mit ihm über diese Angelegenheit. Außerdem werde ich ihm sagen, er soll dafür sorgen, daß sich seine Besucher die Füße abtreten. Schließlich ist dies ein Privathaus. Oder zumindest noch halbprivat. Jetzt muß ich zur Bank und die Mietschecks einreichen und Tante Emmas Bestellung bei der Boston Music Company abholen, was ich gestern vergessen habe, und Schlagsahne für den Pudding kaufen, den wir heute abend servieren. Brauchen wir sonst noch etwas?«

Die Großeinkäufe wurden immer samstags erledigt, wenn Charles da war, um die Taschen zu tragen. Zusammen tuckerten sie dann in ihrem alten Studebaker zu einem nahegelegenen Supermarkt in einer recht heruntergekommenen Gegend. Mariposa hatte ihn ausfindig gemacht, und die Lebensmittel waren hier bedeutend billiger. Trotzdem fehlte jedesmal irgend etwas, das im letzten Moment besorgt werden mußte, so daß die Läden in der Nachbarschaft wie eh und je ihr Geschäft mit den Kellings machten. Mariposa nannte ein oder zwei Dinge, und Sarah zog sich den Mantel über und verließ das Haus.

Sie überquerte die Beacon Street, nahm die Abkürzung über die Grünanlage, den Boston Common, und ging zu dem hübschen Gebäude, in dem die Boston Music Company schon untergebracht gewesen war, bevor sie und ihre Eltern auf der Welt waren. Sie ging sehr langsam und schaute gerade nach Miss Smith aus, als sie plötzlich eine imponierende Person in einiger Entfernung vor sich hergehen sah, die einen schwarzen Mantel, einen pflaumenfarbenen Samtturban, einen Schal und einfache schwarze Stiefel trug. Sarah hatte eigentlich nicht vorgehabt, ihr zu folgen, mußte aber feststellen, daß sie ihre Richtung unterbewußt leicht verändert hatte, wohl um Mrs. Sorpende besser im Blick zu haben. Nach kurzer Zeit war völlig klar, daß diese schnurstracks auf die öffentliche Damentoilette zueilte.

Wie merkwürdig. Andererseits war Mrs. Sorpende eine Dame mittleren Alters, die gerade drei Tassen Kaffee zum Frühstück getrunken hatte. Aber sie hatte doch eben erst das Haus verlassen. Sarah hatte sie gehen hören, als sie noch nach ihren Handschuhen und dem Portemonnaie suchte. Ob Mrs. Sorpende vielleicht plötzlich Bauchkrämpfe oder so etwas bekommen hatte? Wie mußte sich eine Pensionswirtin in einem derartigen Fall verhalten?

Sie konnte ihr ja schlecht dorthin folgen und eine derart würdige Person in einer wahrscheinlich recht unwürdigen Situation überraschen. Andererseits wäre es auch nicht angebracht, einfach vorbeizugehen und sie in einer Notsituation allein zu lassen. Vielleicht tat sie am besten daran, sich in einem angemessenen Sicherheitsabstand irgendwo hinzustellen und abzuwarten, wie Mrs.

Sorpende aussehen würde, wenn sie wieder herauskam. Sarah plazierte sich hinter einen günstig stehenden Baum, eine Ulmus procera (im Boston Common hatte man die Bäume mit gelehrten Namensplaketten versehen), und legte sich auf die Lauer.

Kapitel 12

Aber Mrs. Sorpende kam nicht wieder heraus. Ein oder zwei andere Personen kamen heraus. Sarah sah ein Mädchen von etwa 14 Jahren, das eigentlich um diese Zeit in der Schule zu sein hatte, aus dem Gebäude herausschlendern, in mehr als hautengen Jeans, einer wuscheligen Jacke aus Kunstpelz, die so kurz war, daß sich das arme Ding sicher schwere Nierenschäden zuziehen würde, und hinten offenen Schuhen mit extrem hohen Absätzen, auf denen es völlig ungeübt herumbalancierte. Dabei paffte das Mädchen höchst dilettantisch eine Zigarette. Sarah stiegen vor Mitleid fast die Tränen in die Augen.

Auch eine in Tweed gehüllte Frau mit zwei Afghanen kreuzte auf, befestigte die beiden Hundeleinen am Türknauf und stattete der Damentoilette einen kurzen Besuch ab. Direkt hinter ihr erblickte Sarah schließlich einen schwarzen Mantel und atmete erleichtert auf, denn sie hatte inzwischen eiskalte Füße. Doch der Mantel gehörte zu einer gebeugten alten Dame, die einen schäbigen Schal um den Kopf gebunden hatte und ein Paar kaputte rote Turnschuhe anhatte. Sie trug eine große Plastiktragetasche für milde Gaben, die bestimmt noch von einem längst vergangenen Halloweenfest stammte. Eine andere Einzelkämpferin in Sachen Ökologie, daran bestand kein Zweifel.

Immer noch keine Spur von Mrs. Sorpende. Inzwischen glaubte Sarah, allen Grund zur Sorge zu haben. Auch wenn es peinlich war, sie mußte jetzt hineingehen und nachsehen.

Das Gebäude war erstaunlich sauber und völlig leer.

»Manchmal bist du doch einfach zu blöd«, sagte sie laut zu sich selbst.

Hatte sie Mrs. Sorpende denn wirklich hier hereingehen sehen? Ganz bestimmt hatte sie das, schließlich war sie doch nicht blind. War die Frau etwa durch einen anderen Ausgang verschwunden? Nein, es gab keinen. Dann mußte Mrs. Sorpende herausgekommen sein und irgendwie in die andere Richtung verschwunden sein, während Sarahs Aufmerksamkeit kurzfristig von diesem albernen kleinen Mädchen in dem Pelzjäckchen oder der alten Dame, die Miss Smith hätte sein können, es aber nicht war, in Anspruch genommen worden war. Hoffentlich hatte ihre Mieterin nicht bemerkt, wie idiotisch sich die junge Mrs. Kelling hinter der Ulme benommen hatte.

Ziemlich verärgert ging Sarah ihren eigentlichen Aufgaben wieder nach. Es war einer dieser Tage, an denen auch einfach gar nichts klappen wollte. Im Musikgeschäft mußte sie endlos lange warten, bis irgendeine merkwürdige Verwechslung bei Tante Emmas Bestellung der Auszüge von *Cosi fan tutte* endlich aufgeklärt worden war. Wie es einem so oft passiert, stellte sie sich in der Bank genau in die falsche Schlange, und nachdem sie eine ganze Zeit erst auf dem einen und dann auf dem anderen Fuß gestanden hatte, stellte sie fest, daß sie sich mit einem Kassierer in der Ausbildung abquälen mußte, der nicht die geringste Ahnung hatte, wie man die komplizierte Aufgabe löste, fünf Mietschecks und eine Auszahlung aus dem Erbteil zu bewältigen und Sarah den kleinen Betrag auszuhändigen, den sie für Notfälle vorgesehen hatte.

Dem Geschäft, in dem sie normalerweise ihre Sahne kaufte, war leider aus mysteriösen Gründen gerade die Sahne ausgegangen, und so mußte sie woanders hingehen und sehr viel mehr bezahlen. Am Ende kam sie viel später zu Hause an, als sie vorgesehen hatte, und ihre Stimmung wurde auch nicht besser, als sie feststellte, daß sie den Hausschlüssel vergessen hatte. Sie tastete nach der Klingel, verlor dabei die Kontrolle über Tante Emmas Paket, und Mozart verteilte sich großräumig auf dem Boden. Endlich kam Mariposa aus der zweiten Etage herunter, wo sie gerade die Schlafzimmer saubergemacht hatte, und ließ sie herein.

»Ich dachte, Sie wollten die Eingangshalle putzen«, begrüßte Sarah sie unfreundlich.

»Habe ich doch«, protestierte Mariposa. »Geputzt, staubgewischt, staubgesaugt, sofort, nachdem Sie gegangen waren.«

»Dann hat sie jemand sehr schnell wieder schmutzig gemacht. So darf es auf keinen Fall weitergehen. Wissen Sie, ob Mr. Hartler in seinem Zimmer ist?«

»Er ist da, aber er hat Besuch.«

»Zweifellos jemanden mit schmutzigen Schuhen, würde ich sagen. Halten Sie hier bitte Wache, und sagen Sie mir sofort Bescheid, wenn er wieder allein ist. Ich gehe erst einmal in die Küche.«

Doch bis zur Küche kam sie gar nicht erst. Als sie den langen Korridor entlangging, der am Eßzimmer vorbeiführte, schaute sie zufällig in das Zimmer. Eine Frau, die sie niemals zuvor gesehen hatte, öffnete gerade völlig selbstverständlich den Schrank, in dem sich das Porzellan befand, und nahm sich eine von Urgroßmutter Kellings Coalport-Vasen heraus.

Der ganze Groll, der sich während des Tages in Sarah angesammelt hatte, und die ganze Wut, die man sie so sorgfältig zu unterdrücken gelehrt hatte, entluden sich mit einem Mal. Sie ging mit einer Heftigkeit auf die Frau los, die sie selbst überraschte, und riß ihr die Vase aus der Hand.

»Wie können Sie es wagen!«

Die Frau schien nicht im geringsten eingeschüchtert zu sein. »Was regen Sie sich so auf? Hören Sie, ich bin nicht hergekommen, um mich beleidigen zu lassen. Die Vase ist nicht schlecht. Natürlich nur eine Reproduktion, aber wirklich nicht schlecht. Was halten Sie davon, wenn ich Ihnen 50 Dollar für das Paar bezahle? Was sagen Sie dazu?«

Sarah sagte nur »Mariposa!«, aber sie sagte es mit überschlagender Stimme.

Das Hausmädchen eilte sofort herbei. »Was ist denn los – Madam?« fügte sie hastig hinzu, als sie die fremde Person sah.

»Gehen Sie, und legen Sie den Riegel vor«, ordnete Sarah an. »Und dann kommen Sie sofort zurück, und helfen mir, das Silber zu zählen.«

»He, so einfach geht das nicht«, kreischte die fremde Frau. »Sie haben kein Recht, mich hier gegen meinen Willen festzuhalten!«

»Ach nein?« Sarah hatte sich inzwischen wieder gefangen. »Jedenfalls haben Sie das Haus immerhin gegen meinen Willen betreten. Wie sind Sie überhaupt hereingekommen?«

»Er hat mir natürlich aufgemacht. Ihr Chef.«

»Mein was?«

Mr. Hartler hatte offenbar den Tumult mitbekommen, denn er tauchte plötzlich im Eßzimmer auf, wie immer über das ganze Gesicht strahlend. Seine wütende Pensionswirtin ging zum Angriff über.

105

»Mr. Hartler, können Sie mir bitte erklären, wieso ich diese – diese Person dabei erwischt habe, wie sie den Schrank mit meinem Porzellan durchwühlt? Sie hat gerade behauptet, Sie hätten ihr aufgemacht. Stimmt das?«

»Nun ja, ich glaube, das habe ich wohl wirklich getan, wenn sie das sagt«, erwiderte er. »Ja, jetzt erinnere ich mich wieder, wie ich zur Tür ging. Aber wissen Sie, es war gerade Besuch da, deshalb habe ich – Ich bin so aufgeregt, wissen Sie. Dieser Herr, den ich gerade in meinem Zimmer habe –«

»Mr. Hartler, es interessiert mich nicht, weswegen Sie aufgeregt sind. Ich verlange nur zu wissen, wie Sie dazu kommen, aus meinem Haus einen Schweinestall zu machen, und wieso wildfremde Leute sich hier zu schaffen machen, die hier nichts zu suchen haben.«

»Einen Moment mal«, unterbrach sie die Fremde. »Wem gehört denn nun eigentlich dieses Haus? Ist diese Frau nicht ganz richtig im Kopf, oder was?«

Sarah war schneller als Mr. Hartler. »Ich bin Mrs. Alexander Kelling. Sie befinden sich in meinem Haus, und Mr. Hartler ist mein Pensionsgast. Ich habe ihm erlaubt, hier seine –«

»Ja, ja«, blubberte der alte Herr, »Mrs. Kelling war so freundlich, wirklich sehr freundlich. Ich fürchte, sie hält mich für einen schrecklichen alten Störenfried. Also, Mrs. – tut mir leid, aber ich glaube, ich habe Ihren Namen nicht ganz verstanden –, vielleicht wäre es besser, wenn Sie zu einem anderen Zeitpunkt zurückkämen, wenn wir nicht so – äh – beschäftigt sind.«

»Mir wäre lieber, wenn sie überhaupt nicht wiederkäme«, sagte Sarah kühl. »Sie hat mir gerade 50 Dollar für ein Paar von Urgroßmutters Coalport-Vasen geboten.«

»Ach herrjeh! Ach herrjeh! Was für eine mißliche Lage. Ich muß mich bei Ihnen in aller Form entschuldigen, Mrs. Kelling. Wirklich in aller Form entschuldigen. Hier – Mrs. – äh – ich bringe Sie nur eben zur Tür.«

»Einen Moment!« brüllte Mariposa. »Wir haben das Silber noch nicht gezählt.«

»Aber das – ist doch sicherlich –«

»Mr. Hartler, führen Sie Ihren Besuch bitte in die Eingangshalle, und warten Sie dort, bis wir hier fertig sind«, ordnete Sarah an. »Sobald wir sicher sind, daß nichts fehlt, kommen wir, entriegeln die Tür und lassen sie hinaus. In Zukunft legen Sie bitte Ihre

Termine weit genug auseinander, so daß etwas Derartiges auf keinen Fall noch einmal vorkommt. Außerdem bestellen Sie Ihren Besuchern bitte, sie sollen ihre Stiefel draußen lassen und gefälligst damit aufhören, meinen orientalischen Läufer als Aschenbecher zu mißbrauchen. Ich weiß zwar nicht, was für Leute Sie hier empfangen, aber wenn sie sich nicht wie zivilisierte Menschen benehmen können, müssen Sie sie anderswo treffen. Habe ich mich klar genug ausgedrückt?«

»Ja, ja. Ich bin ein schrecklicher alter Mann, und ich entschuldige mich hiermit, Mrs. Kelling. Ich mache Ihnen nichts als Ungelegenheiten. Nur Ungelegenheiten. Bitte kommen Sie mit, Mrs. – äh –«

Die Dame zischte: »Ich muß schon sagen!«, und Mr. Hartler versuchte sie mit »Ja, ja, ist alles meine Schuld. Schreckliches Mißverständnis!« zu beruhigen, während er sie in die Halle führte und höflich die Tür hinter sich zuzog.

Das Zählen des Familiensilbers hatte zwar wenig Sinn und war eher von symbolischer Bedeutung, doch Sarah und Mariposa schritten trotzdem zur Tat. Es schien nichts zu fehlen, aber die Coalport-Vase war zweifellos nicht der einzige Gegenstand gewesen, den Mr. Hartlers Besucherin auf ihren Abwegen begutachtet hatte. Sarah zählte, so schnell sie konnte, denn sie war sich nicht sicher, ob sie überhaupt ein Recht hatte, diese Frau in der Eingangshalle festzuhalten, und sie verspürte keinerlei Lust, wieder in den Zeitungen zu erscheinen, diesmal wegen versuchtem Kidnapping. Es vergingen kaum mehr als 15 Minuten, bis sie hinausging und die Tür wieder aufschloß.

»Also wirklich!« fauchte die Frau und stürzte hinaus, »dieses Haus betrete ich bestimmt nie wieder!«

»Wunderbar«, erwiderte Sarah. »Ich freue mich schon darauf, Sie nicht mehr wiederzusehen.«

Das war wohl das Unverschämteste, das sie je in ihrem Leben gesagt hatte. Sie hatte geglaubt, daß eine richtige Explosion sie erleichtern würde, aber sie hatte sich offenbar geirrt. Gegen sechs Uhr bekam sie höllische Kopfschmerzen. Als Max Bittersohn schließlich anrief und ihr mitteilte, er käme nicht zum Abendessen, brach sie beinahe in Tränen aus.

»Aber ich habe doch Karottenpudding gemacht«, jammerte sie, wobei sie merkte, wie lächerlich sie sich machte, was ihre Stimmung noch weiter sinken ließ.

»Verwahren Sie mir ein Stück«, erwiderte er. »Ich weiß noch nicht, wann ich zurückkomme. Es tut mir leid, daß ich Ihnen nicht eher Bescheid sagen konnte, aber ich habe gerade bei meinem Auftragsdienst nachgefragt und erfahren, daß ich einen Mann wegen eines Matisse treffen soll.«

»Ist ja auch nicht weiter schlimm.«

Das war es aber doch. Sarah war schockiert, als sie sich eingestehen mußte, wie sehr sie mit Bittersohns moralischer Unterstützung gerechnet hatte. Was sollte sie denn jetzt bloß tun?

Kapitel 13

Glücklicherweise hatte Sarah am gestrigen Nachmittag bereits vorgekocht, ansonsten hätte sie das Abendessen vielleicht nicht überstanden. Sie bereitete alles vor, so gut sie konnte, und zog sich dann nach oben zurück, um zwei Aspirin zu nehmen und sich eine halbe Stunde hinzulegen, damit sie für die Abendvorstellung fit war. Die Aussicht, mit ihren Pensionsgästen höflich zu konversieren, vor allem mit Mr. Hartler, nachdem sie ihm derart den Marsch geblasen hatte, ging beinahe über ihre Kräfte.

Vielleicht hätte sie zu ihm hineingehen und sich entschuldigen sollen, nachdem seine aufsässige Besucherin gegangen war, aber andererseits – warum hätte sie das eigentlich tun sollen? Es war schließlich ihr Haus und nicht seins.

Mit Onkel Jems Hilfe hatte Sarah eine strenge, aber praktische Hausordnung entworfen. Mr. Hartler hatte davon eine Kopie bekommen wie alle anderen auch. Gäste wurden offiziell in der Bibliothek und privat in den jeweiligen Zimmern der Pensionsgäste empfangen. Sie hatten zu akzeptablen Zeiten zu kommen und zu gehen und sich so zu verhalten, daß sie die anderen nicht störten. Im Eßzimmer hatten sie sich nur aufzuhalten, wenn sie vorher darüber informiert wurde und nachdem eine bestimmte Summe entrichtet worden war.

Unter gar keinen Umständen war es Außenstehenden erlaubt, ohne Begleitung durch das Haus zu wandern und im Privateigentum der Hausbesitzerin herumzustöbern, als befinde man sich in einem Souvenirladen. Wenn Mr. Hartler sich mit diesen Regeln nicht anfreunden konnte, dann mußte Mr. Hartler eben wieder gehen. Und wenn sie Mrs. Sorpende wegen Mietrückstand an die Luft befördern mußte, konnte sie hingehen und ihm den Haushalt führen, und er konnte ihr neue Unterwäsche kaufen.

Nachdem Sarah sich ihre kleine Ruhepause gegönnt hatte, fühlte sie sich etwas besser, duschte, legte einen Hauch mehr

109

Make-up auf, als es sonst ihre Gewohnheit war, und warf sich in das graue Satinkleid, das in jüngeren, schlankeren Jahren einmal Tante Emma gehört hatte. Dann ging sie nach unten, um ihre Rolle zu spielen, koste es, was es wolle.

Als sie durch die Eingangshalle zur Bibliothek ging, stürmte Mr. Hartler zur Haustür herein, immer noch in seiner Ausgehkluft, den Tweedhut schief auf dem zerzausten weißen Haar, den tweedgefütterten Popeline-Regenmantel falsch geknöpft, die Arme voller Päckchen. »Für Sie, Mrs. Kelling«, keuchte er. »Entschuldigung. Schrecklicher alter Mann. Bin viel zu spät. Muß mich sofort umziehen. Unmöglich, um diese Zeit einkaufen zu gehen. Hätte ich aber wissen müssen. Böser alter Mann. Glücklicher alter Mann!«

Er rannte in sein Zimmer und überließ es Sarah, ihre Geschenke auszupacken. Er hatte ihr ein Dutzend wunderschöne weiße Rosen mitgebracht, eine Flasche Benediktiner und eine Riesenschachtel mit teuren Pralinen. Sie mußte zugeben, daß dies für eine Entschuldigung nicht schlecht war.

Nachdem er sich jedoch wieder in seinem üblichen Abendanzug zu den anderen gesellt hatte, war nichts mehr von seiner Zerknirschung zu spüren. Wer immer ihn an diesem Nachmittag besucht hatte – nicht jene unglückselige Dame, die sich, wie er sich ausdrückte, so garstig betragen hatte, sondern sein anderer Besuch – hatte Fotografien mitgebracht, auf denen angeblich nicht weniger als sieben der 62 Eßzimmerstühle abgebildet waren, die König Kalakaua 1882 von einer Bostoner Firma hatte herstellen lassen, aber nie abgeholt hatte. Oh Jubel, Mr. Hartler würde sie noch an diesem Abend besichtigen können. Er war so aufgeregt, daß er sich außerstande sah, das Abendessen auch nur anzurühren, und hoffte inbrünstig, daß Mrs. Kelling dies nicht als Beleidigung auffasse und ihm verzeihen könne.

Noch bevor sie überhaupt am Tisch saßen, schwirrte Sarah der Kopf. Sie hatten alle gründlich die Nase voll von Mr. Hartler und seinen 62 Stühlen. Miss LaValliere, die am Nachmittag beim Friseur gewesen war und jetzt noch grotesker aussah als sonst, fing an zu schmollen, als sie erfuhr, daß Mr. Bittersohn nicht da war, um sich beeindrucken zu lassen. Mr. Porter-Smith bekam daraufhin schlechte Laune, denn er paßte altersmäßig immerhin besser zu Jennifer als Mr. Bittersohn, und außerdem hatte er sie als erster getroffen.

Da Professor Ormsby sowieso nie einen Ton sagte, hätte das Abendessen somit zur völligen Katastrophe ausarten können, wenn nicht der vollendete Takt und das unglaubliche Feingefühl von Mrs. Sorpende gewesen wären. Sie machte Miss LaValliere ein Kompliment wegen ihrer neuen Frisur und Mr. Porter-Smith wegen seiner Gelehrsamkeit, bis sich beide wieder in zivilisierte Menschen verwandelt hatten. Sie überredete Professor Ormsby sogar dazu, eine wirklich lustige Anekdote über etwas zum Besten zu geben, das sich irgendwann bei einer Fakultätssitzung ereignet hatte. Sie konnte Mr. Hartler nicht soweit aus seiner Euphorie reißen, daß er sein Abendessen zu sich nehmen konnte, aber sie schaffte es immerhin, seine Begeisterung auf ein erträgliches Maß zu reduzieren.

Als sie schließlich zurück in die Bibliothek gingen, waren sie alle wieder relativ gut gelaunt und mit sich und der Welt zufrieden. Charles hatte die Geistesgegenwart besessen, den Benediktiner mit dem Kaffee zu servieren, obwohl Sarah vergessen hatte, es ihm zu sagen. Das erinnerte sie wiederum daran, die prächtige Pralinenschachtel herumgehen zu lassen. Der Hausfrieden war zumindest oberflächlich wiederhergestellt, und das genügte ihr.

Trotzdem zog sich Sarah so schnell wie möglich zurück, und die ganze Gesellschaft brach mit ihr auf. Professor Ormsby mußte einen weiteren Vortrag halten, Mr. Hartler ließ sich von Charles ein Taxi bestellen und raste in wilder Jagd davon, um endlich die Stühle von König Kalakaua aufzuspüren. Mr. Porter-Smith gelang es nicht, Miss LaValliere dafür zu begeistern, bei Mondschein das Bunker Hill Monument zu erklimmen, sie ließ sich jedoch dazu überreden, ihre neue Haartracht in einem Café der Öffentlichkeit vorzuführen. Mrs. Sorpende war die einzige, die nirgendwo hinging, und Sarah ließ die Pralinen in Reichweite neben ihr auf dem Tisch zurück, als stillschweigende Anerkennung für ihren großartigen Einsatz.

Entweder waren die Süßigkeiten zu verlockend oder nicht verlockend genug, jedenfalls war Sarah kaum in ihren Morgenmantel geschlüpft und hatte sich etwas frisch gemacht, als sie auch schon würdevolle Schritte im Treppenhaus vernahm. Obwohl sie überhaupt nicht in der Stimmung für Gesellschaft war, fühlte sie sich verpflichtet, die Schlafzimmertür zu öffnen.

»Mrs. Sorpende, würden Sie bitte für einen Moment hereinkommen?«

»Aber natürlich.« Mit der üblichen heiteren Liebenswürdigkeit, eine winzige Falte zwischen den perfekt gezupften Brauen, trat Mrs. Sorpende in Sarahs Zimmer.

»Ich wollte Ihnen nur dafür danken, daß Sie so nett eingegriffen haben heute abend. Ich bin sicher, daß es keiner bemerkt hat, weil Sie so unendlich diskret und taktvoll waren, aber ich kann Ihnen kaum sagen, was es für mich bedeutet hat.«

Die Tränen, die Sarah seit Max Bittersohns Anruf zurückzuhalten versucht hatte, ließen sich mit einem Mal nicht länger zurückhalten. Sie griff nach den Taschentüchern auf der Frisierkommode und versuchte, die Tränenflut einzudämmen.

»Es tut mir leid«, schnüffelte sie. »Das wollte ich wirklich nicht. Es ist bloß so, daß ich seit dem Tod meines Mannes –«

»Aber liebe Mrs. Kelling, ich verstehe Sie ja so gut. Ich persönlich habe allerdings die meisten Tränen vor dem Tod meines Mannes vergossen«, sagte Mrs. Sorpende mit einem für sie unüblichen Maß an Offenheit. »Glauben Sie mir, wenn ich Ihnen heute abend irgendwie behilflich gewesen sein sollte, so kann ich nur sagen, daß es mich sehr freut.«

Was für ein Schatz diese Frau doch war! »Setzen Sie sich doch einen Moment«, drängte Sarah, »der Sessel hier ist sehr gemütlich, es sei denn, Sie fänden ihn zu niedrig. Meine Schwiegermutter hat ihn oft benutzt, und sie war noch größer als Sie.«

»Diese schöne, tragische Frau«, sagte Mrs. Sorpende. »Es ist seltsam, sich vorzustellen, daß ich jetzt da sitze, wo sie immer gesessen hat. Als ich darüber in der Zeitung las – aber sicher möchten Sie lieber von etwas ganz anderem reden. Vielleicht über die neuen Stühle von Mr. Hartler?« Sie lachte ihr freundliches, angenehmes Lachen. »Er ist richtig enthusiastisch, finden Sie nicht? Auch wenn man gelegentlich den Eindruck hat, daß nicht alle Menschen seine Begeisterung teilen.«

»Ich jedenfalls bestimmt nicht! Wie Sie vielleicht schon an den Unmengen von Dingen bemerkt haben, mit denen er mich heute Abend überschüttet hat, hatten wir heute nachmittag eine kleine Auseinandersetzung. Ich mußte ihm klipp und klar sagen, daß seine Besucherkarawane hier nicht länger geduldet werden kann. Diese Leute haben so viele Unannehmlichkeiten verursacht, daß ich völlig außer mir war. Jetzt bedaure ich es natürlich.«

»Ich glaube, wir alle bedauern irgendwann Dinge, die wir getan haben. Aber stellen Sie sich bloß vor, wir wären alle perfekt! Für

Sie ist es sicher nicht einfach, Ihr schönes Haus mit einer so gemischten Gesellschaft von Fremden bevölkert zu sehen, wie wir es sind.«

»Ab und zu«, gab Sarah zu, »aber im großen und ganzen ist es weit weniger schwierig, als wenn ich versuchen würde, hier ganz allein zu leben. Ich würde mich einsam fühlen und mir Sorgen machen, wie ich über die Runden käme, und Angst haben, allein in diesem riesigen Haus zu sein. Jetzt habe ich ständig so viel zu tun, daß ich keinen Moment Zeit zum Grübeln habe. Außerdem war dies hier nie mein Zuhause.«

»Aber ich hatte den Eindruck –« Mrs. Sorpende konnte sich gerade noch beherrschen. Beinahe hätte sie eine primitive Neugier gezeigt.

»Oh, ich habe hier zwar seit meiner Hochzeit gewohnt, wenn Sie das meinen, aber es war damals schon seit vielen Jahren das Haus meiner Schwiegermutter. Da sie sowohl taub als auch blind war, mußten wir alles haargenau so lassen, wie sie es selbst arrangiert hatte, so daß sie sich auch zurechtfinden konnte. Es ist ziemlich schwer, sich in einem Haus heimisch zu fühlen, wenn man nicht einmal die Freiheit hat, auch nur einen Stuhl zu verrücken. Entschuldigen Sie bitte, daß ich schon wieder über Stühle rede.«

Sie lachten beide ein bißchen, aber dann hatte Sarah eine hervorragende Idee. »Würden Sie mich bitte einen Moment entschuldigen? Ich laufe nur eben in mein Arbeitszimmer. Es war früher das Boudoir von Tante Caroline – das heißt von meiner Schwiegermutter.«

Sie kam beladen mit Spitzen, Georgette und Crêpe de Chine zurück. »Würde ich Sie sehr beleidigen, wenn ich Ihnen ein paar Sachen von ihr anböte? Sie waren so reizend zu mir, und ich – ich würde mich wirklich sehr freuen, wenn Sie etwas hätten, was zum Haus gehört. Sie war damals eine berühmte Schönheit, müssen Sie wissen, und als ihr Ehemann noch lebte, hat sie nur die feinsten Kleider getragen. Sie würden nicht glauben, was ich alles gefunden habe, als ich ihre Schränke ausgeräumt habe. Mir war natürlich alles viel zu groß, also habe ich es an Verwandte und Freunde weitergegeben.«

Wie immer war es Cousine Mabel gewesen, die mit dem Löwenanteil abgezogen war. Was sie allerdings mit den Unmengen an perlenverzierten Abendroben anfangen wollte, wußte wohl nur Gott in seiner unerschöpflichen Weisheit.

»Aber es sind immer noch ein paar Negligés und Morgenröcke, auch Dessous, French Knickers und vieles mehr da, und alles sehr hübsche Sachen. Sie haben eine so charmante und phantasievolle Art, sich zu kleiden, daß ich mir gedacht habe, daß es Ihnen bestimmt Spaß machen würde, ein wenig damit herumzuspielen.«

In Wirklichkeit hatte Sarah natürlich bis vor einem Moment nichts dergleichen gedacht. Sie hatte lediglich die Kleidungsstücke im Keller gefunden, wo sie vergessen friedlich geruht hatten, seit Tante Caroline tot war. In ihrer Eile, das Zimmer für Mr. Bittersohn gemütlich zu machen, hatte sie alles wieder nach oben in das frühere Boudoir getragen, weil ihr gerade nichts Besseres eingefallen war. Als sie jetzt Mrs. Sorpendes Gesicht vor Freude über die dezenten Farben und die kostbaren Stoffe aufleuchten sah, freute es sie, sich erst jetzt wieder an sie erinnert zu haben.

»Oh, Mrs. Kelling! Ich bin einfach überwältigt. Sind Sie auch sicher, daß Sie sich von diesen wundervollen Sachen trennen wollen?«

»Ganz sicher. Ich kann sie sowieso nicht anziehen, und es sind keine Sachen, die man einfach an Fremde weggeben möchte. Ich hoffe nur, daß Ihnen davon etwas paßt.«

»Ganz bestimmt, das bekomme ich schon irgendwie hin. Ich bin ganz gut im Nähen. Was für herrliches Material, wie schön! Beim bloßen Anfassen fühle ich mich schon wie die Königin von Saba. Oder sollte ich sagen wie Königin Liliuokalani?«

»Bitte nicht. Früher habe ich den Namen immer wunderhübsch gefunden, aber wenn Mr. Hartler ihn auch nur noch ein einziges Mal erwähnt, werde ich einen hysterischen Anfall bekommen, der seinesgleichen sucht.«

Sie kicherten wieder wie zwei gutgezogene kleine Mädchen, die sehr genau wußten, daß es ungezogen war, sich über den netten alten kauzigen Mr. Hartler lustig zu machen. Dann sagte Mrs. Sorpende, sie müsse jetzt aber nach oben gehen und Mrs. Kelling ein wenig Ruhe gönnen. Sarah ließ sie gehen, denn sie wußte genau, was Mrs. Sorpende wirklich meinte, nämlich, daß sie es kaum abwarten konnte, ihre neue, undurchlöcherte Unterwäsche anzuprobieren.

Erstaunlicherweise waren auch die Kopfschmerzen beinahe völlig abgeklungen. Sarah erledigte schnell noch die restlichen Vorbereitungen für die Nacht, legte sich ins Bett, knipste das Licht schon nach weniger als einem Abschnitt ihrer Schopenhauerlektüre aus und schlief sofort ein.

Kapitel 14

Sarah hatte einen äußerst angenehmen Traum, in dem sie sich zusammen mit Königin Elizabeth und Prinz Philip in einem Restaurant aufhielt. Ein Orchester spielte, und der Prinz sang dazu eine improvisierte Serenade für die Queen, die ein wunderschönes Kleid in Moosgrün und einen dazu passenden Hut trug und sehr hübsch, fürchterlich verlegen und ungeheuer erfreut aussah, wie wohl jeder an ihrer Stelle. Dann bemerkte Sarah, daß der Trommelwirbel, den sie hörte, nicht aus dem Orchester kam, das seine königliche Hoheit begleitete, sondern daß jemand laut gegen ihre Schlafzimmertür hämmerte.

Sie setzte sich auf, schaltete die Nachttischlampe an und griff nach dem Morgenmantel. Wenn ihr Wecker richtig ging, war es genau 27 Minuten nach eins.

»Wer ist da? Was ist los?«

»Ich bin's.« Charles war offenbar sehr verstört. »Am besten, Sie kommen sofort nach unten. Die Bullen sind da.«

»Wer ist da? Oh mein Gott!«

Sarah konnte die Ärmel in ihrem Morgenmantel nicht finden, schlüpfte mit dem linken Fuß in den rechten Pantoffel und umgekehrt, so daß sie sie wieder ausziehen mußte, strich sich ohne viel Erfolg mit der Bürste durchs Haar und eilte nach unten. Um diese Zeit verkauften Polizisten wohl kaum noch Karten für den Polizeiball. War Onkel Jem etwas passiert? Oder einem der Pensionsgäste? War er – oder sie – im Gefängnis, im Krankenhaus oder in der Leichenhalle?

Inzwischen war Sarah praktisch mit sämtlichen Gesetzesvertretern des Bezirks auf du und du. »Guten Morgen, Sergeant McNaughton«, seufzte sie. »Was ist denn jetzt wieder passiert?«

»Tag, Mrs. Kelling. Tschuldigung, daß ich Sie wieder mal stören muß. Wohnt hier bei Ihnen ein älterer Herr namens – ehm – Hartler?«

»Ja, er wohnt hier. Was hat er denn jetzt schon wieder angestellt?«

»Ist er zufällig ein kleiner Mann, etwa 1 Meter 60 oder 1 Meter 65 groß? Sehr volles Haar für sein Alter? Trägt einen etwas altmodischen Abendanzug, einen schwarzen Kaschmirmantel und schwarze Lackschuhe mit hohen Absätzen?«

»Deswegen sahen sie so seltsam aus! Ich dachte immer, er hätte Hühneraugen oder Hammerzehen und müßte daher spezielle orthopädische Schuhe tragen, die man extra anfertigen lassen muß. Ja, das ist Mr. Hartler oder zumindest klingt es so. Ich bin ziemlich sicher, daß er sich nach dem Abendessen nicht umgezogen hat. Er hatte es schrecklich eilig.«

»Wohin wollte er, Mrs. Kelling?«

»Sich ein paar Stühle ansehen, die angeblich aus dem Iolani-Palast in Hawaii stammen. Mr. Hartler versucht seit längerer Zeit, Möbelstücke und andere Dinge für die Restaurierung des Palastes zu sammeln. Sergeant McNaughton, was ist denn eigentlich los? Haben Sie ihn dabei erwischt, wie er versucht hat, gestohlene Gegenstände zu kaufen? Ist er im Gefängnis?«

Sie hätte eigentlich wissen müssen, daß Sergeant McNaughton ein sehr pflichtbewußter Polizeibeamter war, der sich von seiner eigentlichen Aufgabe nicht ablenken ließ. Er wartete höflich, bis sie ausgeredet hatte, und fragte dann: »Wo genau sollen sich denn diese Stühle befunden haben?«

»Das hat er nicht gesagt. Wenigstens nicht zu mir. Mr. Hartler und ich sind zur Zeit nicht gerade die besten Freunde. Er hatte ganze Heerscharen von Besuchern wegen des Iolani-Palastes, die hier ein- und ausgegangen sind und sich sehr unhöflich benommen haben. Heute nachmittag ist mir der Kragen geplatzt, und ich habe ihm ordentlich die Leviten gelesen. Er hat sich entschuldigt, und wir haben vorübergehend Waffenstillstand geschlossen, aber als er anfing, sich pausenlos über diese Stühle auszulassen, habe ich keine Lust verspürt, ihm irgendwelche passenden Fragen zu stellen. Charles, Sie haben ihm doch ein Taxi gerufen und ihn hineingesetzt, nicht? Können Sie sich erinnern, ob er dem Fahrer eine Adresse genannt hat?«

»Ganz sicher nicht in meiner Gegenwart, Madam. Er war noch immer vollauf damit beschäftigt, sich bei mir überschwenglich, ich würde fast sagen, übertrieben zu bedanken, als das Fahrzeug abfuhr.«

Sergeant McNaughton fragte erst gar nicht, in welche Richtung. Tulip Street war, wie so viele andere Straßen auf dem Hill, eine Einbahnstraße und eigentlich auch in der erlaubten Richtung kaum passierbar. Das Taxi mußte schnurstracks zur Beacon Street gefahren sein, weil dies der einzig mögliche Weg war. Mr. Hartler hätte zu diesem Zeitpunkt kaum sein Fahrziel anzugeben brauchen, sondern erst, als sie zu einer Kreuzung kamen.

»Wenn sein Ziel nur wenig entfernt gewesen wäre, wie zum Beispiel die Arlington Street, hätte er sich dann die Mühe gemacht, ein Taxi zu bestellen?«

»In diesem Fall vermutlich schon«, erwiderte Sarah. »Er war völlig versessen darauf, möglichst schnell zu den Stühlen zu kommen, und mit dem Wagen ging es immerhin schneller. Außerdem war es dunkel und kalt draußen, und obwohl er für sein Alter sehr fit ist, hat er doch Probleme mit dem Herzen.«

»Hat er auch Probleme mit seinem Bankkonto?«

»Soweit ich weiß, nicht. Ich nehme an, daß Mr. Hartler relativ wohlhabend ist.«

»Trägt er normalerweise eine Menge Bargeld mit sich herum?«

»Das weiß ich nicht. Gestern hatte er bereits eine ganze Menge Geld für mich ausgegeben. Nach meinem Donnerwetter ist er hinausgerast und hat mir einen großen Strauß Rosen, eine teure Schachtel Konfekt und eine Flasche Benediktiner gekauft. Wahrscheinlich hat er bar bezahlt, denn er lebt noch nicht lange genug in Boston, um Kredit auf dem Hill zu haben, kann ich mir vorstellen. Was ist denn passiert? Hat man ihn ausgeraubt?«

»Das würde mich nicht wundern«, sagte Sergeant McNaughton. »In seiner Brieftasche haben wir nichts gefunden außer einigen persönlichen Papieren und einem Personalausweis, in dem diese Adresse stand. Er hatte nur noch ein wenig Kleingeld in den Taschen.«

»Sie meinen, Sie haben ihn durchsucht? Er ist doch nicht etwa –«

»Leider ja, Mrs. Kelling. Schnell, jemand muß sie auffangen!«

Danach verschwamm alles vor ihren Augen. Sarah war sich nur noch vage bewußt, daß Mr. Bittersohn plötzlich in einem kastanienbraunen Bademantel auftauchte und den Polizisten anschrie: »Warum haben Sie sie denn nicht gleich niedergeschlagen? Was glauben Sie wohl, wieviel diese Frau noch ertragen kann?«

Mariposa fluchte auf Spanisch.

117

Charles versuchte, der gnädigen Frau etwas zu trinken einzuflößen, aber bedauerlicherweise war es ausgerechnet der Benediktiner, den Mr. Hartler gekauft hatte.

Sarah wurde es allein vom Geruch sofort übel. Der arme Sergeant McNaughton versuchte, sich zu entschuldigen, aber Sarah wollte keine Entschuldigungen mehr hören. Man hatte sich an diesem Abend bereits einmal zuviel bei ihr entschuldigt. Sie setzte sich auf und stellte zu ihrer großen Überraschung fest, daß sie sich auf der Couch in der Bibliothek befand, auch wenn sie keine Ahnung hatte, wie sie dorthin gekommen war, und schrie: »Jetzt haltet doch endlich den Mund!«

Vor lauter Überraschung hielten ihn sämtliche Anwesenden tatsächlich.

»Charles, geben Sie das Zeug Sergeant McNaughton. Er braucht dringender einen Drink als ich. Mariposa, machen Sie uns bitte einen Kaffee. Und ziehen Sie sich etwas an, sonst erfrieren Sie noch. Und kümmern Sie sich bitte um Ihr Häubchen!«

Mariposa wurde sich offenbar urplötzlich bewußt, daß ein hauchdünnes schwarzes Negligé aus Nylon und ein verrutschtes Häubchen, das noch dazu falsch herum aufgesetzt war, so daß die orangefarbenen Bänder vor ihrer Nase baumelten, nicht unbedingt eine angemessene Arbeitskleidung darstellten, denn sie stürzte in die Küche. Charles bot dem Polizisten mit einer leichten Verbeugung den Likör an. Sergeant McNaughton schnupperte erst mißtrauisch an dem winzigen Glas und leerte es dann mit einem Zug.

An dieser Stelle gesellte sich Mrs. Sorpende zu ihnen. Sie trug ein prächtiges naturfarbenes Negligé aus Satin, das Sarah irgendwie bekannt vorkam, obwohl sie sich beim besten Willen nicht erinnern konnte, Mrs. Sorpende je zuvor en déshabillé gesehen zu haben. Die anderen Pensionsgäste lagen offenbar alle noch friedlich in ihren Betten. Mit etwas Glück würden sie auch dort bleiben.

»Also«, sagte Sarah, »würden Sie bitte alle mit dem hektischen Herumlaufen aufhören und sich setzen? Mir wird ganz schwindelig davon. Mr. Bittersohn, was haben Sie denn mit diesem Dingsda vor?«

»Ich bin dabei, Sie zuzudecken«, sagte er und setzte seine Absicht sogleich in die Tat um. »Sie müssen schön warm zugedeckt sein, Sie stehen nämlich unter Schock.«

»Das könnte stimmen, und es ist wohl auch mein gutes Recht, aber ist das nicht Ihr bester Mantel?«

»Er war das erste, was ich finden konnte. Und jetzt lehnen Sie sich bitte zurück.«

Sarah gehorchte und sank in ein weiches Nest aus Kissen. Es fühlte sich äußerst bequem an. Sie war versucht, die Augen wieder zu schließen und sich dahin zurückversetzen zu lassen, wo sie vorher gewesen war. Vielleicht war es ihr sogar gelungen, denn nach einer Weile vernahm sie leises Flüstern und Knistern und Stühlescharren, das ihr nicht wichtig genug erschien, um darauf zu reagieren. Dann stieg ihr Kaffeeduft in die Nase, und jemand sagte: »Meinen Sie, wir sollten sie wecken?« Und eine andere Stimme sagte: »Nein, lassen wir sie ruhig schlafen«, woraufhin sie sich aufsetzte.

»Stellen Sie das Tablett ab, Mariposa. Mrs. Sorpende, nehmen Sie Zucker?«

»Ich nehme die Kanne. Sie bleiben liegen und lassen mich einschenken. Hier, trinken Sie das. Mr. Bittersohn, sind Sie so nett und halten ihr die Tasse?«

Mr. Bittersohn war so nett. Sarah nippte und verzog ihr Gesicht, obwohl sie wußte, daß Pensionswirtinnen eigentlich nicht das Gesicht verziehen, und sagte, sie wolle lieber keinen Zucker, vielen Dank. Mr. Bittersohn und Mrs. Sorpende drängten sie jedoch mit vereinten Kräften, trotzdem zu trinken, da Zucker angeblich gut gegen Schock sei.

Was möglicherweise sogar stimmte. Jedenfalls nahm der Raum allmählich wieder klarere Konturen an. Sarah versicherte sich, daß auch jeder mit Kaffee versorgt war, besonders Mariposa, weil sie sich sonst möglicherweise eine Erkältung holen würde, obwohl sie sich inzwischen in ein weites düsteres Gewand gehüllt hatte, das offenbar aus der prähudsonianischen Phase von Charles stammte. Dann rief sie die Gesellschaft zur Ordnung auf.

»Also, Sergeant McNaughton, wenn Sie sicher sind, daß Ihnen nach Reden zumute ist, könnten Sie uns dann bitte freundlicherweise mitteilen, was genau passiert ist? Wo haben Sie Mr. Hartler gefunden?«

Sergeant McNaughton bog seinen abgespreizten kleinen Finger zurück, räusperte sich und wurde wieder amtlich. »Ich muß Sie daran erinnern, Mrs. Kelling, daß der Mann, den wir gefunden haben, bisher noch nicht identifiziert worden ist. Wenn man allerdings berücksichtigt, daß das Opfer Ihrer Beschreibung entspricht, persönliche Papiere bei sich trug, daß sein Name in dem Hut stand, den man in der Nähe gefunden hat, und auch in seinen Mantel und in sein Jackett eingestickt war und mit Wäschetinte in seine Unterwäsche geschrieben war, dann –«

»Und er ist nicht hier, und sein Bett ist unberührt«, soufflierte Charles *sotto voce*. »Wir haben ja nachgesehen, erinnern Sie sich?«

»Ach ja, vielen Dank. Jedenfalls können wir jetzt für die weitere Untersuchung davon ausgehen, daß er es ist. Die Leiche wurde im Public Garden gefunden, direkt neben diesem hübschen Vogelhaus unten am Teich in der Nähe der Arlington Street, bevor man zur Brücke kommt. Der Streifenpolizist, der ihn gefunden hat, kam zu dem Schluß, daß man das Opfer überfallen und beraubt hat. Dem Polizeibericht zufolge wurde er danach – wollen Sie das wirklich alles hören?«

»Nein«, sagte Sarah, »nur das Wesentliche. War Mr. Hartler schon – hatte man ihn bereits –«

»Viel toter hätte er kaum sein können, Mrs. Kelling. Jemand muß ihn mit einem schweren Gegenstand mehrfach gegen die Stirn und auf den Hinterkopf geschlagen haben. Es ist kaum anzunehmen, daß es sich um etwas anderes als vorsätzlichen Mord gehandelt hat. Der pathologische Bericht ist zwar noch nicht fertig, aber wir nehmen an, daß man ihn aus dem Hinterhalt niedergeschlagen hat und dann – nun ja, Sie wollten ja keine Einzelheiten hören.«

»Wann ist es passiert?« fragte Bittersohn.

»Irgendwann gegen Mitternacht wahrscheinlich. Jedenfalls nicht lange, bevor man ihn gefunden hat.«

»Dann war er vermutlich schon auf dem Heimweg«, sagte Sarah.

»Zu Fuß? Sie sagten doch, er hatte Probleme mit dem Herzen. Warum hat er sich dann kein anderes Taxi kommen lassen?«

»Woher soll ich das wissen, Sergeant? Vielleicht gab es dort, wo er war, kein Telefon. Vielleicht hatte er auch Lust, zu Fuß zu gehen. Mr. Hartler war – sprunghaft. Würden Sie das nicht auch sagen, Mrs. Sorpende?«

»Ganz bestimmt, das würde ich auch sagen, obwohl ich ihn erst seit ein paar Tagen kenne«, pflichtete ihr die ältere Frau mit ihrer wohlmodulierten, distinguierten Stimme bei. »Mr. Hartler schien derart vertieft in sein Projekt zu sein, daß man beinahe schon von Monomanie sprechen könnte. Wenn die Stühle tatsächlich jene kostbaren Stühle waren, nach denen er gesucht hat, war er bestimmt so aufgeregt, daß er nicht mehr gewußt hat, ob er ging oder flog. Ich muß zugeben, daß ich mich schon gestern abend damit amüsiert habe, mir vorzustellen, wie er sich wohl benehmen würde, wenn er zurückkäme. Ich habe mir vorgestellt, wie er durch das Haus stürmen und uns alle aufwecken würde, um die frohe Botschaft zu verkünden, und ich habe mir auch schon ausgemalt, wie die einzelnen Personen darauf reagieren würden. Doch dann bin ich natürlich zu dem Schluß gekommen, daß unser hervorragender Charles eine solche Störung sicher verhindert hätte.«

Das gutgeschnittene Gesicht des hervorragenden Charles ließ lediglich einen winzigen Moment eine Andeutung von Freude über das Lob erkennen. Mariposa sagte: »Da haben Sie verdammt recht, das hätte er ganz bestimmt.«

Mrs. Sorpende tat freundlicherweise so, als hätte sie den Satz nicht gehört.

McNaughton nickte Mrs. Sorpende zu und wandte sich wieder an Sarah. »Diese Dame gibt an, sie habe ihn erst seit kurzem gekannt, und wie ist es mit Ihnen, Mrs. Kelling?«

»Ich habe ihn im Laufe der letzten Jahre mehrmals bei meiner Tante Marguerite getroffen. Eigentlich ist sie nur eine angeheiratete Tante, aber ich nehme an, das ist nicht wichtig für Sie. Jedenfalls hatte Mr. Hartler von irgendwo gehört, und ich vermute, er hat es von ihr erfahren, daß ich Pensionsgäste suchte, und hat sich mit mir in Verbindung gesetzt. Zu dem Zeitpunkt hatte ich aber das Zimmer bereits an Mr. Quiffen vermietet. Und als Mr. Quiffen ums Leben kam – würde es Sie sehr stören, wenn ich wieder in Ohnmacht fiele?«

»Machen Sie keinen Unsinn«, knurrte Bittersohn. »Charlie, können Sie nicht irgend etwas anderes für sie zu trinken finden als diesen gottverdammten Benediktiner? McNaughton, glauben Sie, es läßt sich irgendwie vermeiden, daß diese Geschichte in die Zeitungen kommt?«

»Jessas, das weiß ich auch nicht, Max. Sie meinen, der alte Mr. Hartler wohnte im selben Zimmer wie dieser Quiffen, der unter den Zug geraten ist? Menschenskind, das wäre ein Fressen für die Zeitungen!«

»Erinnern Sie mich daran, daß ich Sie für die Medaille für besonderes Taktgefühl vorschlage, Mac. Warum verschwinden Sie nicht und beglücken andere Menschen mit Ihrer Gegenwart?«

»Na ja, Max, wenn Sie meinen. Mrs. Kelling, es tut mir leid, daß ich Sie derart belästigen muß, aber haben Sie eine Ahnung, ob es Verwandte gibt, die wir benachrichtigen können?«

»Mr. Hartler hat eine Schwester, aber er hat uns gesagt, daß sie gerade eine Freundin in Rom besucht. Bestimmt ist die Adresse irgendwo in seinem Zimmer. Charles, haben Sie die Tür wieder zugeschlossen, nachdem Sie nachgesehen hatten, ob er da war? Falls ja, seien Sie doch bitte so nett und holen den Schlüssel.«

»Bleiben Sie genau da, wo Sie jetzt sind, Mrs. Kelling«, sagte Bittersohn. »Dazu sind Sie nicht in der richtigen Verfassung.«

»Weiß ich. Aber ich bin ja schließlich für alles hier verantwortlich, nicht?« Sarah befreite sich aus dem Mantel und stand auf, wobei sie auf der einen Seite von Mrs. Sorpende und auf der anderen Seite von Mr. Bittersohn gestützt wurde. »Sie können genausogut mitkommen, Sergeant McNaughton, es ist gleich gegenüber.«

Sarah hatte absichtlich die Zimmer ihrer Gäste nie selbst betreten und das Aufräumen Mariposa überlassen, um nicht in den Ruf einer neugierigen Pensionswirtin zu kommen. Seit sie Mr. Quiffens Sachen ausgeräumt und den Raum für Mr. Hartler hergerichtet hatten, hatte sie keinen Fuß mehr in das Zimmer gesetzt. Das Zimmer sah schrecklich aus. Während seines kurzen Aufenthalts war es dem alten Herrn gelungen, den Raum in eine furchtbare Unordnung zu versetzen.

Auf Onkel Gilberts schönem Schreibtisch häuften sich Papierstapel. Die Schubladen des Aktenschranks, die sie ausgeräumt hatte, um Mr. Quiffens ordentlich sortierte Schmähschriften aufzunehmen, standen halboffen und enthüllten ein Durcheinander von Zeitungsausschnitten, Reisemappen und hawaiianischen Blütenkränzen aus Plastik. Dazwischen lag aus unerfindlichen Gründen noch ein ramponierter Filzwimpel mit der Aufschrift »Hoch lebe Hawaii!«.

Vasen, Pappkartons, Souvenirs, Jardinieren, kleine Stückchen von echten oder beinahe echten Antiquitäten waren überall verstreut. Der zwar etwas abgenutzte, aber trotzdem noch wertvolle Orientteppich, den Sarah für viel Geld fachmännisch hatte reinigen lassen, bevor sie die Räume vermietet hatte, sah inzwischen aus, als könne ihn nur noch ein Sandstrahlgebläse retten.

»Er wollte mich ja nicht saubermachen lassen«, verteidigte sich Mariposa. »Das habe ich Ihnen doch gestern erzählt.«

»Ich weiß«, antwortete Sarah. »Darüber wollte ich ihn auch noch zur Rede stellen. Wenn man sich das vorstellt... Ich glaube, am besten nehmen wir uns als erstes diesen schrecklichen Schreibtisch vor.«

Diese Aufgabe, die zunächst unlösbar erschien, stellte sich als Kinderspiel heraus. Fast ganz zuoberst lag nämlich bereits ein Brief auf dünnem Luftpostpapier, der die Aufschrift eines italienischen Hotels trug.

»Lieber Wumps«, fing der Brief an, »wie immer hast du recht gehabt!!! Es war völlig idiotisch herzukommen, und wie du am Briefkopf erkennen kannst, habe ich mich schon abgesetzt. Es war weniger die Tatsache, daß Dorothea TRINKT, womit ich nicht fertig wurde, obwohl Du ja meine Meinung über AUSSCHWEIFUNGEN kennst, sondern ANDERE Probleme, über die ich NICHT EINMAL DIR schreiben kann!!! Ich weigere mich, unter diesen BEDINGUNGEN zu bleiben, und habe schon angefangen, hier sämtlichen Fluggesellschaften auf den Wecker zu fallen. Mit welchem Flug ich zurückkomme, kann ich Dir leider noch nicht sagen, weil ich den ERSTEN FREIEN FLUG nehmen werde, DEN ICH KRIEGEN KANN!!

Ich freue mich, daß Du Dich bei der lieben kleinen Sarah Kelling so wohl fühlst, auch wenn das bedeutet, daß Du MICH nicht mehr brauchst! Vielleicht hat sie irgendwo noch ein WINZIGES KÄMMERCHEN, wo ich Unterschlupf finden kann, bis ich eine eigene Wohnung gefunden habe? Ich werde SCHNURSTRACKS VOM Flughafen zu Dir kommen, so daß wir alles besprechen können. Ich bin sicher, daß Sarah mir verzeihen wird, wenn ich so einfach hereinschneie. Ich habe sie schon immer für ein so süßes, hübsches kleines Ding gehalten, und sie hat so eine ANGENEHME ART! Bestell ihr bitte viele liebe Grüße. Freue mich schon, Dich BALD zu sehen!!!! In Eile, Bumps.«

»Das ist ja mehr, als wir erhofft haben«, sagte Sarah. »Es ist gut eine Woche her, daß sie den Brief geschrieben hat, und vielleicht ist sie inzwischen schon auf dem Heimweg. Die Ärmste, es wird ein schreckliches Wiedersehen für sie werden. Die beiden haben immer so aneinander gehangen.«

»Bumps und Wumps«, überlegte der Sergeant. »Waren sie denn Zwillinge?«

»Das glaube ich nicht«, erwiderte Sarah. »Ich bin sogar ziemlich sicher, daß Miss Hartler einige Jahre jünger ist. Ehrlich gesagt, ich kann mich nicht mehr so genau an sie erinnern.«

»Hier ist ein Bild«, sagte Mariposa, die ihr gestrenges Hausfrauenauge über die Frisierkommode hatte gleiten lassen. »Vielleicht ist sie das hier?«

Sarah nahm ihr den hübschen Silberrahmen aus der Hand. »Oh ja, ich erinnere mich an den Hut. Sie hat immer denselben Hut getragen, oder sie hatte mehrere davon, die alle gleich aussahen. Offenbar hat sie ihren Geschmack nicht geändert, denn das Bild ist wohl ziemlich neu. Da fällt mir ein, Mariposa, wir müssen Preiselbeersaft besorgen, es ist das einzige, was sie trinkt, weil es gut für die Leber ist oder für die Nieren oder für sonst irgendwas. Sie hat mich mal zur Seite genommen und mir einen langen Vortrag darüber gehalten, aber leider habe ich nicht sehr gut aufgepaßt, muß ich zugeben. Sie ist eine völlig farblose Person, ich kann mir wirklich nicht erklären, warum um alles in der Welt diese Dorothea sie überhaupt eingeladen hat.«

»Von dem Bruder gibt es offenbar kein Bild«, sagte McNaughton. »Würden Sie sagen, daß sich die beiden irgendwie ähnlich sahen?«

»Aber Sie haben doch sein Gesicht gesehen.«

»Nun ja, wissen Sie –«

»Halten Sie bloß den Mund, Mac«, knurrte Bittersohn. Er faßte Sarah mit festem Griff am Arm, und sie war ihm für seine Unterstützung dankbar.

Sie suchten noch eine Weile in dem Chaos, das Hartler hinterlassen hatte, fanden jedoch kein Adreßbuch oder sonst irgend etwas, das auf die Existenz anderer erreichbarer Verwandten schließen ließ. Es schien ganz so, als müßten sie auf Bumps warten, um Wumps endgültig identifizieren zu lassen.

Kapitel 15

»Ich muß Ihnen etwas mitteilen.«
Sarah hatte ihren Platz hinter der Kaffeemaschine wieder eingenommen und tat ihr möglichstes, um ruhig zu erscheinen, obwohl ihre Hand zitterte, sobald sie eine Tasse berührte. Professor Ormsby, Miss LaValliere und Mr. Porter-Smith befanden sich an ihren Plätzen. Mr. Bittersohn und Mrs. Sorpende waren noch nicht erschienen, was niemanden überraschte, wenn man bedachte, wie spät sie erst ins Bett gekommen waren. Sarah hätte persönlich am liebsten ewig weitergeschlafen, aber ihr großes Pflichtgefühl hatte sie gezwungen, herunterzukommen und ihren Pensionsgästen die Wahrheit zu sagen, bevor sie sie aus anderer Quelle erfahren würden.

»Was müssen Sie uns denn mitteilen?« gähnte Miss LaValliere. Dann begann sie zu grinsen. »Ich weiß schon, Mr. Hartler ist mit Mrs. Sorpende durchgebrannt. Darum ist er jetzt auch nicht hier.«

»Ich wünschte mir, daß Sie recht hätten«, antwortete Sarah. »Letzte Nacht war die Polizei hier. Man hat im Public Garden in der Nähe des Vogelhauses einen Mann gefunden, bei dem es sich aller Wahrscheinlichkeit nach um Mr. Hartler handelt. Offenbar wurde er auf dem Heimweg überfallen und ausgeraubt, nachdem er sich die Stühle angesehen hatte, über die er so begeistert –«

Sarah beruhigte sich mit einem Schluck heißen Kaffee. »Soweit ich weiß, ist er noch nicht identifiziert worden, aber da man seinen Namen in der Kleidung fand, die er trug, und in seiner Brieftasche –«

»Ach du liebe Zeit!« stieß Mr. Porter-Smith hervor. »Sie wollen doch damit nicht etwa sagen, daß er tot ist?«

»Leider ja.«

»Aber das ist ja schrecklich! Ich meine, zwei hintereinander, ich meine –« Miss LaValliere schien nicht genau zu wissen, was sie meinte, aber ihre Aufregung war völlig echt.

125

»Ich weiß, wie Ihnen zumute ist«, sagte Sarah. »Wenn man bedenkt, was während der kurzen Zeit, die Sie hier wohnen, schon alles passiert ist, würde ich sogar verstehen, wenn Sie alle Ihre Koffer packen und auf der Stelle gehen würden. Ich ziehe offenbar das Unglück an wie ein Magnet.«

»Unfug!« brüllte Professor Ormsby. »Unwissenschaftlicher Schwachsinn! Wann hat der angebliche Überfall stattgefunden?«

»Irgendwann gegen Mitternacht, vermutet die Polizei.«

»Im Public Garden? Und er trug immer noch seinen Smoking?«

»Ja.«

»Also da hätten wir es ja schon. Und wer zieht denn heutzutage noch einen Smoking an? Nur reiche alte Männer und Kellner. Kellner verlassen das Lokal und haben die Taschen voll Trinkgeld, und reiche Männer haben goldene Manschettenknöpfe, Kragenknöpfe, Hemdknöpfe und weiß Gott was sonst noch. Gold, das 500 Dollar die Unze wert ist oder sonst irgendeine Wahnsinnssumme. Bin nicht auf dem laufenden. Geh' aber auch nicht allein nachts im Park spazieren. Perverse. Drogensüchtige. Hartler war ein alter Schwachkopf. Und Quiffen war noch dämlicher. Könnten Sie mir bitte mal die Marmelade reichen?«

»Aber selbstverständlich.« Sarah reichte ihm das geschliffene Marmeladenglas in dem kleinen silbernen Körbchen. Professor Ormsby hatte recht. Mr. Hartler hätte eigentlich klug genug sein müssen, nicht mitten in der Nacht allein herumzulaufen, damit provozierte man nur Räuber und Diebe. Und Mr. Quiffen hätte seine Nase nicht in die Angelegenheiten anderer Leute stecken sollen. Beide Todesfälle hatten nicht das Geringste mit ihr zu tun. Wenn sie es doch nur selbst hätte glauben können!

»Ich stimme Professor Ormsby voll und ganz zu«, dozierte Mr. Porter-Smith. »Da Mr. Hartler viele Jahre lang nicht mehr in Boston gelebt hat, war er sich vielleicht nicht bewußt, daß die Gegend, die er früher als junger Mann ohne weiteres jederzeit aufsuchen konnte, inzwischen für ältere Menschen zu später Stunde ganz und gar nicht mehr sicher ist. Mr. Quiffen war ein älterer Herr, der, wenn ich mich einmal so ausdrücken darf, bei Tisch äußerst kräftig zulangte und ein relativ cholerisches

Temperament besaß. Daher litt er wahrscheinlich unweigerlich an Bluthochdruck, was sicherlich gelegentlich zu Schwindelanfällen führt. Daß beide ihren Abgang – ich meine ihr Hinscheiden –«

»Wie wär's mit Ableben?« schlug Professor Ormsby hilfreich vor.

Mr. Porter-Smith errötete, fuhr aber mutig fort. »Ich wollte damit nur sagen, daß es sich dabei um einen höchst bedauerlichen Zufall handelt, aber das ist auch alles. Professor Ormsby, falls Sie noch Marmelade übriggelassen haben, würde ich auch gern etwas davon haben.«

Miss LaValliere war zwar noch nicht ganz geneigt, die Zufallstheorie ohne weiteres zu glauben, doch sie hatte auch keine Lust, zu ihrer Großmutter zu ziehen, was für sie die einzige Alternative war, damit ihre Eltern ihr weiterhin das Studium bezahlten, wenn sie Mrs. Kellings Haus verließ. Als Mr. Porter-Smith ihr die Marmelade reichte, nahm sie dankend an.

Den Rest der Mahlzeit verbrachte sie jedoch beinahe ebenso schweigsam wie Professor Ormsby. Als Mr. Porter-Smith feststellte, daß er freie Bahn hatte, ließ er sich diese Gelegenheit natürlich nicht entgehen, während Sarah dasaß und nachdachte, um welche Zeit ihre drei Pensionsgäste in der vorigen Nacht nach Hause gekommen waren und wo sie wohl vorher gewesen waren. Und was war mit Cousin Dolph?

Eine Frage, die Professor Ormsby wahrscheinlich als verdammt idiotisch bezeichnet hätte. Dolph hatte Mr. Hartler nicht einmal gekannt.

Oder doch. Der Ausdruck »verdammt idiotisch« brachte mit einem Schlag die Erinnerung an eine von Tante Marguerites weniger erfolgreichen Parties zurück, die vor langer Zeit stattgefunden hatte. Tante Caroline hatte Dolph gezwungen mitzukommen, und er hatte den ganzen Heimweg damit verbracht, sich lautstark darüber auszulassen, wer nun der größte verdammte Idiot war, dieser blubbernde Hampelmann Hartler oder seine verdammte, Preiselbeersaft schlürfende idiotische Schwester.

Das mußte schon sechs Jahre oder noch länger zurückliegen. Sarah konnte sich nicht erinnern, was Dolph an den Hartlers so aufgeregt hatte, aber sie wußte aus Erfahrung, daß bei Dolph bereits Kleinigkeiten genügten. Außerdem waren die Hartlers dick mit Tante Marguerite befreundet und hatten daher bestimmt irgendwann die Protheroes getroffen und höchstwahrscheinlich auch Georges alten Kumpan Barnwell Quiffen wenigstens flüchtig gekannt.

Mal angenommen, Dolph wäre in der letzten Nacht auf Mr. Hartler gestoßen, als er gerade auch herumwanderte. Wenn man bedachte, in welchen Kreisen sie verkehrten, war dies keineswegs unwahrscheinlich. Der Mann, dem König Kalakauas Stühle gehörten – angenommen, daß sie wirklich echt waren –, hätte ja durchaus einer aus der alten Garde und ein Freund von Dolph sein können. Oder vielleicht hatten beide die Idee gehabt, für einen kleinen Schlummertrunk im Harvard Club oder im Ritz einzukehren. Der Club war in der Commonwealth Avenue, nur ein paar Häuserblocks entfernt von der Stelle, an der man die Leiche gefunden hatte, und das Hotel lag an der Ecke Arlington und Newbury, unmittelbar gegenüber vom Public Garden.

Was immer er auch von den Hartlers gehalten hatte, Dolph würde niemals einen Menschen, den er im Haus eines Familienmitgliedes getroffen hatte, vor den Kopf stoßen, vor allem nicht dann, wenn derjenige anbot, ihm einen Drink zu bezahlen. Aber einmal angenommen, er hatte etwas, was der alte Mann sagte, mißverstanden. Das war durchaus möglich. Mr. Hartler sprach so schnell und war so sprunghaft, daß man ihm oft nur schwer folgen konnte, und Dolph verfügte nicht gerade über das schnellste Auffassungsvermögen von Boston. Was war, wenn Dolph zu dem Schluß gekommen war, daß Mr. Hartler dadurch, daß er Mr. Quiffens Zimmer übernommen hatte, in den Besitz von etwas gekommen war, was der Privatdetektiv entdeckt hatte? Und wenn er nun zu dem Schluß gekommen war, daß Mr. Hartler derjenige war, dem Mr. Quiffen mit letzter Kraft die brennende Fackel zugeworfen hatte?

Ja, was wäre, wenn all das stimmte? Sarah konnte sich vorstellen, wie Dolph die ganze Bude zusammenbrüllte und wie sie vielleicht beide hinausgeworfen wurden. Sie konnte sich allerdings nicht vorstellen, wie er absichtlich das Gesicht eines Mannes, der viel älter und kleiner war als er selbst, zu Brei schlug. Oder doch?

Wenn Dolph Barnwell Quiffen absichtlich unter die einfahrende U-Bahn geschubst hatte, dann war er ein wahnsinniger Mörder, und man konnte nicht wissen, zu was er sonst noch fähig war. Aber das war sicher alles dummes Zeug. Dolph hätte bestimmt keinen Raub vorgetäuscht, schon weil ihm diese Möglichkeit nicht so schnell eingefallen wäre.

Aber er hätte sich rasch aus dem Staub machen können. Der U-Bahn-Eingang an der Arlington Street war ganz in der Nähe der Stelle, wo man die Leiche gefunden hatte, und wer konnte beweisen, daß nicht doch mehr als nur eine Person an dem Verbrechen beteiligt gewesen war? Angenommen, nach dem Mord war einer dieser Drogenabhängigen oder Perversen, die Professor Ormsby so eindrucksvoll ins Spiel gebracht hatte, vorbeigekommen und hatte die Gelegenheit genutzt, einen wohlhabend aussehenden Leichnam auszurauben, und Mr. Hartlers Gesicht nur so zum Spaß eingetreten. Es wurde einem schon schlecht, wenn man nur daran dachte, aber so etwas gab es nun einmal im Leben.

Sarah glaubte nicht, daß sie noch länger dasitzen und zusehen konnte, wie Professor Ormsby seinen Toast in das Eigelb tunkte. Sie bemühte sich gerade, eine plausible Erklärung zu finden, um möglichst schnell verschwinden zu können, als Mariposa ihr den triftigsten Grund anbot, den es überhaupt geben konnte.

»Mrs. Kelling, sie ist da!«

Sarah blinzelte. »Wer ist da?«

»Sie sagt, daß sie Mr. Hartlers Schwester ist, und sie möchte wissen, ob ihr Bruder schon auf ist.«

»Bringen Sie sie in die Bibliothek. Bitte entschuldigen Sie mich«, wandte sie sich an ihre Pensionsgäste.

Sarah erinnerte sich sofort wieder an Miss Hartler, als sie sie sah. Soweit sie sich erinnern konnte, trug sie haargenau dieselbe Kleidung, die sie auch vor ungefähr vier Jahren bei Tante Marguerite getragen hatte, eine Kleidung, die weder einen bestimmten Stil noch eine eindeutige Farbe aufwies. Das gleiche konnte man auch von der Trägerin sagen. Miss Hartler hatte eine gewisse Familienähnlichkeit mit ihrem Bruder, auch sie hatte dichtes weißes Haar, was ihr Aussehen hätte verbessern können, wenn es nicht irgendein hoffnungsloser Abgänger von der Friseurfachschule viel zu kurz geschoren und Miss Hartler nicht den traurigen Rest unter einem wirklich abscheulichen Hut verborgen hätte. Momentan war ihr Gesichtsausdruck lebhaft zu nennen.

»Meine liebe kleine Sarah!«

Zu Sarahs heimlichem Schrecken bestand Miss Hartler darauf, ihr einen trockenlippigen Kuß auf die Wange zu geben. »Wie betroffen mich der Tod Ihrer lieben Tante Caroline und ihres so liebevoll um sie bemühten Sohnes gemacht hat, kann ich Ihnen gar nicht sagen! Und natürlich auch der Tod von Frederick

Kelling. Was für ein tragischer Verlust für die Stadt! Ich hoffe, Sie haben meinen kleinen Brief bekommen?«

»Also, ich – ja, natürlich. Es war wirklich sehr nett von Ihnen, mir zu schreiben.«

Sarah konnte sich partout nicht erinnern, ob sie damals von den Hartlers gehört hatte oder nicht, denn so viele Leute hatten Kondolenzbriefe geschickt. Aber sie hatte mit Tante Emilys Hilfe allen gewissenhaft zurückgeschrieben oder hatte dies zumindest bisher angenommen. »Ich bin sicher, daß ich Ihnen geantwortet habe, aber wenn Sie gerade dabei waren, sich für Ihre Auslandsreise vorzubereiten–«

»Ach je, ich nehme an, William hat den Umschlag aufgemacht und Ihre Antwort weggeworfen, bevor ich sie gesehen habe. Das wäre typisch für ihn. Der große Bruder glaubt nicht, daß sein kleines Schwesterchen schon lesen gelernt hat, wissen Sie. Wo ist denn der gute alte Wumps? Ich kann es kaum erwarten, ihn zu überraschen! Er erwartet mich todsicher noch nicht so schnell, aber ich habe im wahrsten Sinne des Wortes auf dem Flughafen kampiert, bis sie endlich einen Platz für mich gefunden hatten. Hat er Ihnen gesagt, daß ich komme?«

»Er hat mir erzählt, wie sehr er sie vermißt«, versuchte Sarah Zeit zu gewinnen.

»Das kann ich mir lebhaft vorstellen! Wumps und ich haben uns schon immer ganz besonders nahe gestanden, wissen Sie. Es war ein richtiges Wagnis für mich, ihn so allein zu lassen, und, wie sich später herausgestellt hat, außerdem ein schrecklicher, ganz schrecklicher Fehler. Aber ich will Sie jetzt nicht mit meiner abscheulichen Geschichte langweilen! In welchem Zimmer wohnt Wumps? Ist er schon auf, der alte Faulpelz? Vielleicht sollte ich mich auf Zehenspitzen zu ihm reinschleichen? Ich kann es kaum abwarten, ich muß ihn unbedingt sofort sehen!«

Sie stand auf und ging zur Tür. Sarah faßte die alte Frau am Arm.

»Miss Hartler, Sie – Sie sollten sich besser wieder hinsetzen. Ich muß Ihnen etwas sagen.«

»Etwas über Wumps? Was denn? Ist er krank? Etwa im Krankenhaus?«

Sarah schüttelte den Kopf. »Leider ist es noch viel schlimmer, Miss Hartler. Er ist vorige Nacht mitten im Public Garden – von jemandem erschlagen worden.«

»Oh nein! Doch nicht Wumps!« Miss Hartler starrte Sarah an und verbarg dann ihr Gesicht in dem mausgrauen Schal, den sie sich um den verhutzelten Hals geschlungen hatte.

»Er ist noch nicht identifiziert worden, aber sein Name stand in allen Kleidungsstücken, und er ist gestern nacht nicht nach Hause gekommen. Wir haben auf seinem Schreibtisch Ihren Brief gefunden, und ich soll sofort die Polizei benachrichtigen, wenn Sie da sind – am besten hole ich Ihnen einen Brandy.«

»Nein, bitte nicht. Den könnte ich jetzt nicht anrühren. Lassen Sie mich nur – nur einen Moment hier allein, ja? Wumps soll tot sein? Meinen Sie wirklich tot, Sarah?«

»Es tut mir sehr leid. Kommen Sie, ich helfe Ihnen.«

Miss Hartler brauchte wirklich dringend Hilfe. Ihre Beine trugen sie kaum noch. Sie wankte über den Korridor, fiel auf das Bett und preßte ihr Gesicht auf das saubere Bettuch, das Charles so schön einladend für den alten Herrn aufgeschlagen hatte, der niemals zurückkehren würde. Sarah entschied, daß es für die alte Dame das Beste wäre, wenn sie sich leise hinausschlich und die Frau allein ließ, bis ihre mageren alten Schultern aufgehört hatten, so krampfhaft zu zucken.

Mariposa kam gerade vorbei, als Sarah zurück auf den Flur trat. »Haben Sie es ihr gesagt?«

»Das mußte ich doch, oder? Sie will in seinem Zimmer allein sein, deswegen komme ich auch wieder heraus. Ich wüßte auch nicht, was ich sonst noch tun könnte. Sie sieht so zerbrechlich aus, und sie nimmt es sich so schrecklich zu Herzen, wie ich auch erwartet habe. Eigentlich sollten wir einen Arzt holen, aber wer würde denn schon deswegen kommen.«

»Gehen Sie ruhig wieder zurück und machen sich einen schönen heißen Kaffee, Herzchen. Sie wird schon darüber hinwegkommen. Für alte Menschen ist der Tod nicht so schrecklich wie für junge Menschen. Das sagt jedenfalls meine Großmutter, und die müßte es eigentlich inzwischen wissen. Na, kommen Sie schon, Herzchen, Sie müssen jetzt erst mal an sich selbst denken, sonst können Sie bald auch keinem anderen mehr helfen.«

»Weiß ich ja. Gott sei Dank schaffen Sie es ja wenigstens, hier in all dem Chaos noch einen klaren Kopf zu behalten.«

Sarah umarmte Mariposa und gab ihr einen Kuß, was Mr. Porter-Smith, der gerade in dem korrekten Aufzug eines Hilfsbuchhalters aus dem Eßzimmer trat und schnurstracks auf die

131

Aktentasche mit Goldinitialen zuging, die er demonstrativ mitten in der Eingangshalle abgestellt hatte, zutiefst verstörte.

Inzwischen hatte Professor Ormsby damit aufgehört, heißhungrig Eier in sich hineinzustopfen, und war zu seinen Studenten geeilt. Miss LaValliere saß immer noch am Tisch, knabberte an einem Stück Toast und murmelte in ein Buch, das sie zweifellos am Vorabend hätte lesen sollen, anstatt auszugehen. Sarah nahm sich ein wenig von den Rühreiern, obwohl sie eigentlich keinen Appetit darauf hatte, setzte sich hin und aß. Als sie und Miss LaValliere fertig waren und die beiden fehlenden Pensionsgäste immer noch nicht erschienen waren, trug Sarah das gebrauchte Geschirr in die Küche, wo Mariposa bereits zu spülen angefangen hatte.

»Vielleicht sollte ich Miss Hartler eine Tasse Tee oder so etwas bringen?« bemerkte sie. »Sie hat gerade erst den Flug aus Italien hinter sich und hat bestimmt Gott weiß wie lange nichts mehr gegessen. Da fällt mir ein, in der Vorhalle steht eine Menge Gepäck von ihr herum, wir müssen uns unbedingt darum kümmern.«

»Wir brauchen es gar nicht erst hereinzuholen«, sagte Mariposa, »bevor wir nicht wissen, wo sie überhaupt hin will. Dann müßten wir es danach nämlich wieder alles heraustragen.«

»Das stimmt, und es ist im Grunde auch dort, wo es jetzt ist, ganz sicher, die Außentür ist ja verriegelt. Wenigstens schleppt uns jetzt keiner mehr irgendwelche Kalakaua-Schätze durch den Flur. Wie gemein von mir, so etwas zu sagen. Der arme alte Wumps! Was für ein abscheulicher Tod!«

»Oh, ich weiß nicht.« Mariposa balancierte eine Seifenblase auf ihren hübschen Fingern und blies sie weg. »Wahrscheinlich ist er wie sonst auch immer herumgetanzt, hat an diese komischen Stühle gedacht, und dann womm! Kurz und schmerzlos. So was würde ich mir für mich selbst auch wünschen. Glücklich und zufrieden bis 95 leben und dann von 'ner eifersüchtigen Ehefrau totgeschossen werden.«

Sarah hätte nicht erwartet, an diesem Morgen lachen zu können, aber jetzt lachte sie doch. Als sie schließlich das Geschirr gespült hatten, fühlte sie sich wieder in der Lage, Miss Hartler gegenüberzutreten. Sie ging zum Salon und klopfte leise an die Tür.

»Miss Hartler, ich bin's, Sarah. Darf ich hereinkommen?«

»Aber natürlich, liebes Kind.« Die Stimme schien von weither zu kommen.

»Ich wollte Sie fragen, ob ich Ihnen vielleicht irgend etwas bringen kann? Tee und Toast vielleicht?«

Miss Hartler versuchte mühsam, sich von den Kissen zu erheben, in die sie bisher geweint hatte. Ihre Augen waren gerötet, das Haar in Unordnung, ihre Kleidung in einem erbarmungswürdigen Zustand. Sie wischte sich mit einem völlig durchnäßten Taschentuch über das aufgeschwollene, schrecklich gealterte Gesicht.

»Danke, Liebes. Vielleicht eine Tasse ganz schwachen Tee? Normalerweise rühre ich keine Aufputschmittel an, aber diese – diese –, ich wußte ja, daß ich ihn niemals hätte allein lassen sollen. Es ist alles meine Schuld!«

Ihre Schultern begannen wieder zu zucken. Sarah sagte: »Ich hole den Tee« und floh.

Als sie das Tablett vorbereitete, kam Mr. Bittersohn aus dem Souterrain die Treppe herauf. »Was ist los?« begrüßte er sie.

»Die Schwester ist angekommen«, berichtete Sarah. »Sie ist in seinem Zimmer und weint sich die Augen aus, die Ärmste. Ich versuche gerade, sie dazu zu bringen, eine Tasse Tee zu trinken. Würde es Ihnen sehr viel ausmachen, allein ins Eßzimmer zu gehen und sich zu bedienen? Es ist noch Kaffee in der Kaffeemaschine und etwas zu essen auf der Anrichte. Mrs. Sorpende müßte auch jeden Moment kommen.«

»Wirklich?«

»Regen Sie mich bloß nicht auf!« Sarah nahm das Tablett und ging. Sie wußte, daß er sie gar nicht aufregen wollte, aber an irgendeinem Menschen mußte sie ihre depressive Stimmung auslassen. Wie merkwürdig, daß ausgerechnet er das Opfer war.

Miss Hartler lag jedenfalls nicht mehr auf dem Bett. Sie hatte offenbar das Badezimmer aufgesucht und sich frisch gemacht. Obwohl ihre Augen immer noch ziemlich rot waren, war sie selbst doch etwas gefaßter. Sie setzte sich an den Schreibtisch und schob ein paar Stapel beiseite.

»Sie sind ein Schatz, Sarah! Aber ich glaube wirklich, daß ich –«

»Miss Hartler, Sie müssen jetzt stark sein. Ihr Bruder hätte das auch gewollt.« Sarah kramte alle Klischees hervor, mit denen man sie während ihrer eigenen Trauerzeit reichlich bedacht hatte und die ihr jetzt in den Sinn kamen. »Er war ein so heiterer

Mensch. Wir müssen versuchen, ihn so im Gedächtnis zu bewahren, wie wir ihn kannten.«

»Ach, aber keiner kannte Wumps so wie ich.«

Miss Hartler goß sich den Tee etwa zweieinhalb Zentimeter hoch in die Tasse und fügte eine riesige Menge Milch hinzu. Sie starrte auf die Plätzchen, die Sarah auf das Tablett gelegt hatte, nahm sich langsam eines davon und knabberte schüchtern daran. »Wir waren uns immer so nah, wissen Sie, so schrecklich nah. Was natürlich nicht heißt, daß wir uns keine Freiheit mehr ließen. Ich hatte meine Arbeit für die Kirche, und Wumps hatte seine eigenen Passionen.«

»Den Iolani-Palast«, sagte Sarah.

»Ach ja, der berühmte Iolani-Palast! Wumps war ein Fanatiker, wissen Sie, Sarah, ein echter Fanatiker. Wie ich sehe, hat er wieder fleißig gesammelt.« Sie zeigte mit dem Plätzchen auf die Nippsachen, die jedes freie Fleckchen im Zimmer bedeckten.

»Ich weiß eigentlich nicht genau, wieviel zu seiner Sammlung gehört«, erwiderte Sarah. »Er hat mir erzählt, daß die meisten Sachen hier sich als unecht herausgestellt haben und daher wieder zurückgegeben werden müssen. Ständig sind Leute hier ein- und ausgegangen –«

»Mir brauchen Sie das gar nicht zu sagen! Habe ich alles auch mitgemacht. Trampeln auf den Teppichen herum und tropfen mit ihren nassen Regenschirmen den Boden voll. Und der Grund, warum Wumps wieder hierher ziehen wollte, war, weil wir immer noch nicht genug davon hatten! Er dachte, in Boston seien die Jagdgründe noch besser! Ich muß Ihnen gestehen, liebe Sarah, daß ich beim bloßen Gedanken daran regelrecht gezittert habe, genau deswegen habe ich auch auf der Stelle meine Koffer gepackt und bin geflohen, als ich diese Einladung von meiner alten Schulfreundin bekam, sie in Rom zu besuchen. Aber Dorothea hat sich so verändert. So zum Nachteil, ich kann es kaum glauben. Aber ich bin wahrscheinlich auch nicht mehr wie früher. Ja, ja, die Zeit vergeht!«

Miss Hartler versuchte vergeblich, ein tapferes Gesicht aufzusetzen, und griff wieder nach ihrer Teetasse. »Sarah, ich habe versucht, darüber nachzudenken, was ich jetzt tun soll, und es scheint am vernünftigsten – ich versuche so sehr, jetzt vernünftig zu sein, verstehen Sie. Wumps war immer der Stärkere von uns, aber jetzt kann ich mich nicht mehr bei ihm anlehnen, also muß ich versuchen, so gut wie möglich allein fertig zu werden. Ich dachte, daß ich vielleicht die ersten paar Tage hier bei Ihnen bleiben könnte, wenn es Ihnen nicht zuviel ausmacht, bis das schreckliche, schreckliche Begräbnis vorbei ist – unsere Gruft ist in Mount Auburn, wissen Sie, wie Ihre – vielleicht wissen Sie, was man in so einem Fall tun muß – ich habe das bisher nie – als unsere lieben Eltern –«

Sie wischte sich die Augen und trank einen winzigen Schluck von ihrem inzwischen abgekühlten Tee. »So könnte ich mich wenigstens wieder ein bißchen fangen und die Sachen hier ordnen, die Wumps hinterlassen hat. Liebe Sarah, es macht Ihnen doch nichts aus, oder? Ich habe sonst keinen Menschen mehr auf der Welt! Könnten Sie Ihrem Angestellten sagen, daß er meine Koffer –«

»Er ist – im Moment nicht hier«, antwortete Sarah, völlig überrascht von dieser neuen Entwicklung.

Natürlich war es vernünftig, daß Miss Hartler das Zimmer ihres Bruders benutzen wollte, seine Miete war bis zum Ende der Woche bezahlt, und sie hatte momentan kein Zuhause, sie konnte höchstens in einem Hotel oder beim Verein Christlicher Junger Frauen unterkommen. Irgend jemand mußte sowieso das Durcheinander in Ordnung bringen und entscheiden, was mit den Sachen passieren sollte, und wer eignete sich besser dazu als seine eigene Schwester? Aber die Vorstellung, daß Miss Hartler zusätzlich zu all ihren Problemen auch noch hier herumlaufen und eine Aura von Trübsinn und Wohlanständigkeit ausstrahlen würde, war einfach unerträglich.

Nun ja, es würde nur für eine kurze Zeit sein. Wenn Mr. Porter-Smiths Dinnerjacket und Miss LaVallieres Frisur die Frau nicht vertreiben würden, könnten es sicher Mariposa und Charles auf ihre geschickte Art bewerkstelligen.

Kapitel 16

Trotzdem gab sich Sarah nicht sofort geschlagen. »Aber – aber wir müssen das Zimmer zuerst saubermachen. Ich kann Sie doch nicht in diesem Durcheinander wohnen lassen.«

»Oh, das kann ich doch selbst erledigen. Bitte lassen Sie mich das nur machen. Wissen Sie, ich bin doch so daran gewöhnt, für Wumps aufzuräumen. Es wäre genauso, als ob er noch hier wäre, wenn auch nur für eine ganz, ganz kurze, wunderbare Zeit. Schikken Sie mir Ihr Zimmermädchen mit dem Staubsauger und einem Staubfeger hoch, und ich werde alles im Handumdrehen picobello in Ordnung bringen. Es ist doch das letzte Mal, daß ich –« Ihre Stimme begann zu zittern, und sie verbarg ihr Gesicht wieder.

Was konnte man da noch sagen? Immerhin standen überall die leicht zerbrechlichen Gegenstände herum, die Gott weiß wem gehörten, und es war wohl besser, wenn Miss Hartler dafür die Verantwortung übernahm. Sarah ging die gewünschten Reinigungsutensilien holen und ließ Miss Hartler damit allein.

Das nahm sie jedenfalls zunächst an. Aber Miss Hartler konnte den Staubsauger nicht allein anstellen. Dann brauchte Miss Hartler einen Schwamm, eine Scheuerbürste, ein Desinfektionsmittel, frische Bettlaken, Glasputzzeug, Messingputzzeug, einen Silberlappen, einen Mopp, eine Bürste zum Reinigen der Wände und ein Glas Preiselbeersaft zur Erfrischung. Und irgendwie gelang es Miss Hartler, Sarah den ganzen Tag auf Trab zu halten.

Und dann kam die schreckliche Fahrt zur Leichenhalle, wo Miss Hartler ihren geliebten Wumps identifizieren mußte. Glücklicherweise hatte er eine alte dreieckige Narbe am rechten Handgelenk, was dieses Erlebnis etwas weniger traumatisch machte, als es unter Umständen hätte sein können, aber es war auch so schon schlimm genug, so daß die arme Miss Hartler sich erst nach einem weiteren Glas Preiselbeersaft in der Lage fühlte, dem Geistlichen entgegenzutreten, um den letzten Weg ihres Bruders zu besprechen. Sie war sehr überrascht, daß Sarah mit dem netten Pfarrer nicht persönlich bekannt war, und Sarah war taktlos genug einzuwerfen, daß sie dafür wenigstens den Beerdigungsunternehmer kannte.

»Ja, ja, den Beerdigungsunternehmer müssen wir auch noch aufsuchen. Wie schrecklich! Aber der liebe Wumps hätte es doch sicher nicht gern, wenn ihn die liebe Bumps im Stich ließe, nicht? Ich habe ihn immer Wumps genannt, weil ich als kleines Kind den Namen William nicht aussprechen konnte. Und er hat sich revanchiert, indem er mich Bumps genannt hat, weil ich immer hingefallen bin, wenn ich zu gehen versucht habe, als ich klein war. Ich fürchte, bei den meisten Stürzen hat er nachgeholfen. Er war ein richtiger Schelm, sogar als kleiner Junge. Es muß wundervoll gewesen sein für Sie, ihn um sich zu haben.«

»Wir haben ihn nur so kurz gekannt«, murmelte Sarah.

Es war unangenehm, sich an die Auseinandersetzung zu erinnern, die beinahe unmittelbar vor seinem Tod stattgefunden hatte, und es war noch schlimmer, wenn sie sich vorstellte, daß er ohne ihr Geschimpfe vielleicht noch am Leben wäre, weil man ihm dann vielleicht die Stühle ins Haus gebracht hätte. Trotzdem war sie keine Heuchlerin und konnte nicht einfach so tun, als sei seine Gegenwart im Haus ein Geschenk des Himmels gewesen, und sie konnte auch nicht glauben, daß seine Schwester immer dieser Ansicht gewesen war.

Aber sie selbst war früher auch oft auf Alexander wütend gewesen, und doch hatte das den Schmerz keinesfalls verringert, als sie ihn verloren hatte. Sie hatte jedoch den Gedanken, daß er ermordet worden war, nicht unterdrückt, wie dies Miss Hartler jetzt tat. Die Polizei drängte sie verständlicherweise, unter den Papieren nach etwas zu suchen, das darauf schließen ließ, daß er Feinde gehabt hatte oder irgendein Gegenstand in seinem Besitz gewesen war, der einen besonderen Wert hatte, und vor allem jeden Hinweis darauf, wer der Mann mit den Stühlen gewesen war, vorausgesetzt, daß er überhaupt existierte. Die Schwester verdrängte dies alles und las die Papiere erst gar nicht, sondern stapelte sie nur fein säuberlich und wachste dann den Schreibtisch, machte sich Sorgen wegen des Hochamts, stellte Überlegungen an, ob Wumps einen grauen Sarg oder einen Mahagonisarg vorgezogen hätte und welche Blumen sie denn nun aussuchen sollte. Sarah spielte mit dem Gedanken, ihr vorzuschlagen, eine Ukulele-

Band einzufliegen und einen Hibiskuskranz aus Hawaii besorgen zu lassen, weil ihr Miss Hartler allmählich ganz gehörig auf die Nerven ging, was sie jedoch leider nicht in die Tat umsetzen konnte, da sie mit einem allzu liebenswürdigen Naturell geschlagen war.

Am späten Nachmittag gelang es ihr endlich, Miss Hartler in den frisch gereinigten Rauchsalon zu bugsieren, um sich dort auszuruhen, und sie eilte selbst in die Küche, wo sie versuchte, die Arbeit des ganzen Tages in zwei Stunden zu erledigen. Onkel Jem rief an, um sie zu fragen, ob er vorbeikommen sollte, und sie schrie auf: »Nein, um Himmels willen bloß das nicht!« Dolph rief erst gar nicht an, sondern erschien einfach, da er voraussetzte, daß seine Anwesenheit bei einer derart ernsten Sachlage unbedingt nötig war.

Dafür war ihm Sarah sogar dankbar. Miss Hartler kannte Dolph, und seine würdevolle Feierlichkeit traf bei ihr den richtigen Ton, als sie schließlich aus ihrem Refugium herauskam, in einem hochgeschlossenen, langärmeligen Gewand aus irgendeinem glatten Stoff in einer undefinierbaren dunklen Farbe, das den schwachen Geruch von Mottenkugeln und Schimmel verbreitete. Während Dolph gerade genau die richtigen Sätze von sich gab, konnte Sarah den Gedanken nicht loswerden, daß er, falls er wirklich durch irgendeinen aberwitzigen Zufall der Grund von William Hartlers Dahinscheiden gewesen war, entweder eine bemerkenswerte Selbstkontrolle besaß oder einen Grad an Verrücktheit erreicht hatte, der sogar Großonkel Frederick verwehrt geblieben war. Sie bemerkte, daß sie ihn beobachtete wie eine Maus einen zusammengekauerten Kater. War er gefährlich, oder schlief er bloß? Was würde sie tun, wenn sie feststellen mußte, daß sich ihr wichtigtuerischer Cousin in einen wahnsinnigen Verbrecher verwandelt hatte? Höchstwahrscheinlich selbst verrückt werden.

Die Pensionsgäste versammelten sich allmählich. Mrs. Sorpende kam als erste, und Sarah stellte interessiert fest, daß sie aus Respekt vor dem lieben Verstorbenen ihr tiefausgeschnittenes Dinnergewand mit einem eleganten Jabot aus prächtigem elfenbeinfarbenen Satin ausgestattet hatte, der möglicherweise noch vor kurzem die Beine von Tante Carolines French Knickers gewesen war. Die Wirkung war derart überwältigend, daß Dolph urplötzlich keine einzige Platitüde über das Ableben werter Familienangehöriger mehr einfallen wollte und er auf das Sofa zusegelte, auf dem Mrs. Sorpende immer am liebsten saß.

Miss Hartler versank daraufhin in sanfte Melancholie. Sarah stellte ihr die anderen Pensionsgäste vor, sobald sie eintrafen, wobei jeder sein tiefes Mitgefühl aussprach und sich dann niederließ, um wie gewöhnlich die entspannte Stimmung vor dem Essen zu genießen.

Es war allerdings nicht gerade einfach, ein unschuldiges Glas Sherry als Aperitif zu genießen, während Miss Hartler jedesmal, wenn Charles mit dem Tablett in ihre Nähe kam, wie vor einer angreifenden Kobra zurückzuckte.

Mr. Porter-Smiths gutgemeinter Vorschlag, doch mit ihm ein Gläschen zu trinken, da medizinische Untersuchungen ergeben hätten, daß gemäßigter Alkoholgenuß vor den Mahlzeiten der Gesundheit sehr zuträglich sei, bescherte ihm lediglich ein kühles »Vielen Dank, aber ich rühre grundsätzlich keinen Tropfen Alkohol an«.

Die Versuche von Miss LaValliere, Miss Hartler etwas mit dem Bericht aufzumuntern, daß die alte Mrs. LaValliere vor kurzem von einem Anfall von Gürtelrose heimgesucht worden war, riefen zwar zunächst eine Reaktion bei ihr hervor, da sie einst oft Seite an Seite mit Miss LaVallieres Großmutter den Altar geschmückt hatte, doch sowohl die Enkelin als auch das Thema waren schnell wieder erschöpft.

Professor Ormsby schenkte sich jeden Versuch. Nachdem er gezwungenermaßen ihre Hand geschüttelt und ein paar unverständliche Kondolenzbezeugungen geknurrt hatte, nahm er seinen Platz auf dem anderen Ende von Mrs. Sorpendes Sofa ein und bedachte Dolph über ihren Jabot hinweg mit wütenden Blicken. Mr. Bittersohn, der wie üblich als letzter eintraf, war mitfühlender. Er zog einen Stuhl neben Miss Hartler, schüttelte dankend den Kopf, als Charles ihm einen Aperitif anbot, und unterhielt sich mit ihr mit leiser Stimme.

Zunächst schien Miss Hartler darauf anzusprechen, doch plötzlich wurde sie – ohne einen für Sarah ersichtlichen Grund – sehr einsilbig und schließlich so abweisend, daß es eine Erleichterung war, als Charles ankündigte, das Essen sei fertig, und Miss Hartler sagte, daß sie es nicht über sich bringen könne zu essen, und darum bat, eine Kleinigkeit auf dem Tablett auf ihr Zimmer gebracht zu bekommen.

139

Das bedeutete zusätzliche Arbeit für das Personal, aber Sarah machte sich jetzt darüber keine Gedanken. Sie war so erleichtert, aus der heiklen Situation befreit zu werden, daß sie nicht einmal versuchte, das Thema zu wechseln, als Mr. Porter-Smith zu erklären begann, was die Einkommensteuern für sie bedeuteten, obwohl sie für sie keinerlei Bedeutung hatten, da sie kein Einkommen, sondern nur Verluste hatte.

Allmählich entspannte man sich wieder. Wenn Dolph anwesend war, war die Atmosphäre zwar zwangsläufig etwas steif, aber nachdem er seiner Pflicht bei Miss Hartler Genüge getan hatte, neben Mrs. Sorpende sitzen durfte und ein leckeres Abendessen vor sich auf dem Tisch hatte, wurde er so unterhaltsam, wie er es innerhalb seiner Möglichkeiten werden konnte.

Mr. Bittersohn schien mit seinen Gedanken offenbar ganz woanders zu sein. Er fühlte sich doch wohl nicht etwa beleidigt durch Miss Hartlers plötzliches frostiges Benehmen in der Bibliothek? Sie war doch nur eine ältere Dame, die gerade erst von einem Transatlantikflug zurückgekommen war und ihren geliebten Bruder ermordet und sich selbst in einer Leichenhalle wiedergefunden hatte, um seinen zerschlagenen Leichnam zu identifizieren. Man konnte also schwerlich erwarten, daß sie das alles für längere Zeit einfach überspielen konnte. Sarah ließ eine diskrete Bemerkung in diesem Sinne fallen, und Bittersohn schenkte ihr daraufhin einen Blick, der sie ziemlich verwirrte.

Nach dem Essen bat sie Charles, den Rest von Mr. Hartlers Benediktiner zu servieren. Sie wußte selbst nicht genau, warum. War es zum Andenken an den Verstorbenen, oder wollte sie so schnell wie möglich alles loswerden, was den Hartlers gehörte? Jedenfalls tranken sie alle davon, dann verkündete Dolph in pompösem Ton, daß er unbedingt zu einem wichtigen Treffen müsse, für das er sich bereits verspätet habe, und verschwand. Mrs. Sorpende ging nach oben, vielleicht wollte sie ein anderes Stück Wäschegarnitur umgestalten. Professor Ormsby mußte Arbeiten korrigieren. Mr. Bittersohn sagte, er müsse an seinem Buch arbeiten. Miss LaValliere bat in ihrer Verzweiflung Mr. Porter-Smith, ihr bei den Hausaufgaben für Buchhaltung zu helfen.

Sarah sah zu, wie Charles die leeren Likörgläser einsammelte, und beschloß, noch einmal nach Miss Hartler zu sehen. Sie traf Wumps' Schwester bereits im Nachthemd, was allerdings nicht hieß, daß sie spärlich bekleidet war, da Miss Hartler jene Art von

140

Nachtgewändern trug, die R. H. Stearns für diejenigen Ladies in Boston zu führen pflegte, die besonderen Wert auf Schamgefühl legten. Jedenfalls hatte Miss Hartler die Unmengen an Baumwolle noch mit mehreren Lagen Flanell überdeckt, als sie ihr die Tür öffnete.

»Ich weiß, daß Sie erschöpft sind«, sagte Sarah zu ihr, »deshalb wollte ich auch nur ganz kurz vorbeischauen. Ich möchte nur sicher sein, daß Sie auch alles haben, was Sie für die Nacht brauchen.«

»Ach, liebe Sarah! Sie werden Ihrer Tante Marguerite mit jedem Tag ähnlicher.«

Sarah zuckte zusammen. Eine Marguerite auf der Welt war für sie schon eine zuviel. Allerdings war es recht unwahrscheinlich, daß sie sich ähnelten, da sie nicht einmal miteinander verwandt waren. Entweder Miss Hartler halluzinierte, oder aber sie versuchte, ihr ein Kompliment zu machen. Man mußte wohl nachsichtig sein.

»Setzen Sie sich doch einen Moment, und sprechen Sie mit mir«, fuhr Miss Hartler fort. »Ich fühle mich so – so schrecklich einsam.«

»Aber natürlich«, sagte Sarah, »das ist ganz normal. Darüber kommt man aber früher oder später hinweg, das sagt man mir jedenfalls immer.«

»Ach ja. Wir müssen uns in unserer Trauer gegenseitig beistehen und einander aufrichten. Ich sehe ja, wie tapfer Sie versuchen, damit fertigzuwerden, und ich bewundere Ihre Stärke. Aber Sarah, Liebes, ich muß mich allerdings fragen, natürlich ist es nicht meine Sache, Ihnen da hineinzureden – nun ja, aber ganz offen, Liebes, ich glaube nicht, daß ich mir an Ihrer Stelle so schnell das Haus mit einer so merkwürdigen Gesellschaft gefüllt hätte. Ich sage das bloß, weil ich so viel älter bin als Sie. Wir alten Leutchen können einfach nicht anders, immer müssen wir unsere Weisheiten vor anderen ausbreiten, auch wenn es die anderen gar nicht interessiert. Ich persönlich wäre natürlich die letzte, die sich hier einmischen –«

»Und es gibt auch wirklich keinerlei Grund, warum Sie sich einmischen sollten«, unterbrach Sarah sie sehr viel energischer, als sie eigentlich beabsichtigt hatte. »Ich bekomme schon genug Ratschläge von Cousin Dolph und meinem Onkel, der ein paar Straßen weiter lebt, und vom Rest meiner Familie. Was meine

Pensionsgäste betrifft, so ist für mich die Hauptsache, daß sie ihre Miete pünktlich bezahlen und sich an die Hausordnung halten, von der Sie morgen früh als erstes auch eine Kopie erhalten werden. Bisher hat es nur eine Person hier gegeben, mit der ich ernsthafte Probleme hatte, und das war Ihr Bruder. Wenn ich gewußt hätte, welchen schrecklichen Ärger mir sein Iolani-Palast-Projekt machen würde, hätte ich ihn sicher niemals hier einziehen lassen. Er war natürlich andererseits immer sehr nett und hat sich mit den anderen Gästen gut verstanden, obwohl er uns meist ganz schön auf Trab gehalten hat.«

»Oh Sarah«, Miss Hartler schüttelte traurig und sanft ihr weißes Haupt. »Ich weiß, daß Wumps im Grunde ein Schuljunge war, der immer zu Streichen aufgelegt war und manchmal ein wenig über die Stränge schlagen konnte, aber wenigstens war er einer aus unseren Kreisen. Aber was wissen Sie schon über die anderen hier im Haus? Die kleine Jennifer LaValliere kommt ja wohl aus einer guten Familie. Kokett und albern, doch ich kenne ihre Großmutter. Aber dieser Mr. Porter-Smith, wie er sich nennt –«

»Wurde mir wärmstens von meinem Cousin Percy empfohlen.«

»Oh. Und dieser Ormsby –«

»Professor Ormsby ist ein bekannter Mann und arbeitet am MIT.«

»Ach, diese verrückten Wissenschaftler! Erfinden ständig diese scheußlichen Klone und Gott weiß was sonst noch. Nun ja, ich denke, das MIT gehört heutzutage wohl zu den vornehmen Colleges. Was allerdings diesen ziemlich gefährlich aussehenden jungen Mann betrifft, der eine Kunstgalerie führt oder was es auch ist, Bittersohn nennt er sich –«

Miss Hartler kam noch näher heran und dämpfte ihre Stimme zu einem schockierten Flüstern. »Vor dem Essen habe ich versucht, mich mit ihm zu unterhalten, wie man es so macht, und da die kleine Jennifer und ich uns vorher darüber unterhalten hatten, daß ihre Großmutter den Altar zu schmücken pflegte, habe ich ihn zufällig gefragt, ob seine Mutter auch in ihrer Kirche etwas Ähnliches macht. Da hat er mir eine einfach unglaubliche Antwort gegeben. Er hat tatsächlich gesagt: ›Nein, sie darf noch nicht einmal in der Synagoge vorn sitzen.‹ Also, Sarah, Liebes, Sie sind ja noch jung und können es nicht wissen, aber ich befürchte allen Ernstes, daß dieser junge Mann ein Jude ist!«

Einen Moment lang war Sarah derart wütend und angewidert, daß es ihr glatt die Sprache verschlug. Dann stieß sie zwischen zusammengepreßten Lippen hervor: »Ich weiß sehr gut, daß Mr. Bittersohn Jude ist. Seine Familie wohnt ganz in unserer Nähe in Ireson's Landing.«

»Um Himmels willen! Hat Ihre Tante Caroline etwa seine Mutter gekannt?«

»Mrs. Bittersohn ist sehr wählerisch, was ihre Bekanntschaften betrifft.« Sarah hatte auch eine scharfe Zunge, wenn man sie wie jetzt genügend provoziert hatte. »Wie Sie aber selbst heute abend festgestellt haben, ist ihr Sohn nicht im geringsten snobistisch, solange man nicht versucht, zu vertraulich zu werden. Und er hat keine Kunstgalerie, sondern er ist ein international bekannter Kunstexperte. Seine Arbeit bringt es mit sich, daß er viel reist, so daß er es angenehm findet, sich hier eine kleine Zweitwohnung einzurichten, und ich kann Ihnen versichern, daß ich mich ungemein glücklich schätze, ihn als Pensionsgast zu haben.«

»Du liebe Zeit, ich wußte ja nicht – ich muß wohl –« Miss Hartler kam ein wenig ins Schwimmen und stürzte sich sogleich auf das nächste Opfer. »Und diese Mrs. Sorpende – diese Femme fatale, die so offensichtlich auf das Vermögen Ihres Cousins aus ist, für was ist die denn eine internationale Expertin, wenn ich fragen darf? Darf man erfahren, durch wen um alles in der Welt Sie an diese Person geraten sind?«

Sarah spielte ihren Trumpf aus. »Durch Tante Marguerite.«

»Marguerite? Aber sie hat sie niemals erwähnt – wir waren immer so eng befreundet – wie kommt es denn, daß ich sie nicht –«

»Ich nehme an, Mrs. Sorpende kennt Tante Marguerite nicht persönlich.« Das würden nur wenige Leute wollen, wenn sie vorher wüßten, was sie erwartete, nachdem sie ihr erst einmal vorgestellt worden waren, vermutete Sarah. »Sie hat von meinem Unternehmen über eine gemeinsame Bekannte gehört.«

»Oh? Dann kenne ich diese Person ganz bestimmt auch. Wer war es denn?«

Es gab offenbar nur eine Methode, die Neugier dieses alten Ungeheuers ein für allemal zu stillen und diese geschmacklose Unterhaltung zu beenden, nahm Sarah an. Sie zermarterte sich krampfhaft das Hirn, um sich an den Namen zu erinnern, den

Mrs. Sorpende ihr genannt hatte. »Irgend etwas mit B, glaube ich. Brown? Baxter? Burns? Nein, Bodkin, das war es. Mrs. G. Thackford Bodkin.«

Miss Hartler stieß ein merkwürdiges leises Wiehern aus. »Aber, meine liebe Sarah, wie ist denn das möglich? Vangie Bodkin ist schon seit zwei Jahren tot. Es war die schönste Beerdigung, auf der ich je gewesen bin.«

Kapitel 17

Sarah verbrachte eine weitere schreckliche Nacht. Nachdem sie Miss Hartler beruhigt hatte, hatte sie den höchst ungewöhnlichen Schritt unternommen, aus freien Stücken Tante Marguerite anzurufen. Der offizielle Grund war, ihr mitzuteilen, daß Mr. Hartlers Begräbnis bevorstand. In Wirklichkeit wollte sie allerdings herausfinden, ob das von Vangie Bodkin bereits stattgefunden hatte.

Ja, Mrs. Bodkin war wirklich und wahrhaftig bereits verstorben. Ja, Joanna Hartler war ihre Busenfreundin gewesen und hatte sich bei der Beerdigung die Augen ausgeweint. Nein, Marguerite hatte noch nie eine Theonia Sorpende getroffen. Wie war sie denn, und warum brachte Sarah sie denn nicht einmal vorbei?

Die letzte Nachricht hatte Sarah tief verstört. Tante Marguerite vergaß grundsätzlich niemals einen Namen und leugnete nie eine Bekanntschaft, auch wenn sie noch so flüchtig war. Sie sah sich nämlich gern als die umschwärmteste Gastgeberin in Newport. Da dies jedoch beileibe nicht der Wahrheit entsprach, mußte sie sich selbst intensiv um Gäste bemühen. Falls die verstorbene Vangie Bodkin jene Theonia Sorpende in ihrem Beisein auch nur erwähnt hätte, hätte sie sofort darauf bestanden, daß sie die Dame zu einer ihrer Teegesellschaften, Cocktailparties, Mittagessen, Abendeinladungen, Wohltätigkeitsbälle und vor allem zu einem ihrer sogenannten Sonntagnachmittagtreffen mitgebracht hätte.

Selbst wenn Mrs. Sorpende sich als eine arme Verwandte von Mrs. Bodkin, als deren Lieblingsmaniküre oder als die Dame herausgestellt hätte, die ihre Kleider kürzte, Tante Marguerite hätte sie bestimmt trotzdem eingeladen. Sie hätte sie sich zumindest angesehen und sich mit ihr unterhalten, sie für durchaus vorzeigbar befunden und sie dann auf ihre Spezialliste - von Sarah und Alexander heimlich als Verzweiflungsliste bezeichnet – gesetzt, auf der sich diverse Unbekannte mit relativ guten Manieren befanden, die man im Notfall als Lückenbüßer einsetzen konnte, wenn viele bekannte Persönlichkeiten plötzlich zu schüchtern waren, sich öffentlich zu zeigen. Wenn Mrs. Sorpende in einen Skandal verwickelt gewesen war, hätte sie das als Gast nur um so begehrenswerter gemacht, weil man sie dann vorführen und hinter ihrem Rücken über sie herziehen konnte. Tante Marguerite hatte nach dem Vorbild einer berühmten Gastgeberin aus Washington auf ein Sofakissen folgenden Satz gestickt: »Wenn du über niemanden mehr etwas Nettes zu sagen hast, setz dich doch neben mich!«, und nach diesem Motto handelte sie auch.

Wenn Mrs. Sorpende nicht viel Erfahrung mit Spezialtechniken der Geisterbeschwörung hatte, mußte sie von jemand anderem als von Vangie Bodkin erfahren haben, daß Sarah Kelling Zimmer vermietete. Warum hatte sie aber dann nicht den richtigen Namen als Referenz genannt, sondern eine Lüge riskiert, die so leicht auffliegen konnte? Es gab keine zweite Mrs. G. Thackford Bodkin; der Witwer war immer noch Witwer und lebte, soweit Miss Hartler bekannt war, ziemlich zurückgezogen.

Aber wie zurückgezogen lebte er denn wohl wirklich? Wenn er Tante Marguerite kannte und alle Voraussetzungen erfüllte, die einen als Alleinstehenden für Parties qualifizierten, bombardierte sie ihn sicherlich förmlich mit Einladungen. Bestimmt mußte er ab und zu darauf reagieren, auch wenn er lediglich absagte, es sei denn, er war völlig senil oder etwas Ähnliches. Von Miss Hartler hatte sie darüber nichts erfahren. Sie hatte ihn als einen eher ruhigen Mann beschrieben und sich darüber ausgelassen, wie unverschämt es von Mrs. Sorpende gewesen war, einfach den Namen von Vangie Bodkin zu mißbrauchen, während Sarah sich selbst davon zu überzeugen versuchte, den Namen falsch verstanden zu haben.

G. Thackford Bodkin war allerdings nicht gerade ein Name, den man leicht verwechselte. Vielleicht hatte Mrs. Sorpende ihn irgendwo gehört, und woher sollte man wissen, ob sie nicht mit dem Ehemann bekannt war, selbst wenn sie die Frau nicht gekannt hatte? Ihre eigene Ehe war wohl nicht sehr glücklich verlaufen, soviel hatte Sarah aus ihrer kleinen Konversation beim Betrachten der Unterwäsche geschlossen. Wenn Vangie Bodkin eine Busenfreundin von Joanna Hartler gewesen war, konnte sie unmöglich eine Kleopatra gewesen sein. Vielleicht waren sich die beiden enttäuschten Ehepartner nähergekommen und hatten ein Verhältnis miteinander gehabt, und vielleicht hatte Mr. Bodkin Sarah Kellings Pensionspläne bei Mrs. Sorpende erwähnt, nachdem er davon durch Tante Marguerite erfahren hatte.

Vielleicht war sie deswegen hierher nach Boston gekommen. Nach einer schicklichen kleinen Pause würde ihr dann vielleicht auch Mr. Bodkin folgen, würde vorgeben, ganz zufällig eine attraktive Unbekannte kennengelernt zu haben, und sie dann heiraten.

Aber seit Vangies Tod waren bereits zwei Jahre vergangen – wenn das keine schickliche Frist war, was war es dann? Mrs. Sorpende war kein Küken mehr und Mr. Bodkin wahrscheinlich weit über 70. Es war gar nicht so abwegig anzunehmen, daß Mrs. Sorpende beschlossen hatte, sich nach einem aktiveren prospektiven Ehegatten umzusehen.

Jeder wußte, daß Sarah Kelling kein Geld besaß, aber es war auch allgemein bekannt, daß sie reiche Verwandte hatte, daß einige von ihnen Junggesellen waren und daß einer dieser Junggesellen bald noch sehr viel reicher sein würde, als er es sowieso schon war. Und Mrs. Sorpende hatte ihn bereits getroffen und ihn von Anfang an beeindruckt. Dolph war aber auch ein altmodischer alter Tugendbold, und wenn er herausfand, daß sie klammheimlich mit einem von Marguerites Nachbarn etwas gehabt hatte, würde er schnellstens einen Rückzieher machen. Und wenn Mrs. Sorpendes Vergangenheit einen Schandfleck aufwies, sei es nun Mr. Bodkin oder irgendeine andere Person oder Sache, wer hätte es wohl als erster gewußt und liebend gern gegen sie ausgespielt?

Wahrscheinlich hatte sie sofort beim ersten Treffen festgestellt, daß Mr. Quiffen ein Unruhestifter ersten Ranges war. Sie hatte vielleicht auch gewußt, daß er Dolph beschatten ließ. Wer wußte schon, wer ihre Informationsquelle war? Wenn Mrs. Sorpende tatsächlich etwas über irgend jemanden herausfinden wollte, war ganz bestimmt irgendwo irgendein Mann willens und in der Lage, es ihr mitzuteilen. Und wenn sie geglaubt hatte, daß ihr nichts mehr den Weg zu Großonkel Freds Vermögen versperrte, und plötzlich war dann dieser eklige alte Barnwell Quiffen aufgetaucht und gefährdete Dolphs oder ihre eigenen Chancen, konnte dann nicht eine kräftige, große Frau wie sie, die nicht einmal ordentliche Unterwäsche ihr eigen nannte, drastische Maßnahmen zur Beseitigung dieser Bedrohung ergriffen haben?

Angenommen, Mrs. Sorpende war Mr. Quiffen ohne viel Mühe und ohne ein großes Risiko einzugehen losgeworden. Weiterhin angenommen, daß dann durch irgendeinen teuflischen Zufall sein ehemaliges Zimmer beinahe unmittelbar darauf von einem Herrn aus Newport bezogen wurde; einem Mann, dessen Schwester die Busenfreundin eben der Frau gewesen war, deren Namen sie als Referenz genannt hatte; ein geschwätziger, indiskreter alter Herr, der selbstverständlich wußte, daß Vangie Bodkin tot war, und möglicherweise noch eine Menge anderer Details kannte, was sehr unangenehme Folgen haben konnte, wenn er sie irgendwo zu unpassender Zeit herausposaunte. Mochte sie nicht versucht gewesen sein, ihr Schicksal noch einmal herauszufordern?

In der Nacht, in der Hartler umgekommen war, hatte Mrs. Sorpende, unmittelbar nachdem er das Haus verlassen hatte, ihr Zimmer aufgesucht, doch Sarah wußte, wie einfach es für sie gewesen wäre, sich heimlich über die Hintertreppe wieder nach unten zu schleichen. In der Zwischenzeit waren alle anderen ihrer Wege gegangen. Sarah war im ersten Stock gewesen, Mariposa und Charles hatten sich entweder in der Küche oder im Kellergeschoß aufgehalten. Mrs. Sorpendes Mantel hing in der Garderobe in der Eingangshalle, sie hätte ihn also lediglich anzuziehen brauchen und hätte dann hinausgehen können. Wenn irgend jemand sie tatsächlich gesehen hätte, hätte sie immer noch vorgeben können, daß sie zum Drugstore mußte oder ein wenig frische Luft schnappen oder einen kranken Freund besuchen wollte. Sarah hatte ihren Pensionsgästen wohlweislich keine Schlüssel gegeben, doch Mrs. Sorpende hätte nur den Riegel zurückzuschieben brauchen, so daß sie zurückkehren konnte, ohne klingeln zu müssen, vorausgesetzt, daß sie es geschafft hätte, bevor Charles irgendwann gegen Mitternacht den Nachtriegel vorgeschoben hätte.

Mr. Hartler hatte ihr möglicherweise erzählt, wo er sich diese Stühle ansehen würde. Mrs. Sorpende besaß die angenehme, freundliche Angewohnheit, sich immer wenigstens ein paar Minuten mit jedem Pensionsgast zu unterhalten. Es wäre also überhaupt nicht aufgefallen, wenn sie kurz einen Satz wie »Hoffentlich brauchen Sie nicht sehr weit zu gehen, es ist immerhin ziemlich kalt draußen« eingeflochten hätte oder irgend etwas Ähnliches. Und er würde etwas wie »Oh nein, bloß bis drüben in die Fairfield Street« oder wo immer es auch gewesen sein mochte, geantwortet haben.

Dann hätte sie genau gewußt, wie und wo sie das angeblich zufällige Treffen zu arrangieren hatte, und für den Heimweg einen gemütlichen kleinen Spaziergang durch den Park vorgeschlagen. Es war auch wirklich sehr schön dort, mit den Lichtern in den Bäumen und der goldenen Kuppel des Parlamentsgebäudes im Hintergrund. Er hätte bestimmt angenommen, entweder um der hochverehrten Lady einen Gefallen zu tun oder weil er glücklich war, daß die Stühle echt waren, oder weil er völlig am Ende war, weil sie nicht echt waren. Der Schlag auf den Kopf war zwar eine äußerst undamenhafte Tat für sie, aber es war der glaubwürdigste Tod, der ihn dort hätte ereilen können, und es wäre für sie ein leichtes gewesen, weil sie viel größer, jünger und stärker war als er. Bei seiner Herzschwäche hätte der Schock durch den Schlag wahrscheinlich bereits genügt.

Und sie hätte zum Haus zurückeilen, die Hintertreppe heraufkommen, Tante Carolines elegantes Negligé anziehen und die Hilfreiche spielen können, als Sarah zusammenbrach, nachdem sie von Hartlers Tod erfahren hatte. Wieso war sie überhaupt wach gewesen, wo doch alle anderen im oberen Stockwerk während der ganzen Ereignisse ruhig und friedlich weitergeschlafen hatten?

Mr. Bittersohn war aber auch wach gewesen. Er war an jenem Abend auch aus gewesen und hatte bis jetzt nicht gesagt, wo er gewesen war. Vielleicht hätte er selbst gern sein Glück mit den sieben Stühlen versucht, wenn sie wirklich soviel wert waren, wie Mr. Hartler anscheinend angenommen hatte. Aber Mr. Bittersohn würde so etwas niemals tun!

Und wie stand es um die restlichen Pensionsgäste? Woher sollte Sarah wissen, ob Professor Ormsby wirklich einen Vortrag am MIT gehalten hatte? Oder ob Mr. Porter-Smith und Miss LaValliere tatsächlich den ganzen Abend in einem Café gesessen hatten? Oder ob nicht ein völlig Unbekannter vorbeigekommen war und ganz zufällig den Mord begangen hatte, lediglich um sich das Geld zu verschaffen, das in Mr. Hartlers Brieftasche fehlte? Warum regte sie sich überhaupt derart auf, bloß weil Mrs. Sorpende zufällig ein bißchen geschwindelt hatte, was ihre gesellschaftlichen Beziehungen betraf?

Aber als kleine Schwindelei konnte man es eigentlich nicht bezeichnen. Es mochte zwar zu Beginn eine harmlose Lüge gewesen sein, doch inzwischen sah die Sache anders aus. Wenn Sarah auch nur ein winziges bißchen Menschenkenntnis hatte, war Joanna Hartler ein ähnlicher Charaktertyp wie Cousine Mabel. Cousine Mabel hätte nicht eher geruht und gerastet, egal ob ihr geliebter Bruder oder der gesamte riesige Kelling-Clan dahingeschieden war, bis sie mit Tante Marguerite und mit sämtlichen Leuten gesprochen hätte, die Vangie Bodkin gekannt hatten, und genau herausgefunden hätte, welche Verbindung sie mit dieser Theonia Sorpende gehabt hatte. Und wenn es keine gegeben hatte, hätte sie Nachforschungen angestellt, warum dies nicht der Fall war. Mrs. Sorpende mochte eine Lügnerin, ein Dummkopf oder einfach ein großer Pechvogel sein, aber sie würde sicher sehr bald die Zielscheibe von diversen Klatsch- und Tratschmäulern werden. Und diese Klatschmäuler konnten Sarah in den Ruin treiben, wenn es ihr nicht gelang, sie möglichst schnell zum Schweigen zu bringen.

Auch wenn sie noch so erschöpft war, erschien Sarah als erste am Frühstückstisch. Sie schenkte Kaffee ein, sie stimmte Mr. Porter-Smiths Hypothese zu, daß das Hoch, das von den großen Seen rasch ostwärts zog, auf das Tief treffen würde, das sich von Cape Hatteras rasch nach Norden bewegte, und daß der zu erwartende Aufeinanderprall höchstwahrscheinlich zu Regen, Schneeregen, Schnee oder zu einer Mischform von allen drei Niederschlagsarten führen würde, wenn man die üblichen Witterungsverhältnisse in Boston berücksichtigte.

Sie hörte sich Miss LaVallieres Klagen und Professor Ormsbys Knurren an. Sie dankte Mr. Bittersohn höflich, als er ihr sagte, sie sehe schrecklich aus. Sie wartete, bis Mrs. Sorpende ihr wie üblich spätes Frühstück, bei dem sie sich wie immer viel Zeit ließ, beendet hatte. Dann zog sie sich einen Mantel über, den sie seit Jahren nicht mehr getragen hatte, band sich einen Schal um den Kopf, zog ihn so tief wie möglich ins Gesicht und legte sich auf die Lauer.

Tatsächlich dauerte es nicht lange, bis Mrs. Sorpende in ihrem schwarzen Mantel aus dem Haus trat. Sie trug ihren pflaumenfarbenen Turban mit dazu passendem Schal und jene große schwarze Tasche, die aussah wie Leder, eine Annahme, die sich jedoch bei näherer Betrachtung als falsch herausstellte. Sarah ließ sie ein gutes Stück vorgehen und folgte ihr dann.

Irgendwie hatte sie erwartet, daß Mrs. Sorpende dieselbe Route durch die Grünanlage wie neulich einschlagen würde, und genau das tat sie auch. Ihr Opfer ging wieder schnurstracks auf die öffentliche Damentoilette zu.

Und was jetzt? Würde sie wieder genauso zum Narren gehalten werden wie beim letzten Mal? Nein, diesmal hatte sie mehr Glück. Ganz in der Nähe erblickte sie eine vertraute Einkaufstasche und daneben ein Kleiderbündel, das nur Miss Mary Smith sein konnte, die eifrig die Abfallbehälter aus Zement durchforschte, die aussehen sollten wie Baumstümpfe.

Sarah tat so, als wollte sie ihre Handtasche in Ordnung bringen und schlenderte zum nächsten Zementstrunk. »Miss Smith«, murmelte sie, »haben Sie zufällig gerade eine große Frau in einem schwarzen Mantel in die Toilette gehen sehen?«

Sie ließ ein sauberes Papiertaschentuch, die Einkaufsliste der vergangenen Woche und eine Dollarnote, deren Verlust sie sich eigentlich nicht leisten konnte, in den Baumstamm fallen. Miss Smith rettete flugs den richtigen Abfall.

»Ja, sie kommt jeden Tag her.«

»Wo geht sie denn hin, wenn sie wieder herauskommt?«

»Die kommt nie wieder heraus.«

»Was?« Sarah vergaß völlig ihre Rolle. Glücklicherweise befand sich gerade niemand in Hörweite.

»Sprechen Sie bitte nicht so laut«, sagte Miss Smith umsichtig. »Passen Sie nur auf, in einer Minute oder so werden Sie eine alte Lumpensammlerin wie ich es bin herauskommen sehen. Sie trägt rote Turnschuhe und eine Einkaufstüte von Gilchrist. Sie wird die Straße überqueren und in Richtung Temple Place gehen. Verstecken Sie sich in irgendeinem Eingang, und warten Sie.«

So war das also. Wieso hatte sie es nicht beim ersten Mal schon gemerkt? Sie hatte oft genug gesehen, wie gut Mrs. Sorpende ihr schwarzes Kleid verwandeln konnte. Mit all den eleganten, hübsch abgestimmten Accessoires sah der Mantel alles andere als schäbig aus. Wenn man jedoch den lila Turban abwickelte, den passenden Schal und die Handschuhe abnahm, eine alte Einkaufstasche nahm und ein Paar Turnschuhe und einen häßlichen alten Schal aus der Handtasche von der Größe eines übergroßen Taschenbuches hervorzauberte, die hochhackigen Stiefel auszog und in gebeugter Haltung herauskam, die einen kleiner erscheinen ließ, mit dem Schal das Gesicht verdeckte und die Einkaufstüte in der Hand trug, mit ein paar Zeitungen obenauf, um den eigentlichen Inhalt zu verdecken, konnte sich eine elegante Dame sehr schnell in eine schlurfende Stadtstreicherin verwandeln. Die Frage war bloß, warum?

Sarah folgte dem Rat von Miss Smith und machte sich über die Tremont Street davon, als die Ampel umsprang. Sie tat so, als sei sie fasziniert von den ausgestellten Rock'-n'-Roll-Schallplatten, und wartete mit dem Rücken zur Straße. Und tatsächlich, gerade als der Geschäftsinhaber sich bereits Hoffnungen auf einen neuen Kunden machte, spiegelten sich zwei rote Turnschuhe und eine Tragetasche aus einem Geschäft, das längst nicht mehr existierte, im Schaufenster. Sarah wartete genau drei Sekunden und folgte ihr dann.

Die meisten Gebäude in der Tremont Street sind so saniert worden, daß sie mit ihrem ursprünglichen Erscheinungsbild überhaupt nichts mehr gemeinsam haben. Doch hinter den aufgetakelten Fassaden sind einige Häuser beinahe unverändert geblieben. Versteckt zwischen den protzigen Schaufenstern befinden sich noch bescheidene Eingänge, die in winzigkleine Eingangshallen führen, in denen es Aufzüge gibt, die man selbst bedienen muß, und in denen eine Tafel mit den Namen der Bewohner und ihrer Profession eine kuriose Mischung von Berufen anzeigen: Optometriker, Kürschner, Perückenmacher, Juweliere, Friseure. Einige sind so bekannt, daß sie es nicht nötig haben, in feinere Geschäfte umzuziehen, dann gibt es Leute, die sich die Miete anderswo nicht leisten können, und Mieter, die nur deshalb dort sind, weil sie irgendwo arbeiten müssen, die Lage günstig ist und ihnen die Aussicht auf die Grünanlage gefällt. In einem dieser Eingänge verschwand jetzt Mrs. Sorpende.

Sarah verlor beinahe allen Mut. Sie würde im Aufzug nach oben fahren, und damit war die Sache erledigt. Aber Mrs. Sorpende fuhr nicht im Aufzug nach oben. Als Sarah verwegen die Tür öffnete, sah sie die roten Turnschuhe in einem Treppenhaus auf einer filigranen Treppenkonstruktion aus Gußeisen verschwinden, die noch um vieles älter sein mußte als der Aufzug.

Da Sarah nun so weit gekommen war, wollte sie auf keinen Fall aufgeben. Sie folgte den Turnschuhen und erwartete, daß sie im ersten Stock anhalten würden, aber dies stellte sich als Irrtum heraus. Das Treppenhaus war im soliden spätviktorianischen Stil gebaut, und die Turnschuhe machten auf den abgenutzten Marmorstufen keinerlei Geräusch. Aber die knisternde Papiertragetasche, die immer wieder gegen das Geländer stieß, gab ihr einen Anhaltspunkt, wo Mrs. Sorpende sich befand, und ermöglichte ihr die Verfolgung, ohne gesehen zu werden. Sie befand sich auf dem dritten Treppenabsatz, als sie hörte, wie die Tür unmittelbar über ihr aufgeschlossen, geöffnet und wieder verschlossen wurde. Sarah drehte sich um und ging denselben Weg wieder zurück, wobei sie sich reichlich schwindlig fühlte. Wenn das zu Mrs. Sorpendes täglicher Routine gehörte, war es nicht weiter verwunderlich, daß sie immer so federnd die Treppe zu ihrem Schlafzimmer im zweiten Stock hinauflief.

In der Eingangshalle studierte Sarah die Tafel mit den Namen der Bewohner. Im dritten Stock gab es lediglich ein Dentallabor, einen Laden für Porzellanmalerei und – aha! – eine Teestube, in der man etwas über seine Zukunft erfahren konnte. Sarah hatte schon viel über diese Teestuben gehört. Cousine Mabel fand sie einfach faszinierend. Einige waren urgemütlich und schon so lange Teil der Bostoner Innenstadt, daß sie inzwischen richtige Wahrzeichen geworden waren. Andere waren weniger erfolgreich und verschwanden so schnell wieder, daß man sich fragen mußte, warum die Eigentümer, die so gewandt ihren Kunden die Zukunft voraussagten, sich nicht erst einmal ihre eigene angesehen hatten, bevor sie das Geld für die Miete investiert hatten. Über diese Teestube hatte Sarah noch nichts gehört, aber sie konnte sich gut vorstellen, was sie erwartete: billige Plastikstühle und -tische, winzigkleine Sandwiches, eine Tasse bitteren Tee, halbvoll mit Teeblättern, und ein drei Dollar teures Gespräch mit irgendeiner ernsthaften Person, die schon seit frühester Kindheit erstaunliche übersinnliche Kräfte gezeigt hatte. Vielleicht war Mrs. Sorpende genauso süchtig nach Wahrsagerei wie Cousine Mabel – aber warum trug sie eine so unvorteilhafte Verkleidung, nur um sich in den Teeblättern lesen zu lassen?

Sarah ließ den Aufzug kommen, stieg in der dritten Etage aus und stellte mit einem Blick fest, daß Mrs. Sorpendes heimliches Doppelleben auf keinen Fall etwas mit der Porzellanmalerei zu tun hatte. In dem winzigen Laden befand sich lediglich eine relativ junge Frau mit einem Kittel voller Farbflecke. Sie kam dienstfertig auf sie zu.

»Kann ich Ihnen behilflich sein?«

»Ich wollte mich nur – umsehen«, stammelte Sarah. »Ich bin selbst ein wenig künstlerisch tätig, und man macht sich ja immer Gedanken, wie man nebenbei noch ein wenig verdienen kann.«

»Da haben Sie völlig recht«, erwiderte die Eigentümerin voll Anteilnahme. »Aber ich weiß wirklich nicht, was ich Ihnen über die kommerziellen Möglichkeiten sagen soll. Es hängt ganz davon ab, wie gut Sie sind und wie gut Sie sich verkaufen können, nehme ich an. Ich selbst restauriere auch, die meisten meiner Kunden sind Antiquitätenhändler und Hobbykünstler.«

Sie kamen miteinander ins Gespräch, und Sarah war so froh, endlich jemanden gefunden zu haben, mit dem sie sich über Kunst unterhalten konnte, daß sie mehr Zeit dort verbrachte, als sie eigentlich eingeplant hatte. Außerdem gab sie einen Teil ihres Einkaufsgeldes für Porzellanfarben und Material aus. Sie hatte sich bereits seit langem gefragt, was sie möglicherweise Tante Emma, Anora Protheroe und einigen anderen, die während der schweren Zeit nach Alexanders Tod besonders nett zu ihr gewesen waren, als kleines Dankeschön geben könnte. Teller und Tassen, die sie selbst bemalt hatte, waren sowohl erschwinglich als auch ein sehr persönliches Geschenk und würden ihr außerdem die Gelegenheit verschaffen, eine neue Kunstfertigkeit zu erlernen, die sie vielleicht einmal nutzen konnte und mit der sich möglicherweise etwas nebenher verdienen ließ.

Jetzt hatte sie wenigstens etwas erreicht, wenn auch nicht das, weswegen sie gekommen war. Mrs. Sorpende ließ sich auch nicht das Gebiß sanieren. Die Tür zum Dentallabor stand offen, und Sarah konnte fünf oder sechs eifrige Männer sehen, die sich über die Gipsabdrücke der Gebisse anderer Leute beugten, aber eine kräftige Dame mittleren Alters mit schwarzem Haar und roten Turnschuhen war nirgends zu erblicken.

Es konnte also nur die Teestube sein, wie sie von Anfang an vermutet hatte. Es stellte sich heraus, daß ihre Verspätung durch die Plauderei mit ihrer neuen Freundin im Porzellanladen ein glücklicher Zufall gewesen war, denn die Teestube machte gerade erst auf. Eine Dame mittleren Alters, die ein voluminöses Zigeunerkostüm trug und mit einem nasalen Maine-Akzent sprach, kam auf sie zu und ließ zur Begrüßung freudig sämtliche Armbänder und Perlenketten klirren.

»Sie sind heute unsere erste Kundin! Sie sind jemand, der Glück im Leben hat, meine Liebe! Das sehe ich auf den ersten Blick.«

Dann tat sie besser daran, einen zweiten Blick zu investieren, dachte Sarah, setzte sich auf den wackeligen Stuhl, den die Dame ihr hinstellte, und legte das zerbrechliche Päckchen mit unbemaltem Porzellan auf den nächstbesten Stuhl.

Die Geschäftsinhaberin brachte ihr eine fotokopierte Speisekarte, auf der eine ziemlich bescheidene Auswahl an Sandwiches und ein Peach-Delight-Salat angeboten wurde, der, wie Sarah aus den Erzählungen von Tante Mabel wußte, höchstwahrscheinlich aus einem Klacks Hüttenkäse und einem halben Dosenpfirsich bestand. In ein solches Etablissement kam man eben nicht wegen des Essens. Sie bestellte ein Käsesandwich, das sie eigentlich gar nicht wollte. Und natürlich eine Tasse Tee, das verstand sich von selbst. Die Inhaberin teilte ihr munter mit: »Da Sie heute unser erster Gast sind, stehen Ihnen alle unsere Damen zur Verfügung. Sie können sich also selbst jemanden auswählen.«

Viel Auswahl gab es allerdings nicht. Außer der Geschäftsinhaberin waren da nur noch zwei andere Damen, die genauso angezogen waren wie ihre Chefin, also weite Blusen, weite Röcke und eine Menge Modeschmuck trugen, und an dem Tisch in der Ecke neben der Küche saßen. Die Frau, die Sarah ansah, war sehr klein und hatte ein verhutzeltes Gesicht. Die andere, die ihr Gesicht abgewandt hatte, war groß und stattlich, mit sehr gepflegten Händen und einem langen geflochtenen Zopf, der aus ihrem geblümten Kopftuch heraushing. Sarah klopfte das Herz bis zum Hals, als sie sagte: »Die schwarzhaarige Dame, bitte.«

Welche Eigenschaften sie auch sonst noch haben mochte, Mrs. Sorpende bewies eindeutig Corpsgeist. Sie servierte das karge Mahl wie eine Hohepriesterin, setzte sich auf den Stuhl gegenüber von Sarah und wartete gelassen und nachdenklich, bis Sarah das Sandwich gegessen und den Tee getrunken hatte. Dann nahm sie die Tasse, goß den Rest in die Untertasse, stocherte wie bei dieser Prozedur üblich in den nassen Teeblättern herum und sagte mit einem kläglichen Lächeln: »Ich sehe, daß Sie sich sehr bald von einem Ihrer Mieter trennen werden.«

»Dann müssen Sie das falsche Blatt ausgesucht haben«, erwiderte Sarah. »Wenn Sie das annehmen, dann kann ich Ihnen hiermit versichern, daß es mich auch nicht das geringste angeht, was meine Gäste außerhalb des Hauses treiben, es sei denn, wie Mrs. Pat Campbell einmal treffend bemerkte, sie treiben es auf der Straße und machen dabei die Pferde scheu. Das gilt ganz besonders für eine Person, die offenbar ein höchst untadeliges Leben geführt haben muß. Denn sonst wüßte sie bestimmt, daß es die Polizei überhaupt nicht mag, wenn eine Vermieterin einen ihrer Mieter hinaussetzt, während die Ermittlungen über den Mord an einem anderen Mieter noch laufen. Ich kann daher nichts weiter tun, als mich bei Ihnen für alle Unannehmlichkeiten, die ich Ihnen im Moment bereite, in aller Form zu entschuldigen, und muß versuchen, mit der Situation, so gut ich kann, zurechtzukommen. Sehen Sie irgendein Zeichen dafür, daß die besagte Person kooperieren wird?«

»Ich glaube, Sie können sich darauf verlassen, daß die Person Sie voll und ganz unterstützen wird«, sagte Mrs. Sorpende, wobei die Tränen in ihren Augen ihre beherrschte Haltung Lügen straften.

»Gut. Und auf meine Unterstützung kann sie sich auch verlassen. Ich sehe ein, wie ärgerlich es für eine professionelle Wahrsagerin sein kann, wenn ihre Mitbewohner von ihr erwarten, daß sie ihnen ohne Bezahlung außerhalb der Arbeitszeit gute Ratschläge gibt.«

»Wo wir gerade von professionell sprechen...« Da die Eigentümerin gerade an ihrem Tisch vorüberging, um einen älteren Herrn zu begrüßen, der offenbar ein gern gesehener Stammgast war, griff Mrs. Sorpende wieder nach der Tasse und stocherte in den feuchten Resten herum. »Ist Ihnen bekannt, daß Sie möglicherweise einen Pensionsgast beherbergen, der einen völlig anderen Beruf hat, als er angegeben hat?«

»Und wer soll das sein?«

»Wenn Sie mich fragen, ist Ihr attraktiver Schriftsteller ein Polizeibeamter in Zivil.«

Sarahs Herz setzte einen Schlag lang aus. »Warum glauben Sie das?«

»Weil ich die zehn Meilen gegen den Wind riechen kann. Ich habe kein völlig untadliges Leben geführt und bereits diverse Erfahrungen hinter mir. Da Sie mich hier für gute Ratschläge bezahlen, möchte ich Ihnen hiermit einen Ratschlag geben: Verschwenden Sie nicht zuviel Zeit für Illustrationen, die wahrscheinlich niemals gedruckt oder bezahlt werden.«

»Vielen Dank dafür, daß Sie es mir sagen«, antwortete Sarah eine Idee undankbarer, als Mrs. Sorpende vielleicht erwartet hatte. »Aber ich hoffe, Sie können Ihren Verdacht für sich behalten, wenigstens bis ich ein paar Nachforschungen angestellt habe. Wenn dieser Mann mir tatsächlich etwas vormacht, hat er vielleicht völlig einleuchtende und möglicherweise wichtige Gründe für sein Handeln. Andererseits stimmen seine Angaben vielleicht doch, und ich werde sehr wohl für meine Arbeit bezahlt werden. Und, um ganz offen zu sein, ich könnte im Moment wirklich jeden Pfennig gebrauchen.«

»Wer könnte das nicht?« Die innere Spannung, unter der Mrs. Sorpende offenbar gestanden hatte, machte sich in einem nervösen kleinen Kichern Luft. »Bitte denken Sie aber nicht, daß ich auf ein Trinkgeld aus bin. Ich würde es nicht annehmen, wenn Sie es mir anböten.«

»Das trifft sich ja gut, denn ich glaube, ich habe sowieso kein Geld mehr übrig.« Sarah legte ihre letzten drei Dollar auf den Tisch, zog sich die Handschuhe an, griff nach ihrem Porzellan und verließ die Teestube.

Als sie hinausging, schenkte ihr die Besitzerin ihr schönstes Lächeln und sagte: »Ich hoffe, Sie beehren uns bald wieder.« Sarah lächelte automatisch zurück, aber sie würde bestimmt nicht wieder herkommen. Sie hatte das gefunden, was sie gesucht hatte, und sogar noch ein wenig mehr.

Kapitel 18

Als Sarah zurück zum Hill kam, sah sie, daß ein Kombiwagen die Tulip Street blockierte, in den jemand gerade den letzten einer ganzen Reihe von Gegenständen verstaute. Erleichtert stellte sie fest, daß keines der Objekte jemals im Besitz der Kelling-Familie gewesen war. Offenbar trennte sich Miss Hartler gerade von dem Zeug, das Wumps angesammelt hatte, und je schneller dies über die Bühne ging, desto besser war es für sie und die unglückliche Pensionswirtin.

Es wäre einfach wunderbar, wenn Miss Hartler von sich aus beschließen würde, zurück nach Rhode Island zu ihren Freunden und zu ihrer Kirche zu fahren. Wenn sie das nicht tat, war Sarah durchaus bereit, diese Entscheidung für sie zu fällen. Sie konnte ihr schließlich nicht bis ans Ende ihrer Tage Preiselbeersaft über einer tränennassen Decke servieren.

Wenigstens war Mrs. Hartler offenbar aufgestanden, und es schien ihr wieder besser zu gehen, wenn sie sich dazu aufgerafft hatte, die Leute kommen zu lassen, um sich ihre unechten Kunstwerke abzuholen. Als Sarah in die Eingangshalle trat, kam Mrs. Hartler dann auch aus ihrem Salon herausgeschossen, genauso wie es wohl auch ihr verstorbener Bruder getan hätte.

»Oh, Sarah, da sind Sie ja. Ihr Hausmädchen schien nicht zu wissen, wo Sie waren und wann Sie zurücksein würden. Ich glaube fast, sie versteht die halbe Zeit nicht einmal, was ich sage.«

»Ich bin sicher, daß Mariposa Sie sehr gut versteht«, antwortete Sarah. »Wenn Sie allerdings inzwischen die Hausordnung gelesen haben, müßten Sie wissen, daß das Personal allein mir Rechenschaft schuldig ist.«

»Ja, ja, meine Liebe, und ich habe mich auch bemüht, die Hausordnung zu befolgen. Ich weiß, daß ich in der Küche nichts zu suchen habe, aber ich habe gedacht, jemand sollte den Koch wissen lassen, daß das Abendbrot vorverlegt wird.«

»Vorverlegt? Ja, warum denn das?«

»Nun ja, meine Liebe, Sie wissen doch, daß wir heute abend von Wumps Abschied nehmen, allerdings werden wir ihn nicht richtig aufbahren können, weil der arme Wumps ja – aber natürlich werden ihm bestimmt viele Leute die letzte Ehre erweisen wollen – und ich habe natürlich angenommen –«

»Das wird doch sicherlich im Beerdigungsinstitut stattfinden, nicht wahr? Sie wollen mir doch wohl nicht sagen, daß Sie jemanden hier zu uns eingeladen haben?«

»Nun ja, nicht für heute abend. Aber wir sollen alle von halb acht bis zehn Uhr dasein. Das heißt, wir müssen das Abendessen um eine Stunde vorverlegen, um –«

Man mußte Sarah zugute halten, daß sie es schaffte, mit ruhiger, klarer Stimme zu erwidern: »Miss Hartler, wenn Sie gegen sechs Uhr ein Tablett auf Ihr Zimmer gebracht haben wollen, werde ich das selbstverständlich gerne veranlassen. Danach kann Charles Ihnen ein Taxi rufen. Aber die Mahlzeiten finden wie üblich statt. Sicherlich wird der eine oder andere heute abend zum Beerdigungsinstitut gehen wollen, aber dazu bleibt auch nach dem Essen noch genügend Zeit.«

»Aber Sarah, ich hatte so mit Ihrer Hilfe gerechnet!«

Das ging ein bißchen zu weit. »Dann haben Sie aber nicht sehr realistisch gedacht, würde ich sagen. Ich bin sicher, daß Sie genug alte Freunde haben, die Ihnen nur zu gern bei den Beerdigungsformalitäten helfen werden. Außerdem haben Sie ja auch noch den Beerdigungsunternehmer und seine Angestellten, die alles für Sie erledigen können, dafür sind sie ja da. Was mich betrifft, ich muß dafür sorgen, daß in diesem Riesenhaus alles ordentlich läuft, und sechs Leute bezahlen mich gut dafür, daß ich mich hier aufhalte. Meine Pensionsgäste arbeiten den ganzen Tag hart, kommen abends nach Hause und erwarten, daß sie sich endlich entspannen können und ein leckeres gutbürgerliches Essen vorgesetzt bekommen. Wenn ich sie enttäusche, mache ich mich des Vertragsbruches schuldig. Auf jeden Fall habe ich nicht vor, das Abendessen zu verlegen.«

»Aber in einem Trauerhaus –«

»Es tut mir leid, aber dies ist keineswegs ein Trauerhaus. Dies ist eine Pension, und Ihr Bruder war mein Pensionsgast. Ich weiß, daß es für Sie sehr hart klingt, aber Sie müssen meinen Standpunkt auch verstehen. Ihnen mag Mr. Hartler ja alles bedeuten haben, aber für mich war er nur ein flüchtiger Bekannter, und die anderen haben ihn letzten Montag zum ersten Mal gesehen. Natürlich sind wir alle furchtbar schockiert über das, was ihm zugestoßen ist, aber Sie können wirklich von niemandem verlangen, daß er in Trauerkleidung herumläuft wegen eines Mannes, den er kaum gekannt hat.«

Die Lippen der Schwester zitterten. »Aber alle haben Wumps geliebt.«

»Ich bin sicher, daß seine Freunde ihn geliebt haben«, sagte Sarah so verständnisvoll wie möglich. »Soll ich jemanden für Sie anrufen? Ich verstehe ja gut, wie schmerzlich die Angelegenheit für Sie sein muß, und ich bin auch bereit, für Sie alles zu tun, was in meiner Macht steht. Haben Sie schon zu Mittag gegessen? Möchten Sie vielleicht einen Käsetoast und ein Glas Preiselbeersaft auf Ihr Zimmer gebracht bekommen?«

»Oh nein, vielen Dank. Ich würde nicht im Traum erwarten, daß Sie sich meinetwegen solche Umstände machen. Was das Telefonieren betrifft, so habe ich schon mit der lieben Marguerite und mit ein oder zwei anderen gesprochen. Sie haben mir versprochen, überall Bescheid zu sagen. Übrigens wird Marguerite heute nachmittag mit Iris Pendragon und noch jemandem herkommen, aber sie wußte noch nicht, mit wem. Vielleicht sollten Sie anrufen und ihr das mit dem Abendessen erklären. Sie hat natürlich angenommen, daß Sie sie und alle anderen hier unterbringen.«

»Dann sollte sie sich schnellstens nach etwas anderem umsehen. Hier im Haus gibt es keine einzige Schlafmöglichkeit mehr, und wir erlauben keine zusätzlichen Gäste am Tisch, wenn man uns nicht mindestens einen Tag vorher Bescheid sagt. Sie sind alle reich wie die Krösusse und können sehr wohl im Copley Plaza oder sonstwo übernachten und selbst dafür bezahlen.«

»Aber Sarah, es ist doch Ihre Tante!«

»Nur meine angeheiratete Tante, und da ich nicht mehr verheiratet bin, zählt auch das nicht mehr. Wir können sie und die anderen gern auf ein Glas Sherry oder so etwas nach der Beerdigung einladen, wenn Sie mögen.«

»Oh, was das betrifft – nun ja, Liebes, was hätte ich auch sonst tun sollen? Man muß doch die Form wahren, und da dies hier jetzt mein einziges Zuhause ist –«

»Wie vielen Leuten gegenüber haben Sie denn die Form gewahrt?« fragte Sarah mit einem unguten Gefühl im Magen.

»Ach, Liebes, woher soll ich das wissen? Ich habe Ihnen ja erklärt, daß ich persönlich nur mit ein paar Leuten gesprochen habe, nicht wahr? Jetzt kümmern sich die anderen darum; sicher wird es hier bald von unseren Freunden nur so wimmeln. Der liebe Wumps war ja so schrecklich beliebt. Marguerite weiß vielleicht, wie viele Leute kommen.«

In diesem Moment war Marguerite sicher schon dabei, ein Flugzeug zu chartern, um die alten Freunde von Wumps aus Honolulu einzufliegen. Sarah seufzte.

»Ich weiß nicht, wie Sie sich das vorgestellt haben. Wo soll ich denn all diese Leute unterbringen? Ich habe noch nicht einmal mehr einen Salon. Dann müssen wir wohl diese Vasen und all die anderen Sachen unter Ihr Bett stellen und Ihren Gästen das Zimmer, in dem Sie schlafen, zur Verfügung stellen.«

»Aber das geht doch nicht! Da können wir doch niemanden hineinlassen!«

»Wie Sie wünschen. Dann müssen sich eben alle auf dem Bürgersteig aufstellen, und Sie können ihnen dann aus dem Bibliotheksfenster Erfrischungen hinausreichen.«

»Sarah, ich muß schon sagen, ein bißchen mehr Unterstützung hätte ich allerdings von Ihnen erwartet. Wenn man bedenkt, was ich für dieses Zimmer bezahle.«

»Bisher haben Sie für das Zimmer noch gar nichts bezahlt, Miss Hartler. Für diese Woche hat Ihr Bruder bezahlt.«

»Natürlich beabsichtige ich, weiterhin –«

»Darüber werden wir sprechen, wenn es soweit ist.« Sarah hatte sich bereits entschieden, was sie dann sagen würde. »Sie sehen offenbar nicht ein, daß Sie mich in eine unmögliche Situation gebracht haben. Wenn es irgendeine Möglichkeit gäbe, mit all diesen Leuten Kontakt aufzunehmen, die man zweifellos inzwischen eingeladen hat, nach der Beerdigung hierher zu kommen, dann würde ich darauf bestehen, daß Sie ihnen mitteilen, daß Sie einen kleinen Empfang in einem Hotel arrangiert haben, was Sie ohnehin hätten tun sollen. Vielleicht können Sie dem Pfarrer Bescheid sagen, daß er nach dem Gottesdienst einen entsprechenden Satz sagt.«

»Aber Sarah! Das ist völlig undenkbar!«

»Und wahrscheinlich auch sinnlos, weil es bestimmt einen ganzen Haufen Leute gibt, die nicht zum Gottesdienst erscheinen, aber später hier auftauchen, weil es kostenlose Getränke gibt.

Das ist immer so. Also gut, Sie haben mich in diese Verlegenheit gebracht, da muß ich wohl das Beste daraus machen. Aber wir müssen Ihr Zimmer nehmen, egal, ob es Ihnen paßt oder nicht. Also fangen Sie am besten sofort an, die Sachen wegzuräumen, so daß man wenigstens genug Platz zum Stehen hat.«

»Das kann ich nicht. Ich fühle mich dazu einfach nicht in der Lage.«

»Gestern waren Sie dafür um so tatkräftiger. Gott sei Dank ist das Zimmer jetzt wenigstens sauber. Kommen Sie, ich helfe Ihnen.«

»Nein!« Miss Hartler warf sich mit einem Anfall von Dramatik, der so gar nicht zu ihrem sonstigen verschüchterten Auftreten paßte, schützend vor die Tür. »Wenn man jetzt auch noch in den letzten Zufluchtsort meines Bruders eindringen soll, dann will ich alles vorbereiten, so gut ich kann. Was für eine grausame, grausame Pflicht!«

»Das ist es wohl.« Sarah versuchte nicht einmal mehr, rücksichtsvoll zu sein. »Und Sie werden mir außerdem Geld für die Dinge geben müssen, die Sie anbieten wollen.«

»Aber Sie können mir doch die Rechnungen noch geben, wenn alles –« preßte Miss Hartler mit erstickter Stimme hervor, »wenn alles vorbei ist?«

Jeremy Kelling hatte eine unantastbare Regel geschaffen, die nicht in der Hausordnung stand. »Wenn es um Geld geht, traue keinem über den Weg. Laß dir alles im voraus bezahlen, bis auf Heller und Pfennig. Und zwar immer bar auf die Hand.« Es war eine gute Regel, und Sarah wollte sie auf keinen Fall brechen.

»Es tut mir leid, aber das kann ich nicht. Sicher hat Tante Marguerite Ihnen erzählt, wie schlecht meine finanzielle Situation aussieht? Was wollen Sie denn überhaupt anbieten?«

»Ach je, ich hatte gar nicht – aber Sie sind ja so – ich glaube, daß ich – könnte Ihre Köchin nicht ein paar kleine Sandwiches und vielleicht Petits fours machen? Und einen Fruchtpunsch ohne Alkohol für diejenigen, die keinen Sherry mögen, obwohl ich annehme, daß einige lieber Cocktails wollen – und Tee und Kaffee für die Leute, die unbedingt –«

»Außer Ihnen wird bestimmt niemand Fruchtpunsch wollen«, sagte Sarah. »Wir lassen es bei Sherry, Plätzchen, ein paar Sandwiches oder ein paar Dips. Es sei denn, Sie haben vor, sich Speisen und Getränke liefern zu lassen, obwohl ich mir kaum vorstellen kann, daß Sie so kurzfristig noch jemanden finden werden, der bereit ist, Ihnen für eine unbestimmte Anzahl von Leuten Verpflegung zu liefern. Geben Sie mir 50 Dollar, und ich werde mein Bestes tun. Was übrig ist, werde ich Ihnen natürlich mit den Rechnungen und einer genauen Aufstellung meiner Ausgaben zurückgeben.«

»Aber Sarah, Wumps hätte es gehaßt, wenn wir ihm so eine armselige –«

»Darüber wollen wir uns jetzt nicht streiten, Miss Hartler. Wir können nicht viel auftragen, weil wir einfach nicht genug Platz haben. Jedenfalls möchte ich nicht, daß die vielen Leute hier alle ewig herumstehen. Bis fünf Uhr müssen sie wieder fort sein, so daß wir schnell alles wieder in Ordnung bringen und für meine Pensionsgäste vorbereiten können. Bis dahin sind Sie wahrscheinlich sowieso erschöpft und froh, daß Sie wieder allein sind. Glauben Sie mir, ich kenne das. Würden Sie mir jetzt bitte das Geld geben?«

Mit zusammengepreßten Lippen ging Miss Hartler, um 50 Dollar aus ihrer Tasche zu holen, schloß sich dann in ihrem Salon ein und fing an, alles herumzuschieben. Wenigstens konnte sich Sarah endlich den Mantel ausziehen, ihr Porzellan abstellen und sich etwas zu essen machen.

Zweifellos war es gemein von ihr, eine alte Frau so zu behandeln, aber es war auch ganz schön unverschämt von Miss Hartler gewesen, ihr das anzutun. Sie und ihr Bruder waren offenbar vom selben Schrot und Korn. Beide dachten, sie konnten im Haus eines anderen einfach tun und lassen, was sie wollten.

Sarah versuchte mehrfach, Tante Marguerite zu erreichen, um einige Vorstellungen über ihre Rolle als Gastgeberin zu korrigieren, aber der Anschluß war dauernd besetzt. Als sie schließlich durchkam, informierte man sie, daß die Hausherrin bereits mit mehreren Freundinnen in ihrer Limousine davongefahren war und auf dem Weg nach Boston sei. Die Hausherrin und ihre Clique wußten es zwar noch nicht, aber ihnen stand ein kühler Empfang bevor, falls sie sich irgend etwas Großartiges erhofft hatten.

Natürlich hatten sie das. Marguerite kam in einem triefendnassen Nerzmantel hereingestürzt und erkundigte sich wortreich, wo der Chauffeur den Wagen abstellen sollte.

»Sag ihm, er soll um den Block fahren und dich in einer guten Stunde wieder abholen«, teilte Sarah ihr mit, noch bevor Miss

Hartler auch nur ein Wort sagen konnte. »Im Copley sind ein paar Zimmer für euch reserviert.«

»Aber ich dachte, wir könnten hier bei dir bleiben!«

»Ich kann euch gern in Ireson's Landing unterbringen, wenn ihr es spartanisch liebt. Dort gibt es kein Licht und keine Heizung, und das Wasser ist abgestellt, aber ihr könnt Petroleumlampen anmachen und am Kamin kampieren. Das ist wirklich der einzige Platz, den ich euch anbieten kann, Tante Marguerite. Ich habe hier sogar Pensionsgäste auf dem Dachboden und im Keller untergebracht. Ich dachte, das wüßtest du.«

»Nun, ganz offensichtlich wußte ich es nicht. Ich muß schon sagen, Sarah –«

»Tut mir leid«, antwortete ihre ehemalige angeheiratete Nichte müde. »Ich habe wirklich dauernd versucht, dich anzurufen, um dir alles zu erklären, aber zuerst war dauernd besetzt, und dann warst du schon weg. Du kannst deine Freunde gern auf eine Tasse Tee hereinbitten, wenn du magst. Ihr könnt Miss Hartler besuchen, aber ihr müßt in der Bibliothek sitzen. Unser ehemaliger Salon ist nämlich ihr Schlafzimmer.«

»Mein Gott! Die arme Caroline dreht sich bestimmt im Grab herum.«

Selbst Marguerite merkte, daß dies keine besonders taktvolle Bemerkung war. Sie ging zum Eingang zurück und rief ihre Freundinnen herein. »Hier lang, Mädels, gleich gibt es Tee. Das Klo ist geradeaus, in der Eingangshalle, Iris, falls du gerade fragen wolltest. Zeig es ihr, Sarah.«

»Man kann es jetzt nur noch durch das vordere Schlafzimmer erreichen. Ich mußte alles ein wenig ändern. Sie können aber meine Toilette benutzen, Mrs. Pendragon. Die erste Tür links oben direkt an der Treppe. Miss Hartler, bitte kümmern Sie sich ein wenig um Ihre Gäste, während ich den Tee vorbereite.«

Es würde tatsächlich Tee geben, obwohl Sarah genau wußte, daß Marguerite und ihre Truppe etwas ganz anderes meinten, wenn sie von Tee sprachen. Wenn sie ihnen keine Cocktails servierte, würde sie das sicher schneller vertreiben als taktvolle Hinweise, Beleidigungen oder die Androhung von physischer Gewalt.

Während Sarah die Teekanne anwärmte und das Tablett vorbereitete, stellte sie sich vor, wie Miss Hartler sich bestimmt gerade bei den Damen darüber beschwerte, wie unbeschreiblich gemein

Sarah doch gewesen war und wie wenig sie sich aus der schrecklichen Tragödie machte, der ihr geliebter Wumps zum Opfer gefallen war. Zugegeben, es war wirklich eine schreckliche Tragödie, und Sarah hatte sich auch gemein benommen. Aber sie war durchaus entschlossen, noch viel gemeiner zu werden, wenn Miss Hartler die Absicht zeigte, sich länger in diesem Haus aufzuhalten, nachdem der liebe Wumps sicher unter die Erde gebracht worden war.

Sie schleppte das Tablett hinein und bemerkte mit boshafter Genugtuung den Ausdruck schockierter Enttäuschung auf den Gesichtern der Anwesenden, überließ es Tante Marguerite einzuschenken und ging zurück in die Küche, um noch mehr Wasser aufzusetzen. Als sie gerade den Kessel füllte, kam Mr. Bittersohn durch die Hintertür herein.

»Hallo, Mrs. Kelling. Was gibt's Neues?«

»Fragen Sie lieber nicht«, zischte sie, »ich bin gerade dabei, einen Wutanfall zu bekommen, der sich gewaschen hat.«

»Aus irgendeinem bestimmten Grund?«

»Machen Sie nur mal kurz die Flurtür auf.«

Er gehorchte. Die Druckwelle des Geschnatters traf ihn wie ein Überschallknall.

»Mein Gott! Haben Sie etwa eine Truthahnfarm aufgemacht?«

»Keineswegs. Das sind nur Tante Marguerite und einige ihrer Freundinnen aus Newport, die vor ein paar Minuten hier hereingeschneit sind und von mir erwarten, daß ich ihnen Abendbrot serviere und sie heute nacht hier schlafen lasse. Und wenn Sie meinen, hier wäre viel Betrieb, dann warten Sie mal bis morgen nachmittag. Netterweise hat Miss Hartler sämtliche Freunde ihres geliebten Wumps eingeladen, nach der Beerdigung herzukommen.«

»Warum zum Teufel lassen Sie diese Frau das machen?«

»Sie hat mich gar nicht gefragt, sondern alles ganz allein arrangiert. Und jetzt können wir auch nicht mehr absagen, denn jeder hat herumtelefoniert und allen möglichen Leuten Bescheid gesagt. Und keiner weiß mehr, wer benachrichtigt worden ist und wer nicht. Ich habe dem Verein in der Bibliothek bereits gesagt, daß sie sich entweder im Dunkeln in Ireson's Landing zu Tode frieren oder auf eigene Kosten in ein Hotel ziehen müssen. Vor ein paar Minuten habe ich mich sogar bei dem Wunsch ertappt, Mr. Quiffen wäre wieder hier. Er mag zwar der unangenehmste

Mensch gewesen sein, den ich je gekannt habe, aber man wußte wenigstens, daß er scheußlich war, und konnte dementsprechend handeln. Die Hartlers sind im Vergleich dazu die reinsten Engel, aber sie haben mich inzwischen an den Rand des Wahnsinns getrieben. Sie brauchen sich nicht die Mühe zu machen, irgend etwas zu sagen, ich muß sowieso wieder hinein und Tante Marguerite kochendes Wasser über den Rücken schütten.«

»Klingt wie ein fabelhafter Einfall.«

Bittersohn hielt ihr die Tür auf, und sie ging mit dem heißen Wasser auf den Flur. Als sie mit einem Tablett voll schmutziger Tassen zurückkam, war er immer noch in der Küche und verzehrte gerade einen der Äpfel von Ireson's Landing.

»Und, haben Sie es gemacht?« fragte er.

»Was soll ich gemacht haben?« sagte Sarah zerstreut, während sie unter der Spüle nach dem Spülmittel suchte.

»Ihrer Tante Marguerite kochendes Wasser über den Rücken geschüttet.«

»Ach so, das. Nein, ich muß leider gestehen, daß die nettere Seite meiner Persönlichkeit gesiegt hat. Ich habe ihnen allerdings Lapsang Suchong statt Martinis gegeben, und ich habe ganz bewußt vermieden, sie zum Abendessen einzuladen. Ich hoffe, ich war unfreundlich genug, damit sie wenigstens morgen nicht alle wiederkommen, aber zweifellos haben sie es bis dahin sicher schon wieder vergessen. Sie haben alle miteinander auch nicht für einen Pfennig Verstand. Hier, wenn Sie beabsichtigen, sich weiterhin in der Küche aufzuhalten, können Sie sich auch genausogut ein Abtrockentuch schnappen. In diesem Bienenkorb gibt es keinen Platz für Drohnen. Warum sind Sie eigentlich nicht irgendwo draußen und spielen Detektiv?«

»Heute ist mein freier Nachmittag.«

»Ach herrjeh!« Sarah ließ beinahe eine Spode-Untertasse fallen. »Ich habe völlig vergessen, daß Mariposa morgen nachmittag frei hat, weil ihre Nichte in irgendeiner Schulaufführung auftritt und sie hoch und heilig versprochen hat dabeizusein, und Charles kann unmöglich in seiner Fabrik noch einen Tag freinehmen, weil er diese Woche schon einmal gefehlt hat und sie ihm den Lohn kürzen, wenn es nochmal passiert, und er sich das nicht leisten kann, weil er doch gerade für einen neuen Zahn spart.«

»Wieso das denn? Er hat doch schon einen Zahn, oder etwa nicht?«

»Schon, sogar eine ganze Menge, aber er hat sich neulich beim Footballspielen einen abgebrochen und denkt jetzt, daß es seiner Schauspielkarriere schadet, also will er eine Krone. Mariposa und ich sagen ihm zwar ständig, es sieht – wie heißt dieses lächerliche Wort doch gleich – ›macho‹ aus, weil wir beide Todesängste ausstehen, daß er vielleicht dann engagiert wird. Wenn er eine wirklich gute Rolle bekommt, sind wir verloren, aber andererseits darf ich ihm auch keine Steine in den Weg legen.«

»Sie wollen also dem Pöbel morgen allein entgegentreten?«

»Ehrlich gesagt, habe ich bereits überlegt, ob ich nicht irgendwie Egbert von Onkel Jem ausleihen soll.«

»Warum bitten Sie nicht Mrs. Sorpende einzuspringen? Sie ist doch immer sehr hilfsbereit, oder?«

»Ja, aber sie hat schon einen Job.«

»Was macht sie denn?«

»Sie ist Wahrsagerin in einer sogenannten Teestube. Und wenn Sie auch nur einer Menschenseele ein Sterbenswörtchen davon verraten, werde ich Sie mit meiner ganz persönlichen Verwünschung beglücken, und falls Sie nicht glauben, daß ich zu so etwas fähig bin, fragen Sie doch Miss Hartler. Ich habe sie heute wirklich schäbig behandelt, und wahrscheinlich sollte ich mich auch dafür entschuldigen, aber sagen Sie selbst! Tausende und Abertausende von Menschen einfach hier in mein Haus einzuladen, ohne auch nur ein Wörtchen vorher davon mir gegenüber verlauten zu lassen, und dann außer sich zu geraten, weil ich ihr gesagt habe, daß wir dann auch ihr Zimmer dafür nehmen.«

»Tatsächlich?«

»Allerdings! Und sie hat die ganze Zeit von irgendwelchen Sandwiches und Petit fours geredet, als ob — oh nein, nicht mit mir! Die bekommen billigen Sherry und Cracker aus der Dose, und wenn sie das nicht mögen, haben sie eben Pech gehabt.«

»Vielleicht kommt ja auch keiner.«

»Das glauben Sie doch wohl selbst nicht. Die werden in Scharen kommen, weil man dem armen Kerl das Gesicht zertrümmert hat. Menschen sind richtige Monster! Und ich werde wie verrückt herumrennen und versuchen, so viele Gläser wie möglich zu spülen, und aufpassen, daß niemand brennende Zigaretten auf den Möbeln ausdrückt. Sie können sich gar nicht vorstellen, wie schlimm das alles sein wird. Schätzen Sie sich glücklich, daß Sie es nicht miterleben.«

»Mrs. Kelling, haben Sie wirklich geglaubt, ich ließe einen Kumpel, der in der Klemme sitzt, so einfach im Stich? Oh, Verzeihung, ich vergaß ganz, daß es sich hier um eine Party mit der Crème der Gesellschaft handelt. Also: Verehrteste, ich werde nicht von Ihrer holden Seite weichen und mit Ihnen die Festung halten oder wenigstens einen vertrauenswürdigen Mitarbeiter vorbeischicken, der mit Adleraugen Ihre Möbel bewacht.«

Bittersohn trocknete die letzte Untertasse ab und hängte das Handtuch ordentlich über den Handtuchhalter, genauso, wie es auch Alexander getan hätte. »So, wenn Sie hier nichts mehr für mich zu tun haben, werde ich kurz bei Miss Hartler vorbeischauen und fragen, ob sie Hilfe braucht beim Umräumen ihres Iolani-Palastes. Ich vermute, daß der Aufruhr in der Bibliothek sich inzwischen gelegt hat.«

»Oh ja, sie haben sich sofort verzogen, als sie entdeckten, daß ich wirklich Tee meinte. Es wäre schrecklich nett von Ihnen, Miss Hartler zu helfen, das heißt, wenn sie es Ihnen erlaubt. Ich habe es ihr schon angeboten, und sie hat sich aufgeführt wie Sarah Bernhardt, weil sie auf keinen Fall irgend jemand an die kostbare Hinterlassenschaft ihres geliebten Wumps heranlassen will, aber vielleicht ist sie Ihnen günstiger gesonnen.«

»Warum sollte sie?«

»Ältere unverheiratete Damen neigen dazu, freundlichen jungen Herren wohlwollend entgegenzutreten, meinen Sie nicht? Außerdem hat sie gestern angefangen, mich über meine Pensionsgäste auszufragen, und ich habe ihr erklärt, daß Ihre Familie und wir Nachbarn in Ireson's Landing sind und daß Ihre Mutter grundsätzlich keine Besuche macht, aber daß Sie keinesfalls ein Snob sind. Könnten Sie versuchen, eine gebieterische Haltung mit einem edlen Auftreten zu verbinden?«

»Sie können jedenfalls darauf wetten, daß ich mich der alten Fledermaus gegenüber nicht allzu herablassend nähern werde.« Und mit diesem wohlwollenden Versprechen entschwand Bittersohn.

Kapitel 19

Nach weniger als drei Minuten war Bittersohn wieder in der Küche. »Miss Hartler benötigt keine Hilfe, vielen Dank. Sie fragt sich, ob es zu viel verlangt wäre, Mrs. Kelling daran zu erinnern, daß sie ihr versprochen habe, ihr ein Tablett aufs Zimmer zu bringen, bevor sie fortgehen muß, um ihre traurige Pflicht zu erfüllen. Ein Glas Preiselbeersaft und ein pochiertes Ei mit Toast würden genügen. Es sei nicht nötig, daß Ihr Butler ein Taxi ruft, da die liebe Marguerite bereits freundlicherweise angeboten habe, ihre Limousine zu schicken. Sie würde es als großen Trost empfinden, wenn auch jemand von den ehemaligen Mitbewohnern ihres geliebten William heute abend beim Bestattungsinstitut vorbeikäme, obwohl sie annimmt, daß sie da vielleicht zuviel erwartet, da wir, wie ihr die liebe Mrs. Kelling freundlicherweise erklärt hat, ihn alle nur sehr kurze Zeit gekannt haben. Ich nehme an, das bedeutet soviel wie: Entweder ihr kommt alle, oder es passiert was, nicht?«

»Es bedeutet: Tun Sie das, was Ihnen gefällt, jedenfalls soweit es mich betrifft«, erwiderte Sarah. »Natürlich werde ich selbst hingehen, und ich glaube, Mrs. Sorpende wird mich sicher gern begleiten. Und es würde auch Jennifer LaValliere nicht schaden, dort zu erscheinen, weil Miss Hartler immerhin ihre Großmutter kennt, die zweifellos ebenfalls anwesend sein wird. Und wenn sie geht, wird ihr vielleicht auch Mr. Porter-Smith folgen. Allerdings bin ich ziemlich sicher, daß Professor Ormsby nicht mitkommen wird. Ich bezweifle sogar, daß er Mr. Hartlers Gegenwart überhaupt jemals bemerkt hat, ganz zu schweigen von seinem Ableben.«

»Ormsby tendiert dazu, etwas eingleisig zu denken«, stimmte ihr Bittersohn zu. »Oder sollte man eher zweigleisig sagen? Entschuldigen Sie bitte, das war eine plumpe und unhöfliche Bemerkung. Haben Sie eben wirklich sagen wollen, daß sie ihren Lebensunterhalt damit verdient? Ich meine damit, daß sie in Teeblättern herumstochert?«

»Ich weiß nicht, ob sie damit ihren Lebensunterhalt verdient, aber das hat sie jedenfalls heute morgen gemacht, und offenbar arbeitet sie dort schon seit geraumer Zeit, wie Miss Smith mir erzählt hat. Wir hatten ein kleines Tête-à-tête an einer der Mülltonnen auf dem Common.«

Sarah berichtete ihm kurz von dem Abenteuer, das sie am Morgen gehabt hatte, und von ihren merkwürdigen Entdeckungen. »Hätten Sie so etwas für möglich gehalten?«

»Nein. Ich habe natürlich angenommen, daß sie Korsetts für modebewußte füllige Damen entwirft«, erwiderte Bittersohn. »Es paßt irgendwie überhaupt nicht zu ihr. Sie ist intelligent, sieht gut aus, zieht sich geschmackvoll an. Nettes Auftreten. Angenehme Persönlichkeit und die Sprache einer Herzogin. Sicher könnte eine Frau wie Mrs. Sorpende eine bessere Beschäftigung finden, es sei denn, sie tut es, weil es ihr Spaß macht.«

»Unmöglich. Sie hat Geldprobleme. Das glaubt jedenfalls Mariposa, und Mariposa ist eine Expertin in Sachen Armut. Und in einer Teestube verdient man doch bestimmt nicht viel, oder? Außerdem paßte es so – so gar nicht zu ihr, dort zu sitzen. Ich hatte schon angefangen zu glauben, daß sie und ich uns irgendwie nähergekommen waren, nicht direkt wie Freundinnen, aber etwa in der Art. Und jetzt muß ich feststellen, daß ich sie überhaupt nicht kenne. Entschuldigen Sie bitte, ich muß eben an den Toaster.«

Sarah hantierte mit dem Tablett, das sie gerade für Miss Hartler vorbereitete. »Mr. Bittersohn, glauben Sie, es war richtig von mir, ihr zu sagen, sie solle nicht ausziehen, während die Polizei noch nach Mr. Hartlers Mörder sucht? Wissen Sie, ich muß die ganze Zeit daran denken.«

Sie erzählte ihm, was sie über Mrs. Sorpende und Dolph gedacht hatte. »Lächerlich, nicht? Es wäre doch sicherlich sehr ungerecht ihr gegenüber gewesen, wenn ich sie gebeten hätte, uns zu verlassen, finden Sie nicht?«

»Nicht nur ihr gegenüber. Denken Sie nur an Ormsby! Wollen Sie außerdem auch noch dafür verantwortlich sein, daß eine Romanze im Keim erstickt wird? Ich kann nur sagen, daß Sie genau das getan haben, was ich an Ihrer Stelle auch getan hätte, Mrs. Kelling, wenn Ihnen das irgendwie hilft.«

»Und wie! Würden Sie mir bitte die allerkleinste Pfanne reichen? Mörder kommen und gehen, aber Tabletts bleiben ewig bestehen, scheint es mir fast. Wo um Himmels willen bleibt Mariposa? Sie sollte eigentlich jetzt den Tisch decken.«

Sarah hob gerade Miss Hartlers pochiertes Ei aus dem Pfännchen, als Mariposa die Treppe heraufgestürzt kam. Sie trug brandneue Sachen, alles in Purpurrot mit Fuchsienborte.

»Entschuldigen Sie bitte, daß ich zu spät komme. Wie finden Sie es?« Sie legte die Hände auf die Hüften und drehte sich langsam im Kreis, ganz wie ein echtes Mannequin. »Charles meinte, ich sollte mir besser etwas weniger Poppiges zulegen als das orangefarbene Ding, das ich sonst immer anhabe, weil wir uns in dieser Situation würdevoll zu verhalten haben, nach allem, was geschehen ist. Ich habe 30 Dollar von dem Zahngeld dafür verpulvert.«

»Es war jeden Cent wert«, versicherte ihr Mr. Bittersohn feierlich. »Meinen Sie nicht auch, Mrs. Kelling?«

»Ich bedaure sehr, daß Sie heute nachmittag nicht hier waren und meiner angeheirateten Tante und ihren Freundinnen den Tee serviert haben«, sagte Sarah. »Sie hätte bestimmt der Schlag getroffen.«

»Dann laden Sie sie doch jetzt nochmal ein«, meinte Mariposa.

»Das würde ich auch, wenn ich mir wirklich sicher wäre, daß es diese Wirkung hätte. Hier, Sie können statt dessen Miss Hartlers Tablett hochbringen. Sie wird bestimmt auch sehr beeindruckt sein, da bin ich sicher.«

»Hoffentlich aber nicht im positiven Sinn«, fügte Sarah hinzu, nachdem Mariposa die Küche durch die Pendeltür verlassen hatte. »Ach du liebe Zeit, ich wünschte wirklich, ich bräuchte diesen Abend nicht durchzustehen. Wenn ich nur daran denke, wird mir sofort übel.«

»Was halten Sie davon«, sagte Bittersohn, »wenn ich nach dem Abendessen mein Auto hole und Sie und alle, die sonst noch mitwollen, hinfahre?«

»Das ist wirklich schrecklich nett von Ihnen, aber warum sollen Sie sich deswegen auch noch den Abend verderben? Ich könnte auch den Studebaker nehmen.«

»Aber Mrs. Kelling, Sie würden doch nicht im Ernst diesen kostbaren Oldtimer der kalten Nacht aussetzen? Möglicherweise holen sich seine Zündkerzen noch eine Erkältung! Außerdem

171

glaube ich, daß mein Schwager dafür einen Käufer gefunden hat, also passen Sie lieber auf, daß der Wagen keinen Kratzer abbekommt.«

»Tatsächlich? Und wieviel will er –«

Bittersohn nannte eine Zahl, und Sarah schnappte entgeistert nach Luft.

»So viel Geld? Aber dieser Mensch hat den Wagen doch noch nie gesehen?«

»Ich glaube, er hat ihn sich angesehen, als Sie den Wagen letzten Monat in der Werkstatt hatten. Er wollte schon damals auf der Stelle ein Angebot machen, aber Ira und Mike glaubten nicht, daß Sie davon etwas hören wollten. Er ist ein leidenschaftlicher Sammler und weiß, was ein makelloses 1950er Starlite Coupé wert ist. Ira sagt, es sei ein fairer Preis. Sie könnten mehr bekommen, wenn Sie noch etwas warten, aber da Sie das Auto so schnell wie möglich aus dem Verkehr ziehen wollen, scheint es mir nicht sinnvoll, sich einen ehrlichen Käufer durch die Lappen gehen zu lassen.«

»Stimmt. Davon gibt es sicher nicht sehr viele, nicht? Und ich würde auch für das Auto bezahlen müssen, wenn ich es irgendwo unterstelle. In Ireson's Landing würde ich es auf keinen Fall mehr lassen, nach allem, was dort mit dem Milburn passiert ist.«

Bittersohn sah sie forschend an. »Am liebsten würden Sie offenbar ablehnen, habe ich recht?«

»Natürlich würde ich das, aber so dumm bin ich nun auch nicht. Bestellen Sie bitte Ihrem Schwager, daß ich jedes Angebot, das er für angemessen hält, dankend annehme. Und daß ich damit einverstanden bin, daß er die normale Vermittlungsgebühr für sich einbehält, und daß ich ihm sehr herzlich für alles danke.«

»Ira würde von Ihnen nie auch nur einen Pfennig dafür annehmen.«

»Warum denn nicht? Die meisten anderen Leute würden es auf der Stelle tun, wenn sie die Gelegenheit hätten. Ich muß sagen, Ihre Familie ist völlig anders als meine. Es ist schrecklich nett von Ihnen, sich so viel Mühe mit meinen Angelegenheiten zu machen, und ich würde sehr gern mit Ihnen fahren, wenn Sie sicher sind, daß Sie wirklich fahren wollen.«

»Natürlich will ich. Ich studiere gerade die Stammesriten der weißen angelsächsischen Protestanten von Massachusetts. Ich nehme an, Miss Hartler wird vor uns dasein?«

»Oh ja, Stunden vorher. Sie hat bereits vorgeschlagen, unser gemütliches Beisammensein ausfallen zu lassen und das Abendessen vorzuverlegen, so daß wir alle zusammen losgehen können, aber ich habe auf diesen Vorschlag nicht sehr freundlich reagiert. Wissen Sie, gerade das treibt mich an den Hartlers so zur Weißglut. Der arme alte William war auf seine Art ganz lieb, aber er war derart von seinen Marotten besessen, daß er sich einfach nicht vorstellen konnte, daß andere Leute vielleicht seinen Enthusiasmus nicht teilten. Seine Schwester ist genauso, nur hat sie seinen Charme nicht. Mr. Quiffen haßte wenigstens jeden wegen seiner ganz persönlichen Charaktereigenschaften. Tun Sie mir bitte noch einen Gefallen, wo Sie schon in dieser großzügigen Stimmung sind, und versuchen Sie, Mr. Porter-Smith und Mrs. Sorpende abzufangen, wenn sie hereinkommen. Sagen Sie ihnen bitte, daß ich mich heute abend für das Essen nicht umziehen werde, da ich mit denjenigen, die mich begleiten wollen, zum Beerdigungsinstitut gehen will und daher zum Umziehen keine Zeit mehr habe.«

»Bei so etwas erscheint man also nicht mit Kummerbund?«

»Und auch nicht mit Stirnreif, falschen Edelsteinen und grünen Hühnerfedern. Mariposas neue Ausstattung war sicher für Miss Hartlers Nerven bereits eine schwere Belastung. Ich habe zur Zeit genug damit zu tun, meine eigenen hysterischen Anfälle zu unterdrücken, als daß ich mich auch noch mit den ihren beschäftigen könnte. Wenn wir nur schon morgen abend hätten!«

»Wir werden es schon siegreich überleben.«

Bittersohn verschwand. Mariposa erschien wieder auf der Bildfläche. Charles stürzte – glanzvoll wie immer mit seinen weißen Handschuhen – herbei, um Miss Hartler zu der wartenden Limousine zu geleiten. Sarah bereitete das Essen in einem Wahnsinnstempo zu, riß sich die Schürze herunter und raste in die Bibliothek, um Sherry anzubieten und mit ihren Pensionsgästen zu plaudern.

Nach dem merkwürdigen Treffen in der Teestube war sie mindestens genauso nervös wegen des Wiedersehens mit Mrs. Sorpende wie die Wahrsagerin selbst, die sich bestimmt fragte, was für einen Empfang man ihr heute abend bereiten würde. Aber Mrs. Sorpende war kein Feigling. Als Sarah erschien, war sie bereits in der Bibliothek. Sarah löste das Problem auf die Weise, die sie gewohnt war, indem sie es nämlich direkt anging.

»Oh, Mrs. Sorpende, ich bin ja so froh, daß ich Sie hier treffe. Es sieht ganz so aus, als ob der Abend reichlich unangenehm werden wird. Miss Hartler erwartet von uns, daß wir alle geschlossen den sterblichen Überresten ihres Bruders die letzte Ehre erweisen, und ich bin ganz sicher, daß nicht alle gehen wollen. Meinen Sie, Sie könnten mir hilfreich zur Seite stehen? Mr. Bittersohn hat bereits angeboten, uns hinzufahren und wieder nach Hause zu bringen.«

»Wie nett von ihm«, erwiderte Mrs. Sorpende vorsichtig. »Also nur wir drei?«

Sie weiß, daß Mr. Bittersohn ein Detektiv ist, dachte Sarah. Sie hat es mir selbst gesagt. Sie denkt, daß wir sie allein irgendwo hinlocken und sie dann ins Verhör nehmen wollen. Sie wird es doch nicht etwa gewesen sein?

»Ich hoffe nicht«, sagte sie laut, »ich bin fest entschlossen, zumindest Jennifer LaValliere zu überzeugen, wenn es mir gelingt. Ihre Verwandten verkehrten mit den Hartlers, als sie noch in Boston lebten, und es würde ihr sicher nicht schaden, wenigstens einmal ein wenig Stil zu zeigen, finden Sie nicht?«

»Warum auch nicht, sie hat immerhin sonst schon fast alles gezeigt, was sie hat«, antwortete Mrs. Sorpende mit einem Anflug ihrer gewöhnlichen sanften Ironie. »Ich habe das Alter erreicht, in dem es mir etwas schwer fällt, die junge Generation zu verstehen, aber ich werde tun, was ich kann, um sie davon zu überzeugen, wenn Sie wollen. Und Mr. Porter-Smith ist ein liebenswürdiger junger Mann, ich bin sicher, daß er uns auch begleitet. Falls Sie allerdings eine professionelle Charakteranalyse von Professor Ormsby wünschen, würde ich Ihnen raten, Ihre Zeit nicht an ihn zu verschwenden.«

»Das klingt wie ein sehr vernünftiger Rat«, sagte Sarah lachend. Sie war erleichtert, daß die Spannung gebrochen war. »Kommen Sie, ich schenke Ihnen einen Sherry ein.«

Einer nach dem anderen zeigten sich jetzt auch die übrigen Pensionsgäste. Professor Ormsby, ein männlicher Chauvinist bis in die Stiefelspitzen, war deutlich enttäuscht, als er Mrs. Sorpendes hochgeschlossenes Kleid gewahr wurde. Mr. Porter-Smith war natürlich sehr bekümmert darüber, daß er seinen unauffälligen Geschäftsanzug anbehalten sollte. Miss LaValliere verzog den Mund, als Sarah bemerkte, ihre Großmutter würde sicher erwarten, daß sie sich in der Leichenhalle einfände, begann aber zu strahlen, als sie erfuhr, daß sie in Mr. Bittersohns Wagen transportiert werden würde.

Im großen und ganzen überstanden sie das Abendessen relativ gut. Professor Ormsby war letztlich mit der Beobachtung zufrieden, wie überaus attraktiv doch Mrs. Sorpendes schwarzes Kleid die rubenschen Konturen ihres wohlkorsettierten Körpers betonte. Jennifer LaValliere besaß den außerordentlichen Takt, zu Mr. Porter-Smith zu sagen: »Also, Gene, ich hatte noch gar nicht bemerkt, wie breit Ihre Schultern sind.« Als sie schließlich den Kaffee einnahmen, herrschte eine durchaus entspannte Atmosphäre.

Dann verschwand Mr. Bittersohn, um seinen Wagen zu holen. Sarah fragte, wer mit zum Beerdigungsinstitut fahren wolle. Professor Ormsby reagierte den Erwartungen gemäß mit einem abweisenden Knurren und verschwand nach oben. Die anderen zogen sich die Mäntel über und warteten draußen auf den Eingangsstufen auf Mr. Bittersohn, da das Einladen von Fahrgästen in der Tulip Street stets mit Schwierigkeiten verbunden war, weil Autofahrer, die die enge, gewundene Straße hinunterwollten, sich dann in ihren Bemühungen behindert sahen und meist ihrer Frustration mit ohrenbetäubendem Hupen und lauten Verwünschungen Luft machten.

»Möchten Sie hier auf der Fahrerseite einsteigen, Mrs. Kelling?«

Bittersohn hatte Sarah bereits auf den Beifahrersitz manövriert, bevor Jennifer LaValliere zur Stelle war. Ihrem Verhalten nach zu urteilen, hätte sie wohl am liebsten zwischen ihnen Platz genommen, aber Mr. Porter-Smith schob sie in einem Anflug von Machismo nach hinten neben Mrs. Sorpende und stieg dann selbst ein. Sie mußte sich damit zufriedengeben, dem Fahrer von hinten in den Nacken zu glucksen, was für ein tolles Auto er doch habe, und ihm diverse Fragen zu stellen, die jedoch Mr. Porter-Smith sich bemüßigt fühlte, lang und breit zu beantworten. Alles in allem genoß Sarah die kurze Fahrt sehr viel mehr, als sie eigentlich erwartet hatte.

Sie trafen Miss Hartler hofhaltend neben dem glücklicherweise verschlossenen Sarg an, umgeben von zahlreichen teuren Blumenarrangements, unter denen sich zweifellos auch ein Kranz aus der Tulip Street hätte befinden müssen, was aber leider nicht der Fall war, da Sarah einfach nicht daran gedacht hatte, etwas zu

175

schicken. Sarah und ihr Gefolge wurden von Tante Marguerite und ihrer Newport-Truppe, deren Mitglieder sich selbst zu Hofdamen der Haupttrauernden ernannt hatten, recht abweisend behandelt. Das war zwar verständlich, da sie alle von ihr auch nicht gerade freundlich empfangen worden waren, aber es war Sarah doch etwas peinlich, ihre Pensionsgäste mehr oder weniger grundlos hergeschleppt zu haben.

Glücklicherweise war auch Dolph gekommen, fühlte sich allerdings etwas fehl am Platz, da er weder Hartler noch Hartlers Freunde sehr gut gekannt hatte, und hastete herbei, um sie zu begrüßen. Auch Anora Protheroe, die niemals eine Beerdigung verpaßte, wenn es irgendwie ging, war zu einem Schwätzchen bereit. Die würdevolle Mrs. LaValliere senior nahm sofort ihre Enkelin Jennifer in Beschlag und führte sie weg, um sie ein paar Leuten vorzustellen. Mrs. Sorpende wurde von Dolph übernommen, und Mr. Porter-Smith unterhielt Anora mit einer Schilderung der bizarren Beerdigungssitten der alten Franken und Teutonen.

Sarah sah sich um, ob Mr. Bittersohn auch nicht vernachlässigt wurde, und fand ihn schließlich vertieft in ein freundliches Gespräch mit einem eleganten, sympathisch aussehenden Ehepaar um die 50.

»Mrs. Kelling, kennen Sie Herrn und Frau Saxe schon? Sie sind ebenfalls an dem Iolani-Projekt beteiligt.«

»Mrs. Kelling, es ist mir ein Vergnügen«, sagte Mrs. Saxe und schüttelte ihr freundlich die Hand. »Wie konnten Sie sich damals bloß von diesem wunderschönen Fächer trennen, den Sie und Ihr Gatte uns überlassen haben?«

»Ich vermute, sonst liegen bei Ihnen keine Mitbringsel von Königin Kapiolani mehr herum?« fragte Mr. Saxe.

»Höchstens, wenn sie unter Miss Hartlers Bett versteckt sind«, teilte ihm Sarah mit. »Es tut mir so leid wegen der Stühle, die Mr. Hartler offenbar aufgespürt hatte. Seine Schwester scheint in seinen Papieren keinerlei Hinweis entdeckt zu haben, in wessen Besitz sie sich befinden. Ich vermute allerdings, daß der Besitzer sich früher oder später mit Ihnen oder sonst jemandem in Verbindung setzen wird.«

»Ich muß Ihnen gestehen, daß ich mir davon nicht allzuviel verspreche«, sagte Mr. Saxe offen, »Hartler war ein gutwilliger alter Bursche, aber um ganz offen zu Ihnen zu sein, er hatte mehr

Enthusiasmus als Fachkenntnis. Bedauerlicherweise hat man ihn mehrfach schwer hereingelegt. Wir haben ihn schließlich bitten müssen, uns keine weiteren seiner großartigen Funde mehr zu bringen, wenn sie nicht vorher sachgemäß überprüft worden waren. Und leider waren selbst die Echtheitserklärungen, die er brachte, nicht immer echt.«

»Liebling«, sagte seine Frau, »ich bin sicher, du brauchst Mrs. Kelling nicht eigens zu sagen, daß Mr. Hartler ein bißchen verrückt war und daß es ständig schlimmer wurde, auch wenn er auf seine Art ein wirklich netter alter Mann war. Ich habe mich schon seit langem gefragt, was denn eigentlich aus ihm geworden war, und ich muß zugeben, daß ich jetzt sogar ein klein wenig erleichtert bin, daß es so schnell gegangen ist, obwohl das, was ihm zugestoßen ist, natürlich ganz furchtbar ist. Trotzdem glaube ich, daß ich mich lieber erschlagen lassen würde, als in irgendeiner vornehmen Anstalt zu enden.«

»Ich werde daran denken, wenn deine Zeit gekommen ist, meine Liebe.«

»Vielen Dank, Liebling. Mrs. Kelling, warum kommen Sie nicht recht bald einmal mit Max zu uns? Sonntagabends sind wir immer zu Hause, und wir haben ein paar ganz wunderschöne Sachen, die mit dem nächsten Schiff weggehen sollen. George würde Ihnen bestimmt liebend gern alles erklären. Jetzt haben wir, glaube ich, unsere Pflicht erfüllt, meinst du nicht? Hier sind so viele Leute, daß uns bestimmt keiner vermissen wird. Können wir Sie mitnehmen und am Hill absetzen?«

»Vielen Dank, aber ich habe meinen eigenen Wagen mitgebracht. Und eine Menge Passagiere, die ich aufsammeln muß«, sagte Bittersohn ein wenig abwesend. »Nett, daß wir uns wieder getroffen haben.«

Die Saxes lächelten und verloren sich in der Menge. Sarah wandte sich an Mr. Bittersohn. »Dann gehörte Mr. Hartler gar nicht zu den Freunden und Förderern des Iolani-Palastes?«

»Klingt mir mehr, als wäre er ein Feind gewesen. Ich weiß zwar nicht genau, wie diese Organisation aufgebaut ist, aber er hat sicher keine besonders wichtige Position gehabt.«

»Ich kann es gar nicht glauben. Das heißt, ich könnte es nicht glauben, wenn ich nicht Großonkel Frederick gekannt hätte. Er ist der einzige andere Mensch, bei dem ich erlebt habe, daß er sich mit aller Kraft für etwas engagiert hat, das ihn überhaupt

177

nichts anging. Kein Wunder, daß Mr. Hartler seine Besucher überall im Haus herumwandern und alles schmutzig machen ließ. Ich hätte von Anfang an merken müssen, daß bei ihm ein oder zwei Zylinder fehlten, wie Alexander es ausgedrückt hätte. Finden Sie nicht, daß es reichlich merkwürdig ist, daß Miss Hartler so einfach nach Rom gegondelt ist und ihn mutterseelenallein in einer Stadt zurückgelassen hat, in der er ewig nicht mehr gewesen war? Natürlich ist es auch möglich, daß sie gar nichts gemerkt hat, weil sie ihn so bewunderte, und ich bin nicht sicher, ob sie selbst so ganz richtig im Kopf ist. Vielleicht hat sie sich auch überfordert gefühlt, so daß sie alles verdrängen wollte und versucht hat davonzulaufen. Manche Leute machen einfach die Augen zu, wenn es um Dinge geht, die sie nicht wahrhaben wollen.«

»Allerdings«, sagte Bittersohn. »Wie wäre es, wenn Sie mich Ihrer ehemaligen Tante vorstellen würden?«

»Ja, aber warum denn?« Sarah verschlug es den Atem.

»Ich möchte sie nur etwas fragen.«

»Und ich bin sicher, daß sie Sie auch etwas fragen will. Zum Beispiel, ob Sie verheiratet sind, Bridge spielen und ob Sie morgen abend zum Abendessen schon etwas vorhaben. Sie können sich gar nicht vorstellen, auf was Sie sich da einlassen, Mr. Bittersohn. Tante Marguerite zu treffen ist genauso schlimm, als wenn man einer Riesenkrake in einem Horrorfilm vorgestellt wird.«

»Das Risiko muß ich eben auf mich nehmen.«

»Ich habe Sie jedenfalls gewarnt.« Sarah schlängelte sich mit ihm durch die Menschenmassen und brachte die offizielle Vorstellung mit soviel Anstand hinter sich, wie sie aufbieten konnte.

»Tante Marguerite, darf ich dir Mr. Bittersohn vorstellen? Er hat das Zimmer im Souterrain. Du hast ihn noch nicht kennengelernt, weil er eben gerade den Wagen geparkt hat. Er ist Kunstexperte.«

Sie wußte, daß die letzte Information eigentlich überflüssig war. Es wäre Tante Marguerite genauso recht, wenn er Fensterputzer wäre. Sarah wurde an den Rand gedrängt und von Iris Pendragon abgefangen, die unbedingt wissen wollte, wo Sarah denn diesen göttlichen Mann herhabe, so daß sie kein Wort von dem verstand, was er Tante Marguerite fragen wollte. Der arme Mann, er ahnte ja gar nicht, welche wahren Fluten von Einladungen er sich von dieser Horde gelangweilter Damen einhandeln würde. Aber vielleicht traf er in seinem Beruf oft gelangweilte

Damen. Vielleicht fand er sie auch gar nicht so langweilig. Sarah wünschte sich, dieser Gedanke sei ihr nicht in den Sinn gekommen.

Jedenfalls beherrschte er offenbar die richtige Taktik für den Umgang mit diesem Problem. In erstaunlich kurzer Zeit war es ihm nämlich gelungen, sich zu befreien und zwischen ihnen und die Ladies aus Newport eine schützende Besucherwand zu ziehen.

»Mrs. Kelling, können Sie mir helfen, unsere Passagiere einzusammeln? Ich möchte Sie alle gern nach Hause bringen und mich dann wieder an meine Arbeit machen.«

»Ja, natürlich. Ich wußte ja nicht –«

Aber er hatte sie bereits verlassen und ging auf Miss LaValliere zu, die sicher nicht eigens überredet zu werden brauchte. Da sie schlank und klein war, konnte Sarah mühelos unter den Armen und Ellbogen der Leute durchschlüpfen und erreichte so Mrs. Sorpende, die sich besser als Rammbock eignen würde als sie. Diese Menschenmassen waren grauenhaft. Und was, wenn sie alle morgen in ihrem Haus auftauchten?

Aber das würden sie sicher nicht. Einige, wie etwa die Saxes, gehörten sicher zu den Leuten, die es als ihre Pflicht betrachteten, sich hier zu zeigen, aber höchstwahrscheinlich zur Beerdigung nicht erscheinen würden. Und zweifellos gab es auch Leute, die Mr. Hartler überhaupt nicht gekannt hatten und sich nur keine Sensation entgehen lassen wollten.

Die Zeitungen hatten den grausamen Mord groß und breit ausgeschlachtet, aber nirgendwo hatte gestanden, daß es bereits der zweite Mieter von Sarah Kelling war, der eines gewaltsamen Todes gestorben war. Sie konnte sich nicht vorstellen, wie Mr. Bittersohn und Sergeant McNaughton das geschafft hatten, aber sie würde ihnen dafür ewig dankbar sein. Zweifellos identifizierte man sie gerade als Vermieterin des Verstorbenen, und die Geschichte würde früher oder später doch bis zur Presse durchsickern, aber bis dahin war das Begräbnis – so Gott wollte – wahrscheinlich schon vorbei und Miss Hartler bereits ausgezogen, so daß sie nicht die Polizei zu rufen brauchte, um die anstürmenden Horden zu kontrollieren.

Gemeinsam gelang es ihr und Bittersohn, ihr Grüppchen nach draußen zu manövrieren und zu dem eleganten Wagen zu geleiten, der um die Ecke parkte. Miss LaValliere schlug vor, irgendwo anzuhalten und etwas trinken zu gehen, und war völlig

179

niedergeschmettert, als sie erfuhr, daß sie schnurstracks zur Tulip Street gebracht und einfach auf dem Bürgersteig abgesetzt wurden, während Mr. Bittersohn allein in die Nacht hinaus fuhr. Sarah war auch nicht gerade glücklich darüber, aber momentan hatte sie sowieso keinen Grund, glücklich zu sein.

Kapitel 20

Sarah blieb unten, nachdem sie zu Hause angekommen waren, nicht, weil sie es wollte, und auch nicht, weil sie es mußte. Tante Marguerites Chauffeur würde Miss Hartler nach dem Empfang wieder zur Tulip Street zurückbringen. Charles würde da sein und nach dem Auto Ausschau halten, um der alten Dame ins Haus zu helfen. Sie wieder im Haus zu haben, würde nicht sehr erfreulich sein, und je schneller man sie loswürde, desto besser für alle. Trotzdem wartete Sarah.

So viele Dinge konnten einer alten Person wie Miss Hartler zustoßen, besonders wenn diese Person nicht mehr ganz klar im Kopf war. Man brauchte nur an ihren Bruder zu denken.

Aber was genau war William Hartler zugestoßen? Hatte ihn dieser immer noch unbekannte Mann ausgeraubt und getötet, der ihn mit jener verführerischen Geschichte über König Kalakauas Eßzimmerstühle aus dem Haus gelockt hatte? Woher hatte der Mann gewußt, daß das Verbrechen sich auch wirklich auszahlen würde? Die meisten halbwegs vernünftigen Menschen trugen in der Stadt keine großen Summen Bargeld mit sich herum.

Vielleicht hatte der Mann darauf bestanden, daß er noch am selben Abend bar bezahlt wurde, und Mr. Hartler hatte an jenem Tag eine große Geldsumme bei der Bank abgehoben, als die Banken noch offen waren. Aber nein, das war gar nicht möglich, denn der Mann war noch in Mr. Hartlers Zimmer gewesen, als Sarah zurückgekommen war und diese schreckliche Frau beim Herumwühlen in ihrem Porzellanschrank erwischt hatte. Das war ja seine Entschuldigung dafür gewesen, daß er die Frau dort sich selbst überlassen hatte. Danach war Mr. Hartler auch nicht ausgegangen, mit Ausnahme seiner kleinen Exkursion, um vor dem Essen in der Charles Street die Versöhnungsgeschenke zu kaufen.

Sarah hatte den Eindruck, daß Mr. Hartler gar nichts von den Stühlen gewußt hatte, bevor der Mann mit den Fotos aufgetaucht war. Wenn er früher davon erfahren hätte, hätte er bestimmt allen beim Frühstück damit in den Ohren gelegen oder Mariposa die frohe Botschaft zugebrüllt, während sie gerade staubsaugte.

Miss Hartler hatte bei der Polizei betont, daß ihr geliebter Wumps immer so vorsichtig mit Geld umgegangen sei, obwohl sie gar keine Ahnung zu haben schien, wie groß sein Vermögen eigentlich war. Außerdem hatte sie unter seinen Papieren keinen Hinweis auf den Mann mit den Stühlen gefunden, aber das hieß ja nichts. Wahrscheinlich hatte es auch gar keinen Brief, sondern nur ein persönliches Gespräch gegeben. Mr. Hartler hatte sicher die Adresse notiert und für später in der Tasche aufbewahrt. Nachdem er das richtige Haus gefunden hatte, hatte er die Notiz vielleicht weggeworfen oder in seiner Aufregung verloren, oder man hatte sie ihm zufällig oder absichtlich weggenommen.

Nach dem zu urteilen, was die Saxes gesagt hatten, hielt Sarah es für durchaus möglich, daß jemand den alten Mann betrogen hatte. Wenn die Stühle tatsächlich echt gewesen waren, hätte der Besitzer wohl eher mit dem Kurator oder einem seiner bewährten Agenten Kontakt aufgenommen, zu denen Mr. Hartler gewiß nicht gezählt hatte. Die Frau, die ihr im Eßzimmer so zu schaffen gemacht hatte, war vielleicht aus einem ganz besonderen Grund dagewesen, möglicherweise um die Aufmerksamkeit der Hausbewohner abzulenken, so daß der Mann seinen Köder für den leichtgläubigen Mr. Hartler auslegen und ungesehen verschwinden konnte.

Sollte das wirklich stimmen, hatte die Frau gute Arbeit geleistet. Sie hatte Sarah und Mariposa so damit beschäftigt, Löffel zu zählen, daß sie keinen Gedanken daran verschwendet hatten, was draußen in der Eingangshalle vor sich gegangen war. Mr. Hartler hatte die Frau auch nicht gekannt. Er hatte sich nicht einmal erinnern können, wie sie hieß. Nachdem der andere Besucher gegangen war, hatte sie keinen Versuch gemacht, den angeblichen Grund ihres Kommens in die Tat umzusetzen, sondern hatte sich verdrückt, so schnell sie konnte. Wer immer diese Frau auch war, sie war keineswegs schüchtern gewesen. Wenn sie einen Wertgegenstand dabei gehabt hätte, dessen Echtheit geprüft werden sollte, hätte es dann nicht viel besser zu ihr gepaßt, entweder darauf zu bestehen, das Geld zu bekommen, das ihr zustand, oder sich ihr Eigentum wieder aushändigen zu lassen, bevor sie ging?

Alles paßte so gut zusammen, bis auf den Mord. Betrüger brachten normalerweise ihre Opfer nicht um; Mr. Bittersohn hatte es ihr selbst erzählt. Warum sollten sie auch? Es war einfacher und ungefährlicher, das Geld zu nehmen und zu verschwinden, bevor der Käufer herausfinden konnte, daß man ihn hereingelegt hatte.

Und wenn Mr. Hartler hingegangen war und festgestellt hatte, daß er es mit genau derselben Person zu tun hatte, die ihn bereits irgendwann vorher einmal betrogen hatte? Aber warum sollte er den Mann plötzlich bei seinem Besuch erkennen, wenn ihm vorher in seinem Schlafzimmer überhaupt nichts aufgefallen war? Und wenn er ihn doch vorher erkannt hatte? Wahrscheinlich konnte ein professioneller Schwindler einem Menschen, der sich so schnell hereinlegen ließ, leicht weismachen, daß es sich bei der letzten Episode lediglich um ein bedauernswertes Mißverständnis gehandelt hatte oder daß der Mann selbst einer dritten Person aufgesessen war.

Oder er hatte Mr. Hartler seinen Schaden mit einem ungedeckten Scheck wiedergutgemacht und sich dann ein neues Opfer gesucht.

Wenn das irgend jemand bei Barnwell Quiffen statt bei dem hilflosen alten Wumps versucht hätte, wäre wahrscheinlich Mord der einzige Ausweg gewesen. Solange er noch am Leben gewesen wäre, hätte Mr. Quiffen die Polizei gerufen, den Betreffenden verklagt, vernichtende Briefe an jede Zeitung zwischen Boston und Los Angeles geschickt und umgehend seinen eigenen Privatdetektiv auf ihn angesetzt. Aber Mr. Quiffen war tot und seit einer Woche bereits unter der Erde. Warum sollte er etwas mit der Sache zu tun haben, bloß weil er zufällig dasselbe Zimmer für beinahe genauso kurze Zeit bewohnt hatte und einen annähernd ebenso gewaltsamen Tod gefunden hatte?

Angenommen, es hatte mehr als einen Betrugsversuch gegeben. Wenn es Mr. Hartler gelungen war, sich von einer ganzen Reihe von falschen Antiquitätenhändlern täuschen zu lassen, wäre er dann nicht genauso naiv dem Plan eines Mannes – nehmen wir einmal an, daß es ein junger Mann war – zum Opfer gefallen, der den ungeheuren Drang verspürte, es in der Welt zu etwas zu bringen, der sich mit Zahlen auskannte und die Gabe hatte, über eine Menge von Themen viel kluges Zeug sagen zu können? Oder der großäugigen Enkelin eines alten Freundes, die abenteuerhungrig war und puritanische Eltern hatte, die sie an der kurzen Leine hielten und ihr nur wenig Geld gaben? Oder einem berühmten Professor, der ein wichtiges wissenschaftliches Projekt zu finanzieren hatte, oder einer Dame von gewinnendem Äußeren und mit einer dunklen Vergangenheit, die sich gerade noch finanziell mit dem Voraussagen der Zukunft aus Teeblättern über Wasser halten konnte?

Oder – wenn schon, konnte sie auch alle Möglichkeiten durchspielen – einem Kunstexperten, der den Iolani-Palast mindestens genausogut kannte wie William Hartler? Oder einem frustrierten Schauspieler, der für eine Jacketkrone sparte, oder der Frau, die in diesen Mann verliebt war und keinen Pfennig besaß, außer dem wenigen, das sie sich durch Abwaschen und Putzen verdiente, und das noch dazu bei einer Witwe ohne Geld, die mit den Steuern in Verzug war und für zwei Hypotheken Zinsen abzuzahlen hatte? Wenn ihr der Gedanke etwas früher gekommen wäre, wäre sie vielleicht sogar selbst in Versuchung geraten. Und wenn sie sich nicht einmal selbst ausnehmen konnte, wie konnte sie dann mit Sicherheit sagen, was irgendein anderer Mensch tun würde, wenn die Gelegenheit so günstig und ein geeignetes Opfer in der Nähe war?

Aber Sarah wollte sich bei derartigen Gedanken nicht aufhalten. Sie wollte eigentlich auch nicht über Miss Hartler nachdenken und auch nicht darüber, was aus der alten Dame werden sollte, aber sie konnte nicht anders. Miss Hartler hatte keine Verwandten, die sich um sie kümmern konnten, deshalb hatten Bumps und Wumps auch all die Jahre so aneinander gehangen. Aber auch Verwandte waren nicht immer nur ein Segen. Sie brauchte nur an die beiden gierigen Erben zu denken, die sich sofort nach Mr. Quiffens Tod eingefunden hatten. Was hatten sie schon jemals für den alten Barnwell Augustus getan, als er noch am Leben gewesen war, außer daß sie vielleicht dafür gesorgt hatten, daß er es nicht zu lange blieb?

Da sie gerade dabei war, eine Liste der möglichen Betrüger zusammenzustellen, warum sollte sie da eigentlich Quiffens Neffen und den Cousin ausschließen? Sie hatten beide gewußt, daß Mr. Hartler im Begriff war, das Zimmer des Toten zu übernehmen, weil sie es ihnen selbst gesagt hatte, als sie darauf gedrängt hatte, die Sachen des Verstorbenen schnellstens wegzuschaffen. Wahrscheinlich kannten sie Mr. Hartler flüchtig, da er offenbar jeden einmal getroffen zu haben schien, und wußten daher auch, was für ein Kinderspiel es war, mit ihm fertigzuwerden. Und sie würde, wie Mr. Bittersohn wahrscheinlich bemerken würde, ganz bestimmt von keinem der beiden einen Gebrauchtwagen kaufen.

Aber jetzt hatten sie Mr. Quiffens Geld oder würden es bald haben, wenn der Nachlaß geregelt war. Und wenn einer von ihnen das Warten einfach nicht mehr länger ausgehalten hatte? Und was war, wenn einer – oder beide – enttäuscht worden waren? Sie war so mit ihren eigenen Angelegenheiten beschäftigt gewesen, daß sie niemals bei George und Anora nachgefragt hatte, wer eigentlich wieviel bekommen hatte. Dieser streitsüchtige Mann hätte durchaus ein geheimes Testament haben können, das sie beide ausschloß, um sein ganzes Vermögen aus reiner Bosheit irgendeiner Zufallsbekanntschaft zu vermachen. Jemandem wie William Hartler und seinem Iolani-Palast-Projekt beispielsweise.

Aber das war einfach zu absurd! Warum konzentrierte sie sich eigentlich nicht auf das Nächstliegende? Hatte Miss Hartler jemanden, der ihre Interessen vertrat, oder war sie ganz auf sich selbst gestellt? Wie gefährlich war es eigentlich, sie zu bitten auszuziehen?

Wie viele der vorhin Anwesenden machten sich wirklich etwas aus der alten Dame, und wie viele hielten es lediglich für ihre Pflicht, sich zu zeigen? Tante Marguerite hatte einen großen Auftritt als Joannas treue Freundin gehabt, aber Sarah wußte ganz genau, wie wenig das bedeutete. Wie oft hatte sie Tante Marguerite früher gebeten, Tante Caroline, ihre einzige Schwester, einzuladen, nur für eine Woche, für ein paar Tage oder auch nur für eine Nacht, so daß Alexander und sie endlich ein wenig Zeit allein miteinander verbringen konnten. Wie oft hatte Tante Marguerite dringende, unaufschiebbare Gründe gefunden, damit sie sich nicht die Mühe zu machen brauchte?

In Newport gab es eine Menge netter Leute. Sarah hatte bereits viele bei den zahlreichen Parties getroffen, die für sie die lange Hinfahrt und die lange Rückfahrt und die oft unerträgliche Langeweile zwischen diesen beiden Fahrten bedeutet hatten. Aber auf Tante Marguerites Parties hatte sie nette Leute höchstens ein oder zweimal getroffen. Die einzigen Menschen, die sie immer um sich hatte, waren Leute wie Iris Pendragon, die weder geistvoll noch intelligent genug waren, sich anspruchsvollere Freunde aussuchen zu können. Und Leute wie William Hartler, der auf seine Art drollig und lustig war und dem es relativ egal gewesen war, mit wem er redete, solange man ihn reden ließ, und auch seine Schwester Joanna, die ihrem Wumps überallhin folgte.

Wenn die Hartlers tatsächlich mit irgend jemandem in Newport wirklich eng befreundet gewesen waren, hätten sie bestimmt nicht so leicht in ihrem Alter noch alle Brücken abbrechen und nach Boston zurückkehren können. Wenn sie vorher in Boston Freunde gehabt hätten, wären sie wiederum erst gar nicht nach Newport gezogen. Dieser enttäuschende Rombesuch war ein typisches Beispiel. Miss Joanna hatte sich bestimmt nie die Mühe gemacht, jemals diese Dorothea näher kennenzulernen, die sich als grundverschieden von der ehemaligen Klassenkameradin herausgestellt hatte, an die sie sich so gut zu erinnern glaubte. Menschen veränderten sich nicht so drastisch, wenn sie älter wurden, ihre Charaktereigenschaften wurden nur ausgeprägter als vorher.

Sogar Alexander hatte sicher schon als Kind die Eigenschaft gehabt, standhaft wie ein Zinnsoldat auf seinem Posten auszuharren, sonst hätte er sich irgendwie von Tante Caroline lösen können. Dann hätten Sarah und er nie geheiratet und seine junge Witwe würde jetzt nicht hier sitzen und darüber nachdenken, wer wohl als nächster ermordet werden würde. Sie hörte Schritte im Korridor und sprang auf.

Es war Mrs. Sorpende. »Ich habe mir schon gedacht, daß Sie hier sind, Mrs. Kelling, nachdem ich oben an Ihrer Tür geklopft habe und keine Antwort bekam. Ich nehme an, Sie warten auf Miss Hartler.«

»Ja, irgendwie fühle ich mich dazu verpflichtet. Ich weiß auch nicht, warum ich das tue, aber sie ist eine alte Frau, und das alles muß schrecklich für sie sein, und ich habe ihretwegen ein schlechtes Gewissen, weil ich plane, sie so schnell wie möglich loszuwerden, und ich frage mich, was dann aus ihr werden soll.«

»Und was soll aus mir werden?«

Sarah sah sie erstaunt an. »Wie meinen Sie das?«

Mrs. Sorpende stand genau vor ihr, und ihre schönen schlanken Hände verkrampften sich zu einem häßlichen Knoten, aus dem die Knöchel weiß hervortraten. »Bitte, Mrs. Kelling, schonen Sie mich nicht. Sagen Sie mir ruhig die Wahrheit. Soll ich bleiben oder gehen?«

Alles, was Sarah sagen konnte, war: »Das hängt ganz davon ab.«

»Wovon?«

Wie sollte sie das beantworten? Davon, ob Sie diese Person sind, die meine Pensionsgäste ermordet? Sarah versuchte so ausweichend wie möglich zu antworten.

»Mrs. Sorpende, das kann ich Ihnen im Moment noch nicht sagen, weil ich es selbst nicht weiß. Ich habe dieses ganze Projekt hier angefangen, weil ich gehofft habe, daß es mich aus meiner schrecklichen Situation retten würde, wie Sie wissen. Bisher haben sich jedoch meine Probleme dadurch nur noch vergrößert. Vielleicht kann ich weitermachen, vielleicht aber auch nicht. Was Sie persönlich betrifft – falls Sie der Meinung sind, daß mich Ihre Arbeit mehr in Verlegenheit bringt als Onkel Jems Satyriasis oder die Tatsache, daß mein Cousin Dolph sich mindestens einmal pro Woche in aller Öffentlichkeit lächerlich macht, dann vergessen Sie das lieber schnell wieder. Ich möchte, daß Miss Hartler auszieht, weil sie uns alle noch mehr stört als ihr Bruder und weil sie noch schwieriger ist als Mr. Quiffen. Sie wissen, daß ich Sie als Pensionsgast schätze, das habe ich Ihnen bereits gesagt. Klarer kann ich mich nicht ausdrücken.«

»Klarer kann man es sich wohl kaum wünschen. Sie sind eine sehr ungewöhnliche Frau, Mrs. Kelling.«

»Tatsächlich? Vielleicht haben Sie recht. Ich hatte nie die Möglichkeit, so zu sein wie die anderen. Ich bin nicht einmal zur Schule gegangen. Ich habe alles von meinen Eltern und aus Büchern gelernt. Ich war nie irgendwo anders zu Besuch als bei irgendwelchen Familienmitgliedern. Mein Ehemann war gleichzeitig auch mein Cousin fünften Grades, den ich mein ganzes Leben gekannt hatte. Als besonders normales Leben würde ich dies alles kaum bezeichnen.«

»Nein, aus Ihrer Sicht sicher nicht. Zufällig bin ich selbst unter ganz ähnlichen Umständen großgeworden. Mit dem großen Unterschied, daß Sie sicher und behütet gelebt haben und ich in den leeren Ecken irgendwelcher Läden geschlafen habe, was aber auch nur dann möglich war, wenn man uns noch nicht aus der Stadt gejagt hatte.«

»Waren Ihre Eltern denn Flüchtlinge?«

»Nein, sie waren Zigeuner. Wenigstens meine Mutter. Mein Vater war, soweit ich weiß, ein Collegestudent, der eine Arbeit in Sozialpsychologie schrieb und sich bei seinen Nachforschungen mehr engagierte, als er ursprünglich geplant hatte. Ich habe nicht die leiseste Ahnung, wie er hieß. Meine Mutter hatte keine Zeit, ihn danach zu fragen, bevor die Polizei kam und ihre Familie weitertrieb. Sie wußte nicht einmal, daß sie schwanger war, bis es bereits viel zu spät war, um zurückzugehen und mehr herauszufinden. Damals war sie 14, was allerdings nach unseren Gesetzen keine akzeptable Entschuldigung war.«

»Aber dann war sie doch noch ein Kind!«

»Mit 14 sind Zigeunermädchen keine Kinder mehr, Mrs. Kelling. Jedenfalls hat man ihr kein zweites Mal Gelegenheit gegeben, vom rechten Pfad abzukommen. So lange ich zurückdenken kann, mußte sie schuften wie ein Tier und wurde mit Habichtaugen bewacht. Hier und da hat sie ein bißchen Bildung aufgeschnappt. Mir hat man auch nicht erlaubt, zur Schule zu gehen. Aus Angst, daß man mir dort die Ideen in den Kopf setzen würde, die angeblich meine Mutter zu Fall gebracht haben, aber das wenige, das sie wußte, hat sie mir beigebracht.

Wir haben alles gelesen, was wir finden konnten: Zeitungsfetzen aus dem Rinnstein, Reklamewände, die Aufschrift auf Crakkerdosen, Filmplakate. Eine Tante von mir, die mitfühlender war als die anderen, hat ab und zu ein Buch für uns mitgehen lassen. Egal, ob es sich um *Die Geschichte von Peter Hase* oder *Tips zur Einkommensteuererklärung* handelte, wir haben es verschlungen, als wäre es das Schönste auf der Welt.«

»Ich war auch immer so«, sagte Sarah, die versuchte, irgendeine Gemeinsamkeit zu finden. »Ich habe sogar die Aufschrift auf Aspiringläschen gelesen. Aber erzählen Sie doch bitte weiter.«

Wie unter einem Zwang fuhr Mrs. Sorpende mit ihrer Lebensgeschichte fort. »Ich glaube, im Vergleich zu anderen Kindern war mein Leben immer noch angenehm. Normalerweise gehen Zigeuner mit ihren Kindern nachsichtig um. Sogar mich, das uneheliche Kind, hat man niemals geschlagen oder hungern lassen. Ich habe zwar oft gefroren, aber das lag an den schrecklichen Orten, an denen wir leben mußten. Und meistens war ich auch nicht sehr sauber, weil wir kein heißes Wasser und keine Seife hatten. Aber ich habe überlebt und wahrsagen gelernt. Das konnte ich ziemlich gut, vielleicht weil meine Phantasie durch das Lesen angeregt wurde, aber ich war ein hoffnungsloser Fall, wenn es um die kleinen Tricks ging, die dazugehören. Daher habe ich auch nie viel damit verdient, was mich in der Familie natürlich nicht gerade beliebter gemacht hat.

Um es kurz zu machen: Ich war etwa zwölf oder dreizehn, als meine Mutter das Leben einfach nicht mehr ertrug und starb. Ich habe ein Kleid von einer Wäscheleine gestohlen und statt dessen meine Zigeunersachen dort aufgehängt, um mir einzureden, daß ich nicht wirklich gestohlen hatte, dann habe ich ein falsches Alter angegeben und bekam eine Stelle als Tellerwäscherin. Viel verdient habe ich zwar nicht, aber das Essen war in Ordnung, und es hat mir nichts ausgemacht, auf dem Boden hinter der Theke zu schlafen, weil ich nie ein richtiges Bett gekannt hatte.

Dann wurde der Barkeeper zudringlich. Ich habe ihm einen Teller über den Kopf geschlagen und bin wieder weggelaufen, habe noch ein bißchen mehr gelogen und mich zur Kellnerin in einem miesen kleinen Restaurant befördern lassen. Jetzt war ich auf dem Weg nach oben. Am Ende des Jahres besaß ich ein gutes Paar Schuhe, ein anständiges Kleid und sogar einen warmen Wintermantel. Ich hatte gelernt, in einem richtigen Bett zu schlafen und mit Messer und Gabel zu essen. Ich wußte sogar, wozu eine Serviette gut ist. Ich habe die öffentlichen Bibliotheken entdeckt, wo ich alle Bücher bekommen konnte, die ich wollte, ohne dafür auch nur einen Cent bezahlen zu müssen, und ich wußte genau, was mein größter Wunsch war. Ich wollte eine richtige Dame werden.«

Sie lachte über sich selbst. »Ich bin sicher, daß es für Sie absurd klingen muß, aber für mich bedeutete das alles. Eines Tages würde ich in einem vornehmen Haus wohnen und mich von einem Zimmermädchen und einem Butler bedienen lassen. Ich würde lange Abendkleider tragen und mir Juwelen ins Haar stecken, wenn ich zum Abendessen nach unten käme. Mit diesem Traum habe ich mich am Leben erhalten, während ich aufgewärmtes Essen herumtrug, grapschenden Händen auswich und Trinkgelder aus Aschenbechern und Saucen fischte. Eines Tages würde ich auch jemand sein.

Nun ja, ich will Sie nicht mit meiner gesamten Lebensgeschichte langweilen. Ich habe Sprechunterricht genommen und feines Benehmen gelernt, nachdem ich herausgefunden hatte, was diese Begriffe beinhalten, und zwar bei einem armen Trunkenbold, der früher kleine Nebenrollen mit Gloria Swanson und Theda Bara gespielt hatte. Näher bin ich wahrer Größe nie gekommen. Zu mir haben sich immer die falschen Männer hingezogen gefühlt, ich habe geheiratet, aber die Ehe war nicht glücklich und dauerte viel zu lange. Jetzt deute ich wieder Leuten die Zukunft und räume schmutziges Geschirr ab. Aber ich lebe in einem wunderschönen Haus, in dem es ein Dienstmädchen und einen Butler gibt, die mich bedienen, und ich komme zum Abendessen in einem langen Abendkleid herunter, mit Juwelen im Haar. Ihr Pech hat es mir ermöglicht, meinen Lebenstraum zu verwirklichen. Wenn Sie das irgendwie trösten kann, würde ich mich sehr freuen.«

»Das tut es, und vielen Dank für Ihre Offenheit. Aber würden Sie mir bitte sagen, warum Sie, wenn es doch Ihr Lebenstraum ist, eine vornehme Dame mit Schmuck im Haar zu sein, in der Tremont Street in schmutzigen Turnschuhen und einem schlampigen Kopftuch herumlaufen? Das gehört doch sicher nicht zu Ihrem Traum?«

Mrs. Sorpende wurde rot. »Nein, das war nur ein Versuch, mich zu schützen. Da die Entfernung zwischen Ihrem Haus und der Teestube so gering ist, habe ich befürchtet, daß man mich erkennen könnte. Ich weiß, daß es eine schrecklich primitive Verkleidung ist, aber sie ist einfach zu bewerkstelligen und hat mich nichts gekostet. Meine Mittel sind sehr beschränkt, wie Sie inzwischen selbst wissen. Ich hatte gehofft, daß es mir gelingen würde, weiterhin meine beiden Rollen spielen zu können, so daß ich noch ein paar Wochen hier leben könnte. Sicherlich finden Sie dieses ganze Theater absurd, aber Illusionen sind seit langer Zeit Teil meines Lebens. Ich kann Sie nur bitten, das zu verstehen.«

»Ich verstehe Sie durchaus, aber wollen Sie nicht einmal versuchen, zur Abwechslung ein wenig in der Realität zu leben? Ich schlage vor, Sie werfen diese grauenhaften Turnschuhe weg und ziehen sich so an, wie es Ihnen gefällt. Wenn irgend jemand aus diesem Haus zufällig von den Teeblättern erfährt, sagen Sie ihm einfach, es wäre Ihr Hobby. Wenn man Sie fragt, ob ich davon weiß, sagen Sie einfach ja; vielleicht werde ich Sie eines Tages darum bitten, mir dort auch eine Arbeit zu besorgen. Ach so, noch etwas. Haben Sie eigentlich Vangie Bodkin jemals getroffen?«

»Ist das ihr Vorname? Nein, es war nur so ein Name, der mir vom Gesellschaftsteil der Zeitung im Gedächtnis geblieben ist. Das ist meine Pflichtlektüre, müssen Sie wissen.«

»Vielleicht sollten Sie damit anfangen, auch die Todesanzeigen zu lesen«, schlug Sarah freundlich vor, »es scheint ganz so, als ob

Mrs. Bodkin schon seit einiger Zeit tot ist. Ich glaube, da draußen hält gerade Miss Hartlers Wagen vor dem Eingang. Gute Nacht, Mrs. Sorpende.«

Kapitel 21

Miss Hartler befand sich in einer Stimmung, die zwischen überwältigender Dankbarkeit all den vielen Menschen gegenüber, die gekommen waren, um von ihrem geliebten Wumps Abschied zu nehmen, und überwältigender Trauer wegen der morgigen Beerdigung hin und her schwankte. Charles holte sie ins Haus und flößte ihr genug Brandy ein, bis sie sich wieder etwas beruhigt hatte, so daß Sarah und Mariposa sie schließlich ins Bett bringen konnten.

»Gott sei Dank, das wäre geschafft«, seufzte die erschöpfte Pensionswirtin. »Ist Mr. Bittersohn vielleicht zufällig durch die Hintertür ins Haus gekommen?«

»Nein, Madam«, sagte Charles. »Der Herr ist noch nicht zurück.«

»Dann lassen wir besser das Eingangslicht an und schieben noch keinen Riegel vor.«

»Es ist viel wahrscheinlicher, daß Mr. Bittersohn durch die Hintertür kommt, Madam. Wie Sie sich vielleicht erinnern, haben Sie ihm die Schlüssel für die Kellertür gegeben, weil er so unregelmäßige Arbeitszeiten hat.«

»Ach ja, da haben Sie recht. Dann schalten Sie die Lampen an der Hintertür ein, damit er nicht über die Mülltonnen fällt, und jetzt marsch ins Bett mit euch beiden. Früher oder später wird er schon kommen.«

Aber Mr. Bittersohn tauchte nicht auf. Mariposa berichtete am nächsten Morgen vor dem Frühstück, daß sein Bett noch unberührt sei.

»Vielleicht hat er ja auch woanders geschlafen, was?« sagte sie mit einem unschuldigen Lächeln.

»Bringen Sie bitte Miss Hartler das pochierte Ei«, sagte Sarah verärgert. »Und dann hören Sie auf, schmutzigen Gedanken nachzuhängen, und wenden sich lieber dem Geschirr zu. Wenn das Stück Ihrer Nichte um elf anfängt, sollten Sie spätestens gegen zehn das Haus verlassen haben. Die U-Bahn könnte ja immerhin wieder aufgehalten werden.«

Sie hatte ihren treuen Verbündeten nichts von den zu erwartenden Menschenmassen erzählt und wollte auch nicht mit den Vorbereitungen anfangen, bevor Mariposa fort war, weil sie befürchtete, daß ihre Helferin es sich anders überlegen und bleiben würde und somit das große Familienereignis verpassen würde. So viel gab es eigentlich gar nicht zu tun. Das Haus war sauber, sie hatte genügend Cracker und Knabberzeug vorrätig und außerdem eine ganze Kiste Sherry, den sie zu einem Sonderpreis von einem Freund von Charles bekommen hatte, der angeblich auf völlig legale Weise an diesen Vorrat gekommen war.

Onkel Jem, Dolph und der unschätzbare Egbert hatten alle zugesagt, ihr zur Hand zu gehen, und sie war relativ zuversichtlich, daß auch Mr. Bittersohn sein Wort halten und ihr den versprochenen Mitarbeiter schicken würde. Daran glaubte sie auch, als dieser um die Mittagszeit immer noch nicht eingetroffen war und Miss Hartler aus ihrem Zimmer wankte, ganz in muffiges Schwarz gehüllt, und mit zitternder Stimme verkündete: »Marguerite müßte jeden Moment hier sein. Sind Sie denn noch nicht fertig, Sarah, Liebes?«

»Wie kommen Sie denn darauf, daß ich mit Ihnen komme, Miss Hartler? Wie soll ich das denn schaffen? Einer von uns muß doch hierbleiben und alles vorbereiten für die vielen Leute, die Sie eingeladen haben.«

»Aber sicher können doch Ihre Dienstboten –«

»Die haben heute ihren freien Tag. Ist das nicht Ihr Auto da draußen?«

Die Beerdigung sollte um ein Uhr stattfinden. Um halb eins, als Sarah gerade eine Tasse Tee trinken wollte und darüber nachdachte, wie sie sich bloß wieder in eine solche Situation gebracht hatte, schellte es. Das war bestimmt die Person, die Mr. Bittersohn geschickt hatte. Sie ging recht neugierig zur Tür.

Aus irgendeinem Grund hatte sie wohl einen Mann mit kantigem Kinn und einem Trenchcoat mit hochgestelltem Kragen und zusammengeknotetem Gürtel erwartet. Statt dessen stand sie einer älteren Dame in einem schieferblauen Mantel mit kleinem grauen Nerzkragen gegenüber, die einen blauen Velourhut trug, der ihr keck auf dem frisch frisierten silbergrauen Haar saß. Die

Frau war nicht größer als Sarah. Als Sarah sie genauer ansah, kam sie ihr irgendwie bekannt vor. Auf einmal ging ihr ein Licht auf.

»Na so was! Miss Smith! Was für eine nette Überraschung, und wie hübsch Sie aussehen. Kommen Sie doch bitte herein.«

»Geben Sie es ruhig zu, Sie haben mich auf den ersten Blick nicht erkannt, oder? Mr. Bittersohn meinte, das wäre die beste Tarnung, die es für mich gibt. Tut mir leid, daß ich kein Schwarz trage, wo es doch ein Begräbnis ist, aber das sind die einzigen guten Sachen, die ich besitze, und ich wollte nicht, daß Sie sich vor allen Leuten schämen, so wie das erste Mal.«

Sie zog den Mantel aus und enthüllte ein ebenfalls schieferblaues Hemdblusenkleid mit gefälteltem Oberteil, das vorne eine Reihe winziger, mit Stoff überzogener Knöpfchen aufwies. »Gefällt Ihnen das Kleid? Ich habe es zum Personalrabatt bei unserem Räumungsverkauf gekauft. Hab' mir gedacht, wenn ich schon etwas kaufe, dann muß es auch etwas Gutes sein, weil ich ja nicht wußte, ob ich mir je noch eins würde leisten können. Er hat mir Geld für die Reinigung und für den Friseur gegeben. So ein netter junger Mann. Seine Mutter ist bestimmt sehr stolz auf ihn.«

»Also, soviel ich weiß, ist sie eher enttäuscht, daß er kein Fußpfleger geworden ist«, sagte Sarah. »Ihr Kleid ist wirklich wunderschön. Ich wünschte mir, ich hätte auch so etwas Hübsches. Kann ich Ihnen etwas zu essen anbieten?«

»Also –«

»Mögen Sie mit in die Küche kommen? Ich war gerade dabei, mir selbst ein Häppchen zurechtzumachen.«

Während sie eine weitere Tasse und einen Teller herausholte, setzte sich Miss Smith auf einen Stuhl und seufzte begeistert aus tiefstem Herzensgrund. »Ach, das ist aber angenehm. Ich kann Ihnen gar nicht sagen, wie schön es ist, endlich mal wieder an einem richtigen Küchentisch zu sitzen. Nicht, daß wir im Altentreff keine ordentlichen Mahlzeiten bekommen, aber immer nur an Riesentischen, und jedesmal stößt einem irgend so ein komischer alter Kauz den Ellenbogen in die Rippen und will, daß man ihm das Ketchup rüberreicht. Nicht sehr gemütlich, wenn Sie wissen, was ich meine.«

»Das kann ich mir vorstellen. Trinken Sie Ihren Tee mit Milch und Zucker? Oder mögen Sie lieber Kaffee? Ich kann Ihnen ganz schnell einen machen.«

»Nein, Tee ist genau richtig, und ich habe mir angewöhnt, ihn nur mit Zucker zu trinken. Wir stibitzen immer diese kleinen Zuckertütchen aus den Schalen, wenn man uns die Gelegenheit dazu gibt. Das wissen die natürlich, aber sie tun so, als ob sie es nicht merken. Ja, in meinem Zimmer habe ich eine kleine Kochplatte, und ich habe auch Teebeutel und Zukker, aber keine Milch, weil sie mir doch nur sauer wird, und wer kann sich Milch heutzutage noch leisten? Aber Sie sollten mich nicht so bedienen. Ich bin zum Arbeiten hergekommen, und das werde ich auch tun, darauf können Sie sich verlassen. Mr. Bittersohn hat gesagt, ich soll außerdem die Augen offenhalten für den Fall, daß ich jemanden erkenne.«

»Keine Sorge, gleich wird es hier genug zu tun geben. Essen Sie nur in aller Ruhe Ihr Sandwich, solange Sie noch die Zeit dazu haben. Ich schneide uns rasch ein Stück Kuchen ab.«
Wie Sarah erwartet hatte, war Miss Smith ohne ihre Stoffschichten dünner, als gut für sie war.

Im Moment war sie jedoch überglücklich. »Das erinnert mich an die Zeit, als meine Mutter noch lebte. Nicht, daß wir so elegant gelebt hätten wie Sie, aber wir hatten eine hübsche Wohnung in einem dreistöckigen Haus drüben in der Savin Hill Road. Denken Sie bloß nicht, daß ich mein Leben lang so heruntergekommen gelebt habe.«

»So wirken Sie jetzt auch nicht«, versicherte Sarah. »Dazu haben Sie viel zu viel Energie.«

Sie war zu der Überzeugung gekommen, daß Miss Smith ein ganzes Stück jünger war, als sie in ihrer Arbeitskleidung aussah, wahrscheinlich war sie nicht älter als Ende 60. Sie hatte auf ihr wettergegerbtes Gesicht etwas Make-up aufgetragen, das sicher aus einem wohlgehüteten Vorrat stammte, die Lippen waren dezent blaßrosa geschminkt, und sie trug sogar einen Hauch blauen Lidschatten, der die etwas verblaßte Farbe ihrer Augen besonders hübsch betonte. Ein oder zwei kleine goldene Schmuckstücke, die zweifellos ihrer Mutter oder Großmutter gehört hatten, brachten ihr geschmackvolles Kleid, das ihr wie angegossen paßte, noch besser zur Geltung. Mit Sicherheit würde sie an diesem Nachmittag zu den bestangezogenen Personen gehören. Ihre Manieren waren weitaus besser als die von Professor Ormsby, ihre Konversation interessanter als die von Mr. Porter-Smith und bedeutend geistreicher als die von Miss LaValliere. Wenn sie doch bloß auch Geld hätte!

Es schellte wieder. Sarah entschuldigte sich.

»Essen Sie ruhig weiter. Es ist sicher noch jemand von meiner Truppe.«

Onkel Jem und sein leidgeprüftes Faktotum standen vor der Tür, beide als Kellner herausgeputzt. Jeremy Kelling trug eine dicke Kette um den Hals mit dem Emblem einer der verrufenen Zech- und Schlemmergesellschaften, denen er angehörte, und verkündete, er werde den Mundschenk spielen und sich um den Wein kümmern. Dolph rauschte herein, als sie gerade die Mäntel ablegten, und verlangte zu wissen, was für einen Unsinn der alte Esel an diesem Tag der Trauer wohl vorhabe. Jem zahlte es ihm sofort mit der Bemerkung heim, daß jeder Tag, an dem Dolph auftauchte, automatisch ein Tag der Trauer sei. Sarah überließ die beiden ihrem gewohnten Austausch von Nettigkeiten und ging zurück zu Miss Smith.

»Mein Onkel und mein Cousin sind gerade angekommen, zusammen mit Egbert, dem Kammerdiener meines Onkels. Wenn Sie sicher sind, daß Sie auch wirklich genug gegessen haben, können Sie ja mitkommen und sich für das Schlimmste wappnen.«

Miss Smith strich sich noch kurz nervös über die makellose Frisur, wusch sich die Hände über der Spüle, frischte ihren Lippenstift auf und folgte Sarah in die Bibliothek.

»Miss Mary Smith, darf ich Ihnen meinen Onkel Jeremy Kelling, meinen Cousin Dolph Kelling und Mr. Egbert Browne vorstellen, der als einziger von uns allen völlig normal ist?«

Alle beteuerten, es sei ihnen sehr angenehm, die Bekanntschaft des anderen zu machen. Als Dolph ihre Hand schüttelte, sagte er: »Mary Smith, ja? Ich glaube, den Namen habe ich schon einmal irgendwo gehört. Kann es sein, daß wir uns bereits kennen?«

»Ich habe zumindest eine Ihrer Reden gehört«, erwiderte Mary Smith, die sich nicht sicher war, ob Dolph es ernst meinte oder nur versuchte, einen Witz zu machen, was aber durchaus nicht der Fall war. »Sie haben vor kurzem vor einer Gruppe gesprochen, bei den Senioren von North End.«

»Mhm ja, stimmt. Und Sie waren auch da? So ein Zufall.«

»Ich fand, daß Sie einige sehr interessante Punkte erwähnt haben, was die Bedürfnisse von Senioren angeht. Aber es war schade, daß Sie ein Thema überhaupt nicht angesprochen haben.

Was die Stadt nämlich wirklich braucht, ist eine Reihe von Recycling-Depots, wo die Leute Altpapier, Leergut und Konservendosen hinbringen können, und auch all die anderen Sachen, die sie so aufsammeln, und wo man ihnen vielleicht ein bißchen Geld für ihre Mühe gibt. Das würde sich positiv auf das Abfallproblem auswirken, der Vermehrung von Ratten und anderem Ungeziefer entgegenwirken, dem Umweltschutz dienen und alten und benachteiligten Menschen ein wenig Taschengeld einbringen.«

»Meine Güte, was für eine hervorragende Idee! Und das Zeug, das die Leute sammeln, könnte man an Recycling-Firmen verkaufen; über kurz oder lang würde sich die ganze Geschichte wenigstens zum Teil schon selbst finanzieren.«

»Das denke ich auch. Aber man braucht dazu wohl einen dikken Batzen Startkapital, damit alles richtig ins Rollen kommt. Und jemanden mit sehr viel Energie und sehr viel Gemeinsinn.«

»Und Know-how.«

Dolph hatte diesen Ausdruck erst vor kurzem kennengelernt und benutzte ihn jetzt viel zu häufig. Jeremy Kelling begann, unhöfliche Laute von sich zu geben, aber Sarah schob ihn brutal weg.

»Onkel Jem«, zischte sie ihm ins Ohr. »Wenn du wagen solltest, irgend etwas Gemeines über Miss Smiths Vorschlag zu sagen, breche ich dir das Genick. Komm lieber mit, und hilf mir, die Gläser zu füllen.«

In Wirklichkeit war er alles andere als hilfreich, er schüttelte bloß die großen Flaschen hin und her, schnaubte, als er die Etiketten las, und heulte »Billiges Gesöff! Schlechter Fusel!« und ähnliche Kennerausdrücke. Trotzdem schafften sie es schließlich, ein paar Tabletts vorzubereiten, und Sarah konnte damit anfangen, ihre Streitkräfte zu stationieren.

»Dolph, du bist der Stärkste und Stämmigste. Du fungierst als unser Türsteher. Wenn du den Verdacht hast, daß irgend jemand versucht, hier uneingeladen einzudringen, mach ihm bitte klar, daß es sich um eine Privatfeier handelt, zu der nur Familienmitglieder und die engsten Freunde eingeladen sind. Wenn es auf die diplomatische Art nicht klappt, kannst du ruhig unhöflich und rabiat werden. Miss Smith, Sie halten sich im Eßzimmer auf und sagen mir sofort Bescheid, wenn das Essen ausgeht. Und achten Sie bitte ein bißchen auf das Tafelsilber. Vor ein paar Tagen noch habe ich eine von Mr. Hartlers Besucherinnen dabei erwischt, wie sie versuchte, eine meiner Coalport-Vasen mitgehen zu lassen. Egbert, Sie reichen die Sachen herum.«

»Was geschieht mit den Mänteln, Mrs. Kelling?«

»Ermutigen Sie die Leute erst gar nicht, sie auszuziehen, dann bleiben sie auch nicht so lange. Wenn es sein muß, können Sie die Sachen auf Miss Hartlers Bett werfen. Onkel Jem, du bleibst hier beim Sherry und gibst ihnen das Gefühl, daß du höchstpersönlich dafür bezahlt hast. Zügle deine angeborene Großzügigkeit. Wir müssen diese Versammlung hier so schnell wie möglich wieder sprengen. Ich spiele das Mädchen für alles.«

»Ich hatte angenommen, Mr. Bittersohn würde auch kommen«, sagte Miss Smith.

»Ich auch«, erwiderte Sarah reichlich beunruhigt. »Wir müssen es eben ohne ihn schaffen.«

Sie schafften es tatsächlich. Egbert und Miss Smith waren überwältigend. Jeremy Kelling bemühte sich redlich beim Ausschenken der Getränke und zeigte großes Geschick im Austeilen von Beleidigungen, sobald jemand versuchte, mehr zu bekommen, als ihm zustand. Dolphs massige Gestalt und seine hochfahrende Art genügten, um diejenigen abzuschrecken, die nicht eingeladen waren, und wirkten sogar ab und zu bei einigen der Eingeladenen. Es kamen zwar Unmengen von Leuten, wie sie auch erwartet hatten, aber sie hatten alles gut im Griff.

Gegen halb fünf war das Haus wieder so gut wie leer. Tante Marguerite sprach davon, die Limousine kommen zu lassen, und Miss Hartler besänftigte ihre Nerven mit einem Glas Preiselbeersaft. Jetzt endlich erschien Mr. Bittersohn.

Kapitel 22

Max Bittersohn war nicht allein gekommen. Er hatte eine große Frau mitgebracht, die einen Strickmantel in leuchtendem Lindgrün und eine gehäkelte hellgrüne Schottenmütze trug. Sie hatte ein freundliches Gesicht, und in ihren Augen glänzten Tränen des Mitgefühls. Sie eilte auf Miss Hartler zu und nahm sie herzlich in ihre kräftigen Arme.

»Ach, Sie arme, arme Frau! Wo Sie ihn doch so geliebt haben und ihn immer so treu besucht und stets Ihr Bestes versucht haben, und dann ist er Ihnen einfach weggelaufen, und jetzt liegt er im Sarg, Gott hab ihn selig.«

Miss Hartler versuchte verzweifelt, sich zu befreien. »Lassen Sie mich los! Wer sind Sie überhaupt? Ich kenne Sie ja gar nicht!«

Die Frau lockerte ihre Umarmung, trat zurück und schüttelte einige Male heftig ihre Schottenmütze. »Es hat sie ganz wirr im Kopf gemacht, das ist es wohl. Genauso ist es meiner Mutter auch ergangen, als sie gehört hat, daß die Leiter zusammengebrochen ist, und Dad war fast völlig oben mit seiner ganzen Ladung Backsteine. Möge er ruhen in Frieden! Ich bin doch Mrs. Feeley, Miss Green. Sie erinnern sich bestimmt an mich. Ich hab' mich doch die letzten zwei Monate um Ihren Bruder gekümmert. Es war nicht grade leicht, das kann ich Ihnen sagen, immer das Gerede von seinem Iolani-Palast und warum ich ihm nicht die 62 Stühle besorge, um die er mich gebeten hat. Aber er war glücklich mit all seinen vielen Ideen, und es war schrecklich, daß er so umgekommen ist.«

»Ich bin nicht Miss Green! Ich kenne gar keine Miss Green!«

»Wenn Sie sie nicht kennen, wer soll sie dann kennen? Beruhigen Sie sich doch erst mal. Wenn es jemals eine Schwester gegeben hat, die sich keine Vorwürfe zu machen braucht, dann sind Sie das. Sie haben ihm doch seine Suppe in der Tragetasche auch noch gebracht, als er sich in den Kopf gesetzt hatte, daß man ihn vergiften wollte, und jeder konnte doch sehen, daß Sie beide was Besseres gewöhnt waren. Und ich habe nichts falsch gemacht, und ich will Ihnen auch nichts, das wissen Sie. Aber als ich das Bild in der Zeitung gesehen habe, da sach' ich zu meinem Mann: ›Phil‹, sach' ich, ›die haben 'nen schrecklichen Fehler gemacht. Das ist nicht Mr. Hartler, das ist unser Mr. Green. Am besten, ich gehe sofort zur Polizei.‹

Und Phil sagt: ›Halt dich da man bloß raus, Theresa. Als erstes fragen die uns dann, ob wir überhaupt 'ne Lizenz fürs Vermieten haben, und wir haben keine.‹ Also bin ich nicht gegangen, obwohl der Herrgott allein weiß, daß keiner Mr. Green hätte besser versorgen können als wir, und das wissen Sie auch, Miss Green. Und wir bekommen noch für drei Tage Geld für ihn, nicht, daß ich so eine wäre, Sie jetzt danach zu fragen.«

»Die Frau ist völlig von Sinnen«, beteuerte Miss Hartler. »Oder sie versucht mit allen Mitteln, in die Zeitung zu kommen oder unter Vorspiegelung falscher Tatsachen Geld von mir zu bekommen.«

»Theresa Feeley ist grundehrlich«, sagte eine Stimme von der Eßzimmertür her, »wir sind alte Bekannte aus Dorchester.«

»Mary Smith!«

Mrs. Feeley wirbelte herum und erstickte die kleine Frau beinahe in ihren Fluten aus Selbstgestricktem. »Wenn das man keine Überraschung ist! Laß dich anschaun! Nein, was für ein schönes Kleid, und eine Frisur, mit der du dich sogar vor der Königin von England nicht zu schämen brauchst, und hier zwischen all deinen vornehmen Freunden. Kein Wunder, daß du keine Zeit mehr hast für alte Nachbarn wie uns.«

»Theresa, du weißt genau, daß ich für euch immer Zeit hatte. Bloß daß – na ja, das ist eine lange Geschichte.«

»Ah, und wer könnte sie besser erzählen als du. Hast schon immer so gut erzählen gekonnt. Wie oft hab' ich zu Phil gesagt, Phil, sieh dir bloß mal die Mary Smith an, hab' ich gesagt, die wird es noch weit bringen. Und immer bescheiden, immer so nett –«

»Theresa, darüber können wir ein andermal sprechen. Im Moment wollten die Leute hier bestimmt lieber alles über Mr. Hartler erfahren. Das war sein richtiger Name, nicht Green.«

»Aha, jetzt verstehe ich. Die Schwester hat zu mir Green gesagt, weil sie nicht wollte, daß ihre vornehmen Freunde erfahren, daß er nicht mehr ganz richtig im Kopf ist, so war das, aber wer kann ihr das schon verdenken, das hätten viele andere genauso gemacht. Auf jeden Fall, wer er auch war, wir haben ihm das große Schlafzimmer gegeben, das nach hinten rausgeht und wo die Sonne immer reinscheint, und da war er auch meistens, hat über seinen Büchern und Bildern gesessen und gebrabbelt und sich eingeredet, er schreibt Briefe an wichtige Leute, dabei konnte er nur krakeln wie 'n zweijähriges Kind, der arme Kerl. Kritzeleien auf Papier, mehr war das nicht.

Und fast jeden Tag, wenn es dunkel wurde, dann ist die Schwester gekommen. Zur Abendbrotzeit oder manchmal auch ein bißchen später, und hat ihm was zu essen gebracht, was er mochte, meistens Hamburger und Eis. Er ist immer dünner geworden, weil er nicht essen wollte, und sie hat versucht, ihn aufzupäppeln, verstehn Sie. Und wenn er gegessen hatte, ist sie immer ein bißchen mit ihm draußen spazieren gegangen, bloß die Straße runter und wieder rauf. Meistens waren sie zehn Minuten weg, dann kamen sie zurück, und dann ging sie.

Aber in der Nacht, als er gestorben ist, da ist sie schließlich mutterseelenallein zurückgekommen. ›Er ist mir weggelaufen‹, hat sie gesagt, ›er hat mich niedergeschlagen und ist fort, das hätte ich nie von ihm erwartet. Jetzt sucht die Polizei nach ihm, aber sie sagen, daß er nicht mehr hierher zurück kann. Sie bringen ihn irgendwo hin, wo Gitter an den Fenstern sind und Schlösser an den Türen, darum müssen wir jetzt seine Sachen packen und ein Taxi rufen.‹ Das haben wir dann auch gemacht, und seitdem hab' ich sie bis gerade eben nicht mehr gesehen.«

»Das ist eine Lüge!« schrie Joanna Hartler.

»Es ist die reine Wahrheit, und ich will auf der Stelle tot umfallen, wenn es nicht stimmt. Und sie hat auch vergessen, uns die drei Tage zu bezahlen, die noch ausstehen. Ich hab' nichts gesagt, weil ich gedacht hab', sie erinnert sich schon noch dran, wenn er erst mal in Sicherheit ist, und jetzt sagt sie mir mitten ins Gesicht, daß ich 'ne Lügnerin bin, was weiß Gott nicht stimmt, Mary hier kann Ihnen das bestätigen.«

»Wer könnte uns denn sonst noch helfen?« fragte Bittersohn. »Gibt es zum Beispiel jemanden, der gesehen hat, wie Miss Hartler Ihr Haus betreten oder verlassen hat?«

»Klar. Da ist Phil, mein Mann, und mein Sohn Mike und meine Schwiegertochter Rita und dann noch die Leute aus unsrer

Straße, da bin ich sicher, die sind alle so neugierig. Und dann auch noch mein Enkel Kevin, der mal Zeitungsfotograf werden will, und der hat ein paar schöne Bilder gemacht, ohne daß sie es gemerkt haben. Hier, gucken Sie nur.«

Mrs. Feeley hatte einen Sinn für das Dramatische. Aus den Tiefen ihres Schnürbeutels, der genau zu der Schottenmütze paßte, beförderte sie ein Bündel Fotos. Darauf konnte man die Hartlers bei verschiedenen Gelegenheiten sehen: William, schreibend an seinem Schreibtisch, in einem Zimmer, an dem über dem Bett ein Kruzifix an der Wand hing; Joanna, wie sie gerade in langen Hosen, einem langen Tweedmantel, mit wehendem Schal und einem Barett, das aussah wie ein Sofakissen, eine Holztreppe heraufstieg und in der Hand eine altmodische Tasche trug; und beide Hartlers Arm in Arm unter einer Straßenlaterne mit einem Schild, auf dem mit großen Buchstaben Busse zur Columbia Station geschrieben stand.

»Siehst du, Mary«, sagte sie und zeigte sie Miss Smith, »das sind sie. Völlig eindeutig.«

»Aber das ist doch der Mann von der U-Bahn«, rief Miss Smith. »Der Mann, der Mr. Quiffen unter den Zug gestoßen hat. Jetzt erinnere ich mich wieder. Ich habe ihn die Stufen herunterkommen sehen und bemerkt, daß er Schuhe mit ganz hohen Absätzen anhatte. Es sah so merkwürdig aus bei einem Mann in seinem Alter.«

»Sind Sie sicher?« sagte Bittersohn scharf.

»Ganz sicher. Wenigstens weiß ich genau, daß er da war, als es passiert ist.«

»Und wann war das?« fragte Mrs. Feeley.

»Etwa um Viertel vor fünf nachmittags, am 14. Januar, an der Haymarket-Station. In der Zeitung stand, er wäre gesprungen oder gefallen, aber man hat ihn gestoßen, und ich bin bereit zu beschwören, daß ihm dieser Mann hier einen Stoß gegeben hat.«

»Mary, Liebes, ich will dich keineswegs der Lüge bezichtigen, aber du mußt wissen, Liebste, er kann es nicht gewesen sein. Ich will damit nicht sagen, daß er es nicht hätte tun können. Ein Mann in seinem Zustand, wer weiß da schon, wozu solche Menschen fähig sind, wenn es sie überkommt. Ich sage nicht, daß er dazu nicht fähig war, denn immerhin hat man den armen Kerl ja auch mit eingeschlagenem Kopf im Public Garden gefunden, wo ich glatt geschworen hätte, daß er es ohne fremde Hilfe nicht mal allein zur Toilette geschafft hätte, wenn deine Freunde es mir nicht übelnehmen, daß ich so frei darüber spreche, und noch viel weniger zur Haymarket-Station. Aber ich sage trotzdem, daß er es nicht war, weil wir ihn ja nie allein aus dem Haus gelassen haben. Die Schwester hat das so gewollt, und daran haben wir uns gehalten. Entweder Phil oder ich waren immer zur Stelle, um ihn keinen Moment aus den Augen zu lassen, wo Phil jetzt pensioniert ist, aber das weißt du sicher noch gar nicht. Du kannst aber Mrs. O'Rourke vom Erdgeschoß fragen, wenn du mir nicht glaubst, weil die immer genau aufpaßt, wer wann aus dem Haus geht.«

Während sie noch sprach, hatte Bittersohn die Fotos genommen und gab sie wortlos an Sarah weiter. »Einen Augenblick«, unterbrach Sarah sie, nachdem sie kurze Zeit verwirrt die Bilder betrachtet hatte. »Das ist doch gar nicht Mr. Hartler. Ich meine, er sieht zwar so aus, aber es scheint eher so, als – als ob er und Miss Hartler die Kleidung getauscht –«

»Und genau das haben Sie auch getan, nicht wahr, Miss Hartler?« fragte Bittersohn. »Die ganze Zeit, während Ihr Bruder angeblich hier wohnte, haben Sie sich für ihn ausgegeben.«

»Sie sind ja wahnsinnig! Wie hätte ich denn das machen sollen?«

»Das scheint mir nicht allzu schwer zu sein. Zuerst einmal hat hier keiner außer Mrs. Kelling Ihren Bruder gekannt, und sie kannte ihn auch nur flüchtig. Sie müssen ungefähr gleich groß gewesen sein, wenn er seine Schuhe mit den hohen Absätzen nicht trug.«

»Das stimmt«, warf Mrs. Feeley ein. »Er ist richtig klein gewesen, wenn er seinen Morgenrock anhatte, aber er hat immer diese komischen Schuhe getragen, wenn sie zusammen ausgegangen sind. Ohne die Dinger wollte er nie nach draußen. Ich hab' mal gewagt, sie selbst zu fragen, warum sie denn keine Absätze trägt wie ihr Bruder, da hat sie zu mir gesagt: ›Wumps würde das nicht billigen‹, hat sie gesagt, ›er muß größer sein als ich, weil er doch das Familienoberhaupt ist.‹ Sie hat ihn immer Wumps genannt, fragen Sie mich bloß nicht, wieso, ich hab' auch noch nie einen komischeren Namen für 'nen erwachsenen Mann gehört. Und ihre Stimmen sind auch sehr ähnlich gewesen, bloß daß er viel schneller und lauter gesprochen hat und sie immer ganz leise und jammernd, wie jetzt auch, wenn sie nicht grade herumkreischt, nicht daß ich es ihr verdenke, an ihrer Stelle würde ich bestimmt dasselbe tun, Gott bewahr mich davor. Und sie hätte sich was in die Backen und in die Kleider stopfen können, wie das die Filmstars im Fernsehen immer machen, so daß sie dicker ausschaute, obwohl sie sich von Gesicht nicht so ähnlich sahen, daß man sie nicht hätte auseinanderhalten können, wenn man sie zusammen gesehen hat.«

»Darum hat sie auch sein Gesicht entstellen müssen, nachdem sie ihn umgebracht hat«, sagte Bittersohn. »Und was den Mord an Quiffen betrifft, da brauchte sie sich nur den Mantel ihres Bruders und seine Schuhe zu borgen. Er hatte doch sicher mehr von diesen Schuhen, nicht wahr, Mrs. Feeley?«

»Acht oder neun Paar, und alles Spezialanfertigungen. Er muß mal sehr fesch gewesen sein, als er noch jünger war. Und einmal hat sie den Mantel in die Reinigung gebracht, da kann ich mich noch dran erinnern, weil sie gesagt hat, daß sie ihm ein Eis gekauft hat und er die ganze Schokoladensauce vorn über den Mantel gekleckert hat, was ich aber selbst nicht gesehen habe, weil sie ihn zusammengefaltet über den Arm getragen hat, als sie ging.«

»Das ist doch völlig absurd«, beteuerte Miss Hartler, und ihr Gesicht sah noch weißer und spitzer aus als sonst. »Ich habe Wumps verehrt! Und diesen – Quiffen habe ich nie gekannt.«

»Jetzt hör aber auf, Joanna«, schaltete sich Iris Pendragon ein. »Du warst doch völlig sicher, daß du den alten Barney an der Angel hattest, das muß so 30, 40 Jahre her sein, aber er ist dir wieder entwischt. Ein ekelhafter kleiner Kerl war das. Ich habe nie richtig verstehen können, was du an dem gefunden hast, außer vielleicht daß er Geld hatte, dabei hattest du doch selbst schon mehr als genug.«

Das gab Miss Hartler den Rest. »Das stimmt überhaupt nicht! Jeder Penny hat Wumps gehört, und er hat mir nur ab und zu gnädig ein paar Dollar davon abgegeben, als wenn er der große Wohltäter und ich das arme Waisenkind wäre. Und dann ist er immer verrückter geworden und hat Tausende für das Zeug aus diesem Iolani-Palast verschleudert, das keiner haben wollte. Und für mich wäre nichts übriggeblieben.«

»Sie hätten doch nur vor Gericht gehen und ihn für unzurechnungsfähig erklären lassen brauchen«, protestierte Dolph. »Dann wären Sie als sein Vormund eingesetzt worden, so habe ich das bei Onkel Fred auch gemacht.«

»Ja, Dolph, und dann durften Sie für den alten Trottel bis zu seinem Lebensende Kindermädchen spielen, oder etwa nicht? Bloß weil Sie so dumm waren, brauchen Sie nicht zu denken, daß es andere auch sind. Ich habe Wumps einmal gesagt, daß ich ihn umbringen würde, wenn ich die Möglichkeit dazu hätte, und als es soweit war, habe ich es auch getan, und keiner kann von mir erwarten, daß es mir leid tut. Ich bereue nur, daß ich Wumps nicht schon vor 40 Jahren umgebracht habe. Und außerdem müssen Sie alle gerechterweise zugeben, daß ich doch wirklich ein schönes Begräbnis für ihn arrangiert habe.«

Kapitel 23

Die Verhaftung ging nicht ohne Schwierigkeiten über die Bühne. Miss Hartler hatte nicht die Absicht, sich einfach sang- und klanglos abführen zu lassen, nachdem sie endlich das Gefühl der Macht kennengelernt hatte, und Sergeant McNaughton war ein Gentleman und hatte seine Skrupel.

Miss Mary Smith hatte jedoch keine. Sie führte einen außerordentlich geschickten Polizeigriff an Miss Hartler vor und rief Sarah zu: »Holen Sie schnell eine Decke und einen Strick!« Als der Polizeiwagen eintraf, war die Gefangene bereits völlig unter Kontrolle.

Als Tante Marguerite endlich verstanden hatte, daß Sergeant McNaughton nicht etwa in Windeseile als Retter in der Not herbeigeeilt war, sondern schon die ganze Zeit im Flur auf der Lauer gelegen hatte, bereit, auf ein Zeichen von Max Bittersohn sofort einzugreifen, und daß der Sergeant ein verheirateter Mann und Vater von fünf Kindern war und keinerlei Interesse an Parties in Newport verspürte, begann sie zu gähnen.

»Also, Sarah, wenn du außer diesem scheußlichen Sherry nichts im Haus hast, dann fahren wir lieber wieder zurück zum Hotel. Natürlich war es ganz reizend von dir, daß du uns bewirtet hast, und ich muß zugeben, daß der Nachmittag viel interessanter war, als ich erwartet hatte. Da hat also Joanna tatsächlich den alten Wumps umgebracht. Schade, daß es nicht umgekehrt war. Einen zusätzlichen Mann kann man immer gut brauchen, auch wenn er ein bißchen plemplem ist. Iris, erinnerst du dich vielleicht zufällig, wo ich meine Handschuhe gelassen habe?«

Mrs. Feeley fuhr mit Sergeant McNaughton weg, um ihre Aussage zu Protokoll zu geben und das Beweismaterial vorzulegen, das ihr Enkel netterweise zur Verfügung gestellt hatte. Die wenigen Gaffer am Spielfeldrand nahmen sich Jeremy Kellings Wink mit dem Zaunpfahl zu Herzen, daß der Spaß jetzt endgültig vorbei sei. Als Sarahs Pensionsgäste allmählich wieder einer nach dem anderen eintrudelten, stapelte sich bereits das schmutzige Geschirr in der Spüle, die Aschenbecher waren geleert und die Fenster standen weit offen. Obwohl es ziemlich kalt war, hatten alle das Bedürfnis nach frischer Luft.

»Miss Smith, Sie bleiben doch zum Essen hier, nicht?« bat Sarah.

»Ähem, hmph.« Dolph räusperte sich geräuschvoll. »Ich hatte gehofft, ich könnte Miss Smith dazu bewegen, mich zum Abendessen ins Ritz zu begleiten. Ihr Recycling-Vorschlag verdient es, ausgiebig diskutiert zu werden. Ausgiebig.«

»Mein Gott«, keuchte Onkel Jem, »daß ich das noch erleben darf!«

»Ach, zum Teufel, ich bin doch schließlich auch nur ein Mensch, oder etwa nicht?« zischte sein Neffe. »Ich gebe zu, daß all die Jahre mit Tante Matilda jeden Mann dazu bringen könnten, sich für immer von Frauen abzuwenden, aber, verdammt nochmal, ich bin ja schließlich auch nur ein Mensch, oder?«

»Vielleicht bist du das tatsächlich«, erwiderte Jeremy Kelling, der völlig entgeistert diesen neuen Wesenszug in der Persönlichkeit des Mannes zur Kenntnis nahm, den er zu kennen geglaubt hatte und den er nicht besonders mochte. »Rasch zugegriffen, mein Junge. Je schneller, desto besser, das sage ich immer. Denk bloß daran, was die Frösche damals gemacht haben, kaum daß du ihnen den Rücken zugedreht hast.«

»Es tut mir wirklich leid, Miss Smith, aber die beiden liegen sich ständig in den Haaren«, erklärte Sarah und versuchte, ein hysterisches Lachen zu unterdrücken. »Dolph hat seine schlechten Seiten, und der schnellste ist er sonst auch nicht, aber er ist ehrlich, treu, zuverlässig und schrecklich reich.«

»Außerdem bin ich 67 Jahre alt und höllisch einsam, wenn das jemanden interessieren sollte«, fügte ihr Cousin ohne Bitterkeit hinzu. »Und das war der schönste Polizeigriff, den ich je im Leben gesehen habe. Wie wär's, Miss Smith? Haben Sie Lust, Ihre Recycling-Künste auszuprobieren und aus einem alten Froschjäger einen Märchenprinzen zu machen? Kein schlechtes Wortspiel, was? Na, kommen Sie, Sie sind eine Frau der Tat, riskieren Sie es. Würde es Sie sehr stören, wenn ich Mary zu Ihnen sagen würde?«

»Aber nein«, sagte Miss Smith nach kurzem Nachdenken. »Das würde mich nicht im geringsten stören.«

207

»Gott schütze euch, Kinder. Komm schon, Egbert, wir gehen nach Hause und mixen uns einen Riesenkrug Martinis«, säuselte Jeremy Kelling. »Sag mir auf jeden Fall Bescheid, Sarah, wenn du wieder mal ein Saufgelage nach einer Beerdigung gibst. Ich will es auf keinen Fall verpassen.«

»Du verstehst es wirklich, eine Frau aufzumuntern.« Sarah gab ihrem Onkel und Egbert einen liebevollen Kuß, der eine lebenslange Zuneigung ausdrückte. »Tausend Dank. Ohne euch hätte ich diesen Nachmittag nicht überstanden. Und natürlich auch nicht ohne Dolph – und – darf ich Sie auch Mary nennen?«

Sie umarmte ihre zukünftige Cousine. »Dolph braucht wirklich dringend eine Frau«, murmelte sie. »Der Himmel weiß, auf was Sie sich da einlassen, aber Sie werden doch keine kalten Füße bekommen, oder?«

»Das habe ich doch bisher auch nicht.« Miss Smith rückte sich den guten Velourhut auf ihrem hübsch gewellten Haar zurecht und schloß ihren kleinen Nerzkragen. »Dann nehme ich an, daß ich das Vergnügen habe, Sie bald wiederzusehen – Sarah.«

»Warum nicht schon sehr bald? Jetzt, wo ich wieder ein Zimmer frei habe, muß Dolph dafür sorgen, daß Sie hier wohnen können.«

»Verdammt gute Idee«, sagte Dolph. »Dann kannst du aufpassen, daß sie nicht weghüpft.«

»Oh, Dolph.« Plötzlich war Sarah etwas eingefallen. »Wo wir gerade von Aufpassen reden, hast du eine Ahnung, warum Barnwell Quiffen einen Detektiv auf dich angesetzt hatte?«

»Einen Detektiv? Tatsächlich?« Dolph lachte sich halbtot über diese Neuigkeit. »Warum zum Teufel hast du mir das nicht eher gesagt? Dann hätte ich meinen Spaß mit ihm haben können. Ich hätte mir einen falschen Schnurrbart kaufen können und wäre herumgehüpft in –«

»Froschteichen?« schlug Jeremy Kelling mit Unschuldsmiene vor. »Du bist mir ja verdammt viel herumgesprungen, du dicker Fettkloß. Sarah, woher weißt du das mit dem Detektiv? Warum hätte Quiffen so etwas machen sollen?«

»Weil er mich auf den Tod nicht ausstehen konnte«, erwiderte Dolph sofort, »hab' ihn doch aus dem Komitee für Sauberkeit im Boston Common geworfen. Mußte ich. Hat versucht, mir eins auszuwischen und ein Riesentrara gemacht, daß ich angeblich

Gelder veruntreut hätte, weil ich bei dieser verfluchten Schnapsidee von Onkel Fred nicht mitmachen wollte. Man soll die Toten ruhen lassen, weiß ich ja, und mir ist auch klar, daß Onkel Fred ein großer Mann war, aber, verdammt nochmal, er hat wirklich im Alter ziemlich seltsame Ideen gehabt. Ist bei Woolworth reingegangen und hat gesehen, daß ein paar Sittiche Windeln anhatten, und hat daraufhin 15 000 von den Dingern bestellt.«

»Von den Sittichen?«

»Nein, verdammt nochmal, von den Windeln. Wollt' er den Tauben anziehen.«

»Was?« schrie Sarah. »Dolph, willst du uns ernsthaft weismachen, daß Onkel Frederick allen Tauben im Boston Common Windeln anziehen wollte?«

»Hölle auch, natürlich nicht. Er selbst wollte sie ihnen nicht anziehen, das sollte ich machen. Und da war bei mir Schluß. Zum Teufel, ich hätte mir ja vielleicht noch ein paar Tonnen Popcorn schnappen und die verdammten Vögel fangen können, aber was dann? Müssen ja schließlich gewechselt werden, diese Windeln, oder? Und wer glaubt, daß ich den Rest meines Lebens im Common rumhängen will und irgendwelchen dämlichen Tauben den Hintern pudere, der sollte sich das besser nochmal überlegen, und das hab' ich auch dem Richter erzählt, als ich hingegangen bin, um Onkel Fred für unmündig erklären zu lassen. Und er hat mir zugestimmt«, fügte Dolph triumphierend hinzu.

»Aber Quiffen hat mir ständig mit diesen 15 000 Windeln in den Ohren gelegen, bis ich ihm gesagt habe, er soll seinen Mund halten und verschwinden. Seitdem hatte er mich auf dem Kieker. Wollte mir nicht persönlich unter die Augen kommen, deshalb hat er diesen Detektiv eingeschaltet. Ich hätte ihm schon gezeigt, daß mit mir nicht gut Kirschenessen ist. Darauf mußt du gefaßt sein, Mary. Mary Kelling. Klingt gut, was? Wo zum Teufel hast du bloß mein ganzes Leben lang gesteckt?«

Während Miss Smith sich ziemlich aufgeregt von Mr. Bittersohn verabschiedete und Mr. Bittersohn ihr anbot, zu ihrer Wohnung zu fahren und ihr beim Ausräumen des Zimmers zu helfen, das sie jetzt nicht mehr benötigte, betrat Mrs. Sorpende das Haus. Die beiden ehemaligen Stadtstreicherinnen tauschten zuerst erstaunte Blicke aus und lächelten sich dann freundlich an.

»Ich freue mich, daß wir offenbar dieselben Bekannten haben! Ich glaube nicht, daß wir einander schon vorgestellt worden sind, obwohl ich das Gefühl habe, Sie zu kennen. Ich heiße Theonia Sorpende.«

»Und ich bin Mary Smith.«

»Aber nicht mehr lange«, sagte Dolph stolz. »Komm schon, Mary. Verdammt nochmal, es ist immerhin ein wichtiges Ereignis. Ein Mann verlobt sich schließlich nicht jeden Tag.«

»Wenn du dich mit mir verloben willst, dann mußt du dir zuerst einmal deine Flüche abgewöhnen.« Mary Smith fing es richtig an.

Als sie gingen, verwandelte sich Mrs. Sorpendes charmantes Lächeln in ein höfliches, amüsiertes Zwinkern. »Ach herrjeh, offenbar habe ich ihm nichts weiter bedeutet, ich war nur ein Spielzeug für langweilige Stunden. Wie schön, daß sich die beiden gefunden haben! Miss Smith ist wirklich eine ausgeprägte Persönlichkeit.«

»Die muß sie auch sein, wenn sie Dolph heiraten will«, erwiderte Sarah. »Aber das Zusammenleben mit ihm kann wohl kaum schlimmer sein als das Herumwühlen in Abfalleimern.«

»Oh, dann wissen Sie also Bescheid?«

»Natürlich. Was meinen Sie wohl, wie ich die Sache mit Ihnen herausgefunden habe? Wir müssen alle versuchen, so gut wie möglich zu überleben, nicht wahr? Warum flitzen Sie nicht schnell nach oben und ziehen sich für das Abendessen um? Bitte seien Sie doch so lieb, und tragen Sie das hübsche Kleid mit dieser hinreißenden roten Mohnblüte, ja? Ich muß unbedingt zur Abwechslung etwas Farbenfrohes und Fröhliches sehen. Jetzt muß ich mich aber sputen. Ich bin Chefkoch und stellvertretender Tellerwäscher hier, falls Sie es noch nicht bemerkt haben, und wir sind mit dem Essen zu spät, und ich hoffe inständig, daß es Ihnen gelingen wird, Professor Ormsby davon abzuhalten, die Möbel anzuknabbern.«

Als sie in die Küche kam, war Mariposa in ihrem neuen purpurroten Kleid mit der Fuchsienborte gerade dabei, die Gläser auszuspülen, und sie war außer sich.

»Warum haben Sie mir nicht gesagt, daß die ganzen Leute heute mittag hierherkommen würden? Ich hätte doch hierbleiben können.«

»Das habe ich doch selbst nicht gewußt«, log Sarah. »Miss Hartler hat sie eingeladen, ohne mich zu fragen.«

»Die hat ja Nerven! Wo ist die alte Hexe überhaupt? Ich habe große Lust, der mal ganz gehörig den Marsch zu blasen.«

»Lassen Sie nur, Mariposa, sie ist weg und wird nicht wiederkommen. Sind Sie so nett und decken bitte den Tisch für sechs Personen? Wir haben heute eine Menge Vorspeisen und kaum etwas für das Abendessen.«

Sarah verwandelte schnell die Reste des Beerdigungsempfangs in ein beeindruckendes Arrangement von Cocktailhäppchen und füllte die Karaffe mit der letzten Flasche Sherry, die sie noch hatte. Sie öffnete einige Dosen Erbsen- und Tomatensuppe für ein *Purée mongole,* erforschte kurz ihren Kühlschrank und leerte alles, was sie finden konnte, in eine große Kasserolle, streute Käse darüber und schob die Mischung in den Backofen. Sie teilte einen Salatkopf in Portionen und goß etwas von ihrer bereits fertigen Vinaigrette darüber. Mariposa konnte ihren Notvorrat an Vanilleeis aus der Truhe holen und auf Parfaitgläser verteilen, Crème de menthe darübergießen und ein paar kleingehackte Nüsse darübergeben. Es war das schnellste Essen, das sie je zubereitet hatte, und – so Gott wollte – war es sogar eßbar.

Sie lief heimlich über die Hintertreppe nach oben, duschte sich rasch, band ihr hellbraunes Haar zu einem Knoten zusammen und zog sich das hübsche graue Satinkleid an, das sie von Tante Emma bekommen hatte. Da sie reichlich spät war, überraschte es sie kaum, daß ihre kleine Gruppe bereits auf sie wartete, als sie zurück zur Bibliothek kam. Charles fungierte als Gastgeber, und Mariposa, so hoffte sie wenigstens, war wieder in der Küche, rührte die Suppe und bereitete den Nachtisch vor. Mr. Porter-Smith trug einen Smoking und einen düsteren Kummerbund, dem traurigen Anlaß entsprechend, der, wie er offensichtlich angenommen hatte, den heutigen Abend überschatten würde. Er schaute daher Mrs. Sorpende völlig sprachlos an, als sie mit ihrer leuchtenden Mohnblüte erschien.

Doch Sarah brachte das schnell wieder in Ordnung. »Oh, wie nett von Ihnen, daß Sie die Blume angesteckt haben! Ich hatte Mrs. Sorpende nämlich gesagt, daß ich heute abend unbedingt ein wenig Farbe brauche«, erklärte sie den Anwesenden. »Sie werden bestimmt nicht glauben, was heute in diesem Zimmer alles passiert ist. Mr. Bittersohn, würden Sie bitte –« Doch seine Augen verdunkelten sich, und sie konnte sich unter seinem intensiven stahlgrauen Blick gerade noch rechtzeitig fangen. »Oh, Sie haben schon alle Ihren Sherry. Bitte verzeihen Sie mir, daß ich so nervös scheine. Aber ich bin wirklich aufgeregt. Charles, sagen Sie bitte

Mariposa, sie soll das Gas unter der Suppe kleinstellen und schnell herkommen, dann brauche ich die ganze Geschichte nicht noch einmal erzählen. Professor Ormsby, warum nehmen Sie sich nicht noch ein paar von diesen Häppchen mit Pâté? Ich befürchte, daß unser Abendessen heute etwas später als sonst stattfindet, obwohl wir wirklich versuchen, so schnell wie möglich fertigzuwerden.«

»Keine Eile«, sagte Professor Ormsby mit vollem Mund, wortreich wie immer. »Muß heute abend nirgends mehr hin. Wo ist denn unsere Niobe? Ihre Tür steht offen.«

»Da haben Sie recht. Ich fürchte, ich habe vergessen, sie zu schließen. Das Zimmer war früher unser Salon, wie ich vielleicht schon erwähnt habe, und wir haben den Raum heute gebraucht, weil nach der Beerdigung so viele Menschen hergekommen sind. Deswegen haben wir uns auch so verspätet. Es war Miss Hartlers Idee, die Leute alle einzuladen, ohne mir vorher Bescheid zu sagen. Offenbar hatte sie eine Menge Ideen.«

Sarah nippte an ihrem eigenen Sherry, bis Mariposa sich mit flatternden Häubchenbändern und großen Augen zu ihnen gesellt hatte. Dann begann sie zu erzählen. Durch zahlreiche Einwürfe wie »Das ist ja schrecklich!« von Miss LaValliere und präzise Fragen von Mr. Porter-Smith dauerte es sehr lange. Sie hatten bereits die Vorspeisen und die Suppe gegessen und waren dabei, den erstaunlich leckeren Inhalt der Kasserolle zu verzehren, als Sarah zum Schluß der Geschichte gekommen war. Aber auch jetzt hatten alle Anwesenden noch Fragen.

»Aber was wollten all die komischen Leute, die uns den Flur versaut haben?« warf Mariposa ein, trotz der Bemühungen ihres schockierten Charles, sie zum Schweigen zu bringen. »Wieso haben wir diese Frau beim Schnüffeln im Schrank erwischt?«

»Das weiß ich leider auch nicht«, sagte Sarah. »Mr. Bittersohn...« Sie suchte nach unverbindlichen Worten, um einem weiteren Angriff dieser nordischgrauen Augen zu entgehen. »Sie wissen doch alles über Antiquitäten und dergleichen, und heute nachmittag haben Sie Miss Hartler so geschickt zum Reden gebracht. Können Sie uns nicht weiterhelfen?«

»So geschickt war ich gar nicht«, wehrte er ab, »Sie haben sie überführt mit Ihrer Bemerkung über die Kleidung.«

»Es scheint mir, als ob dem Polizisten, der Mrs. Feeley aufgetrieben und diese dramatische Gegenüberstellung vorbereitet hat, auch ein gut Teil der Ehre gebührt«, fügte Mr. Porter-Smith etwas mißgünstig hinzu, wobei er zweifellos dachte, daß man ihn jetzt als Sherlock Holmes mit Lob überschütten würde, wenn nicht Cousin Percy seine Dienste im Büro in Anspruch genommen hätte.

»Sergeant McNaughton hat großartige Arbeit geleistet«, stimmte Sarah zu, obwohl sie genau wußte, wem das Lob eigentlich zustand. »Aber um noch einmal auf Mariposas Frage zurückzukommen, Mr. Bittersohn, haben Sie nicht wenigstens eine Theorie?«

»Möglicherweise. Sie erinnern sich vielleicht noch daran, daß ich gestern im Beerdigungsinstitut mit Ihrer Tante gesprochen habe? Sie hat mir genau das erzählt, was Miss Hartler heute nachmittag auch gesagt hat, daß nämlich der Bruder das gesamte Vermögen der Familie geerbt hat, unter der Voraussetzung, daß er sich um seine Schwester kümmert.«

»Das ist immer eine riskante Sache«, sagte Mrs. Sorpende. »Man braucht nur an die Dashwoods zu denken.«

»Wer sind die denn?« fragte Miss LaValliere.

»Figuren aus einem Buch von Jane Austen. Fahren Sie doch bitte fort, Mr. Bittersohn«, drängte Sarah, bevor Miss LaValliere fragen konnte: »Wer ist denn Jane Austen?«

»Offenbar ist es Miss Joanna nicht viel besser ergangen als Elizabeth und Marianne Dashwood, wenn man Ihrer Tante glauben darf. Der liebe Wumps hat sie finanziell sehr kurz gehalten. Nachdem er zu krank geworden war, um seine Angelegenheiten selbst zu erledigen, hätte sie sich als sein Vormund einsetzen lassen können, wie Ihr Cousin Dolph vorschlug, aber das hätte bedeutet, daß man von Wumps Zustand erfahren hätte, und das wollte sie nicht. Sie hätte zwar seine Unterschrift auf Schecks fälschen können, damit sie einigermaßen zurechtkamen, aber das war sehr riskant für sie. Deshalb hat sie angefangen, die verschiedenen Antiquitäten zu verkaufen, die ihr Bruder von Leuten bekommen hatte, die glaubten, sie stifteten etwas für den Iolani-Palast. Die Frau, von der Mariposa spricht, benahm sich doch eher wie eine Käuferin als wie eine Diebin, nicht wahr?«

»Eine ganz schön gerissene Käuferin noch dazu«, sagte Sarah. »Sie hat mir 50 Dollar für die Coalport-Vasen aus dem Porzellanschrank angeboten. Sie hat versucht, mich davon zu überzeugen, daß es sich um Reproduktionen handelt.«

»Was sie natürlich nicht sind«, sagte Bittersohn. »Klingt mehr nach einem Kunsthandel, was sowieso viel wahrscheinlicher ist, auch wenn man dort weniger Geld bekommt. Miss Hartler könnte mit einem hübschen kleinen Gegenstand in ihr Geschäft gegangen sein, um ihr den Mund wässerig zu machen, und ihr dann gesagt haben, daß sie noch eine Menge davon zu Hause hat. Das hätte erklärt, warum sie Quiffen aus dem Weg geschafft hat, als sie erfuhr, daß er schneller war und bereits in den Salon eingezogen war. Ein Haus wie dieses war genau die Kulisse, die sie brauchte.«

»Und daß er ihr vor Jahren den Laufpaß gegeben hat, hat sie wohl auch nicht gerade davon abgehalten, ihm einen Schubs zu geben«, pflichtete Sarah bei. »Da werden Frauen zu Hyänen und so weiter. Die Besucherin schien sich tatsächlich nicht sicher zu sein, wem das Haus gehörte. Erinnern Sie sich, Mariposa? Und Mr. Hartler – ich meine natürlich Miss Hartler – hat uns immer wieder unterbrochen und sich dafür entschuldigt, daß er – ich meine sie – so ein schrecklicher Mensch sei, was natürlich stimmte. Ich wette, er – oh, Sie wissen schon, was ich meine – hat bei der Frau den Eindruck erweckt, als gehörte das Haus ihm.«

»Ganz sicher«, sagte Bittersohn. »Miss Hartler hat sich bestimmt als alter Witwer ausgegeben, der ein Haus besaß, das für ihn viel zu groß war, und dessen Investitionen nicht mehr so viel wie früher abwarfen. Deshalb wollte er angeblich das ganze Zeug loswerden und sich auf einen Alterssitz oder so etwas zurückziehen. Man kann es Außenstehenden kaum übelnehmen, daß sie ihm die Geschichte abgekauft haben, nachdem sie erst einmal das Haus von innen gesehen hatten. Die Kulisse war einfach ideal, und für einen Amateur war die ganze Geschichte auch nicht schlecht organisiert.«

»Mr. Bittersohn, meinen Sie nicht auch, daß Miss Hartler diesen Plan schon ziemlich lange vorbereitet hatte? Denken Sie doch bloß an das Briefpapier aus dem italienischen Hotel. Das muß sie sich schon vor Jahren besorgt haben, als sie und ihr Bruder mit Tante Marguerite einen Urlaub in Italien verbracht haben, bloß damit sie später einen Brief schreiben und herumliegen lassen konnte, in dem die Erklärung stand, warum sie weggefahren war und warum sie wieder zurückkommen wollte. Und zwar genau im richtigen Moment, nämlich für die Trauerfeierlichkeiten. Ich frage mich nur, wie sie Mrs. Feeley gefunden hat, um bei ihr die ganze Zeit den armen alten Wumps abzuladen.«

»Ich nehme an, durch eine Anzeige in der Zeitung«, warf Mrs. Sorpende ein. »Es gibt oft Leute, die kleine Anzeigen aufgeben, in denen sie anbieten, sich um ältere Menschen zu kümmern, die liebevolle, freundliche Betreuung brauchen. Manchmal ist es ihnen ernst damit, manchmal nicht. Diese Mrs. Feeley scheint dafür geradezu ideal. Sie wohnte nahe genug bei Boston, so daß Miss Hartler leicht hin- und herfahren konnte. Sie ist eine freundliche, verantwortungsbewußte und außerdem sehr einfache Frau mit viel Gefühl, die daher besonders gut auf die Geschichte ansprach, die Miss Hartler ihr auftischte. Die liebende Schwester, die versucht, das Beste für ihren senilen alten Bruder zu tun, ohne ihn jedoch in ein Heim zu stecken. In ein richtiges Pflegeheim konnte sie ihn nicht geben, weil dort alles geregelt zugeht und man ihr nicht erlaubt hätte, ihn jederzeit, wenn es ihr gerade paßte, abzuholen und mit ihm spazierenzugehen, weil das den Tagesablauf gestört hätte. Da die Feeleys nicht nur sehr liebe Menschen sind, sondern auch keine richtige Erlaubnis für ein solches Unternehmen besitzen, hat sie gedacht, sie könnte sich darauf verlassen, daß sie niemandem etwas sagen würden, was auch passierte.«

»Ich verstehe überhaupt nichts«, jammerte Miss LaValliere. »Also, Sie sagen, daß Mr. Hartler, als er hier wohnte, die ganze Zeit Miss Hartler war, ja? Und wenn er die Feeleys besuchte, war er Miss Hartler, weil Mr. Hartler nämlich schon dort war, ja? Aber, ich verstehe das nicht, wie konnte er das denn? Ich meine, wie konnte sie das denn? Ich meine, ach, ich verstehe gar nichts mehr.«

Sarah tauschte ein verstohlenes Lächeln mit Mrs. Sorpende aus. »Das kommt daher, daß Sie die Fotos nicht gesehen haben, die Mrs. Feeley mitgebracht hat. Zuerst einmal sahen sich die beiden wirklich sehr ähnlich, sie hatten sogar ganz ähnliche Stimmen. Sie haben es bloß nicht bemerkt, weil er so fröhlich und lebhaft war und sie so niedergeschlagen und weinerlich. Außerdem schien er größer und dicker zu sein, aber das konnte man ganz leicht mit den hohen Absätzen und einem Sofakissen auf dem Bauch vortäuschen.«

»Ja, aber was war mit der Kleidung?«

»Das war am einfachsten. Mr. Hartler trug immer einen Regenmantel aus Popelin und einen weichen, leicht formbaren Tweedhut, das ist Ihnen sicher aufgefallen. Den Mantel konnte man wenden. Auf der Popelinseite waren die Knöpfe rechts, wie bei einem Herrenmantel. Die andere Seite war aus dunklem Tweed und geknöpft wie ein Damenmantel. Diesen Mantel trug Miss Hartler auf den Fotos, und dazu gehörte noch ein langer Wollschal und ein großes, weiches Barett mit gehäkelten Blumen. Wenn sie aus Boston wegfuhr, hatte sie immer den Herrenhut auf, trug Schuhe mit hohen Absätzen und hatte das Barett und den Schal in den Mantel gestopft, damit sie dicker aussah. Irgendwo hat sie dann während der Fahrt den Mantel gewendet, hatte dann also einen Tweedmantel an, hat sich das Barett, den Schal und ein Paar Damenschuhe angezogen, das sie mitgebracht hatte, und den Herrenhut und die hohen Schuhe in der Tasche versteckt, die sie immer bei sich trug.«

»Die Frage, die meiner Meinung nach noch dringend der Klärung bedarf«, sagte Mr. Porter-Smith, »ist die, wo Miss Hartler ihren Bruder die ganze Zeit untergebracht hatte, nachdem sie ihn bei den Feeleys abgeholt hatte und bevor man ihn tot im Public Garden gefunden hat. Offenbar muß er doch zu Fuß dorthin gegangen sein, da man wohl kaum davon ausgehen kann, daß die schwache ältliche Frau ihn getragen hat; er muß also *ipso facto* während der gesamten Zeit noch gelebt haben. Wenn ich Sie richtig verstanden habe, gehen Sie bei Ihrer Theorie davon aus, daß Miss Hartler ihren Bruder in seiner Wohnung abholte, allein herkam, und zwar verständlicherweise in Hochstimmung, ihn am selben Abend später wieder aufsuchte und mit ihm zusammenblieb, bis sie zu der Stelle kamen, wo man dann auch seine Leiche gefunden hat, und ihn dort ermordete. Das scheint mir eine solche Meisterleistung zu sein, daß ich es kaum glauben kann.«

»Ach, Gene, Sie machen immer alles so kompliziert«, sagte Miss LaValliere. »Wahrscheinlich hat sie ihn einfach in irgend einem Kino abgeladen. Das hätte ich jedenfalls in einer solchen Situation gemacht.«

»Nach dem, was Mrs. Feeley über den Bruder erzählt hat, kann ich mir kaum vorstellen, daß Miss Hartler es gewagt hat, ihn in der Öffentlichkeit allein zu lassen«, widersprach Sarah. »Ich nehme an, sie hatte irgendwo ein Zimmer und hat ihn dort versteckt. Als sie hier das erste Mal als Mr. Hartler aufgetaucht ist, hat sie mir erzählt, sie würde in einer Pension in der Hereford Street wohnen. Ich vermute, das Zimmer lag noch sehr viel näher am Public Garden, wahrscheinlich war es in der Nähe der Arlington oder Berkeley Street. Sie hat das Zimmer nicht aufgegeben, als sie herzog und vorgab, ihr Bruder zu sein. Sie hat ja nur ganz kurze Zeit hier gelebt, auch wenn es wie eine Ewigkeit scheint. Ich würde sagen, sie ist mit ihm von den Feeleys bis zur Savin-Hill-Station gegangen, sie sind mit der U-Bahn ein paar Stationen gefahren und haben dann für den Rest des Weges bis zu diesem Versteck, wo immer es auch war, ein Taxi genommen.«

»Aber warum haben sie nicht sofort ein Taxi genommen?«

»Weil es dann einen Taxifahrer gegeben hätte, der in der Gegend von Savin Hill arbeitete und der möglicherweise ausgesagt hätte, daß er zum fraglichen Zeitpunkt zwei alte Leute mitgenommen und zu einer Adresse in Back Bay gefahren hätte«, antwortete Bittersohn an ihrer Stelle.

»Und vielleicht hätte er sich noch an die Adresse erinnert«, sagte Sarah. »Führen die Fahrer nicht Buch oder teilen ihrer Zentrale mit, wo sie hinfahren?«

»Hervorragend kombiniert, Mrs. Kelling. Dadurch, daß Miss Hartler das Taxi zu einer anderen Haltestelle kommen ließ, verringerte sie das Risiko, identifiziert zu werden.«

»Warum hätte sie denn überhaupt ein Taxi nehmen sollen? Sie hätte doch genausogut bis zur Park Street durchfahren und dann die Green Line nehmen können?«

»Sie waren alte Leute, und das hätte bedeutet, daß sie viele Stufen hochgemußt hätten und außerdem riskiert hätten, jemanden zu treffen, der sie vielleicht erkannt hätte. Der Bruder war sehr labil und leicht erregbar und hätte sicher irgendwie Aufmerksamkeit erregt, wenn sie längere Zeit in der Bahn geblieben wären. Ein Taxi war schneller und sicherer. Wenn sie mit einem Taxi bei einer Pension vorfuhren und von einem anderen Mieter erkannt wurden, wäre es außerdem leichter für Miss Hartler gewesen, so zu tun, als sei sie ein guter Samariter und hätte nur dafür gesorgt, daß ein armer alter Bursche sicher von einer Party nach Hause kam, wo er einen über den Durst getrunken hatte. Dann konnte sie den alten Wumps in das Zimmer einschließen, in dem sich die ganzen unechten Schätze aus dem Iolani-Palast befanden, und Wumps wäre für eine gute Weile glücklich und zufrieden gewesen. Sie hätte schnell wieder zurück zum Taxi gehen und sich zur Savin-Hill-Station oder vielleicht zur Columbia-Station bringen lassen können, um von dort aus mit der Red Line nach Savin Hill zu fahren, wo sie dann Mrs. Feeley glauben machte, daß ihr Wumps weggelaufen war, woraufhin sie dann schnell seine Sachen zusammenpacken und verschwinden konnte.«

»Aber wohin? Zurück zu ihrem Zimmer?«

»Nein, ich vermute, sie ist zuerst zu dem großen Motel am Logan-Flughafen gefahren, ist dort unter einem falschen Namen abgestiegen, und zwar mit dem Gepäck ihres Bruders, in dem sich auch ein Großteil ihrer eigenen Sachen befand. Bestimmt hat Mrs. Feeley bereits einige fertig gepackte und verschlossene Koffer vorgefunden, als sie das Zimmer ausräumte. Da die Hartlers früher in Italien gewesen waren, klebten auf dem Gepäck noch die richtigen Zollaufkleber, um Mrs. Kelling zu überzeugen, als Miss Hartler hier mit dem Flughafentaxi ankam.«

»Nachdem sie alle diese Dinge erledigt hatte«, sagte Mrs. Sorpende in einem Ton, der allen Anwesenden Schauer über den Rücken jagte, »brauchte sie nicht mehr lange zu warten.«

»Das ist richtig«, stimmte Bittersohn ihr zu. »Sie ist mit der guten alten Bostoner U-Bahn zurück in ihr Zimmer gefahren, hat Wumps so lange beschäftigt, bis die Nachbarschaft sich zur Ruhe begeben hatte, hat ihn anschließend in den Public Garden gebracht und dort umgebracht.«

»Und womit?« verlangte Mr. Porter-Smith zu wissen.

»Ich bin mir nicht sicher, ob Sie wollen, daß ich diese Frage wirklich beantworte.«

»Doch, das wollen wir«, beteuerte Miss LaValliere.

»In Ordnung. Offenbar hat sie ihm unter irgendeinem Vorwand einen seiner schweren Schuhe ausgezogen und ihn von hinten mit dem Absatz niedergeschlagen, sich dann den Schuh selbst angezogen und mit der Spitze sein Gesicht eingetreten.«

»Ugh!« Miss LaVallieres Gesicht nahm einen unattraktiven Grünton an. »Also«, fügte sie nach einigem Nachdenken hinzu, »vielleicht wird das endlich den Brüdern eine Lehre sein, die hingehen und von den nagelneuen Schuhen ihrer Schwestern die Absätze absägen.«

»Die traurigsten Geschichten haben die tiefsinnigste Moral«, schloß Mrs. Sorpende, ohne mit der Wimper zu zucken. »Und dann ist Miss Hartler zum Motel zurückgegangen und hat eine angenehme Nacht verbracht, vermute ich. Wissen Sie, Mr. Bittersohn, eins erstaunt mich immer noch. Wie ist es möglich, daß die

Feeleys so schnell gefunden werden konnten? Es muß doch in der Umgebung von Boston Unmengen von diesen kleinen Privatpensionen ohne Lizenz geben, in denen man sich um ältere Menschen kümmert.«

»Reine Polizeiroutine«, erwiderte Bittersohn und mußte dabei so herzhaft gähnen, daß man seine Kiefergelenke knacken hörte.

»Ganz bestimmt«, sagte Sarah. »Und während diese Routinearbeit ununterbrochen die ganze Nacht, den ganzen Morgen und auch noch den Großteil des Nachmittags dauerte, hat Miss Hartler sich die Zeit damit vertrieben, ihren geliebten Wumps zu betrauern. Iris Pendragon hat mir erzählt, daß Joanna schon immer beim Laienspiel überraschend gut war. Charles, heute abend werden wir den Kaffee hier am Tisch einnehmen. Und räumen Sie besser Mr. Bittersohns Eis ab. Er ist dabei, auf seinem Teller einzuschlafen.«

Nachwort

Der Rauchsalon« ist der zweite Roman, in dem Charlotte MacLeod ihr Detektivpaar Sarah Kelling und Max Bittersohn auftreten läßt; seine Handlung schließt sich zeitlich eng an den ersten Band der Boston-Reihe, »Die Familiengruft« (DuMont's Kriminal-Bibliothek Band 1012), an: Im Lauf der in diesem Roman geschilderten Verwicklungen wurde die junge Sarah Kelling Witwe und blieb in ungeklärten finanziellen Umständen zurück. Da bei der Aufnahme der Hypotheken, die beim Bostoner Stadthaus und beim großen Landsitz Ireson's Landing jeweils bis übers Dach reichen, nicht alles mit rechten Dingen zugegangen war, ist die Rechtslage einstweilen unklar, und Sarah steht vor der schwierigen Aufgabe, fast ohne einen Cent Einkommen zwei große Häuser zu unterhalten.

Von ihrer weitverzweigten Familie ist keine Hilfe zu erwarten, auch wenn die zahllosen Vettern und Cousinen, Tanten und Großonkel mehr oder weniger von ihrem Vermögen leben, das die gemeinsamen Vorfahren im frühen 19. Jahrhundert im Ostasienhandel erworben haben. Wie Max Bittersohn, der jüdische Aufsteiger, lernt auch der Leser immer mehr über die eigentümlichen Stammesriten der Wasps, der White Anglo-Saxon Protestants. Die Kellings, zu denen Sarah Kelling von ihrer wie von ihres verstorbenen Mannes Seite gehört, sind Bostoner Aristokraten reinsten blau-weiß-roten Blutes und damit Yankees bis auf die Knochen. Hier wird jeder Cent dreimal umgedreht, ehe man ihn einmal ausgibt; denn ein gesparter Cent ist so gut wie ein verdienter: Zwar werden alle die Kelling-Vermögen irgendwann neben wohltätigen Stiftungen vor allem den verschiedenen Zweigen der Familie zugute kommen – so hat Vetter Dolph gerade das Geld von Großonkel Frederick geerbt –, aber von den Lebenden ist nichts zu erwarten.

Daher ist die lebenstüchtige Sarah auf den Gedanken gekommen, das Stadthaus auf dem Beacon Hill, Bostons nobelstem Viertel aus dem frühen 19. Jahrhundert, in eine Familienpension zu verwandeln. Über viele Jahre hinweg hat sie gelernt, mit einem Minimum an Haushaltsgeld standesgemäß ein Haus zu führen. Warum sollte ihr dies nicht auch bei zahlenden Gästen gelingen, die so das ihrige dazu beitrügen, den riesigen ›Weißen Elefanten‹ von Haus in ein Nutztier zu verwandeln, das sie so lange tragen könnte, bis ihre Vermögenslage geklärt ist? Nur minimale Umbauten sind erforderlich, dann kann sich Sarah unter den zahlreichen Bewerbern ihre Mieter aussuchen, die die Aussicht, fortan in einem der größten alten Häuser bei den letzten der noch auf dem Beacon Hill verbliebenen Aristokraten wohnen zu können, angezogen hat. Natürlich ist die Familie zunächst schockiert – seit Generationen fungieren Kellings als Chefs oder als Repräsentanten eigener Firmen, wenn sie überhaupt arbeiten. Aber die resolute Sarah setzt sich über alle Einwände hinweg – in den mannigfachen Auseinandersetzungen, die sie im Buch zu bestehen hat, bestätigt sich bald das Gefühl, das man schon beim Lesen der »Familiengruft« bekommen hat: Sie ist, auch nach ihrem Stehvermögen zu urteilen, eine echte Kelling, und man fragt sich bald, ob es nicht letztlich angenehmer ist, vom Choleriker Adolphus Kelling niedergeschrien zu werden, als von Sarah eine sanfte, aber sehr bestimmte Zurechtweisung zu erhalten...

Einer der erwähnten Umbauten betrifft den einstmals für gesellschaftliche Ereignisse unerläßlichen ›Salon‹, den ›drawing room‹ oder genauer ›withdrawing room‹, in den sich je nach Ortsbrauch einst nach gemeinsamem Dinner die Herren zum Rauchen oder die Damen zum Klatschen zurückzogen. Er wird zum vornehmsten Raum der Pension mit eigenem Bad. Großzügig dimensioniert und bequem im Erdgeschoß gelegen, wartet er auf ältere wohlhabende Herrschaften, denen das Treppensteigen zuviel Mühe macht.

Doch nur allzubald macht das neue Apartment seinem alten Namen makabre Ehre: Die Bewohner dieses ehemaligen ›withdrawing room‹, dieses ›Rückzugszimmers‹, entwickeln eine eigentümliche Neigung, sich kurz nach ihrem Einzug zurückzuziehen – aus der Pension, aus Boston, aus der Welt – kurz, aus dem Leben. Und wieder sieht sich Sarah in einer Welt voller Geheimnisse und Doppelbödigkeiten ausgesetzt, wieder verwandelt sich das Haus, wie in den letzten Tagen ihres Mannes und ihrer Schwiegermutter, in ein Schreckenshaus.

Zwar sind alle Mieter letztlich auf Empfehlung irgendwelcher Familienmitglieder oder alter Bekannter von untadeligem Ruf eingezogen – aber natürlich hat Sarah keine Nachforschungen anstellen können. Und so ergibt sich beispielsweise bald, daß die Dame, auf die sich eine Mieterin berufen hat, selbst seit zwei Jahren tot ist und von Sarahs Pension nur im Jenseits erfahren haben kann, um ihre Empfehlung dann mittels spiritistischer Praktiken zu vermitteln. Wenn Sarah genau nachdenkt – und Max Bittersohn, der jüdische Kunsthistoriker und Experte für verschwundene Kostbarkeiten seines Studienfachs, hilft ihr gern dabei –, kann sie keinem ihrer Gäste trauen. So eng man beisammen lebt, so wenig weiß man voneinander. Jeder im Haus kann die Pensionsexistenz zur Täuschung nutzen, zur Camouflage, zum Aufbau einer Fassade, hinter der sich alles mögliche verbergen kann, bis hin zu einem veritablen Doppelleben. Die Sonderlichkeiten, die die Mieter teils outriert zur Schau tragen, könnten zu solcher Tarnung durchaus hilfreich sein: Der krankhafte Querulant ist ebenso vertreten wie der manische Sammler, der nur im versunkenen Königreich Hawaii lebt, der skurrile Gelehrte, der überwiegend in Knurrlauten kommuniziert, ebenso wie der junge strebsame Viel- und Besserwisser, der den Stoff für seine Konversation tatsächlich dem gleichnamigen Lexikontyp zu verdanken scheint. Das Personal gleich mehrerer Komödien ist hier vereinigt – die Empfehlungen der samt und sonders selbst exzentrischen Kellings üben gleichsam eine Fernwirkung aus.

Und diese Welt des Scheins, in der keiner mehr keinem trauen kann, inszeniert niemand anders besser als die Pensionschefin. Die Pension selbst stellt eine Scheinwelt dar: Zwar sind das Haus, das Dienstmädchen und die Geldnöte Sarahs real genug, aber alles andere ist Täuschung und Fassade. Der perfekte Butler ist deshalb so perfekt, weil er ein Butlerdarsteller ist, ein arbeitsloser Schauspieler und Freund des Hausmädchens, der allabendlich für wenige Stunden in die Rolle des Bediensteten schlüpft. Noch abenteuerlicher steht es um die für die Pensionsgäste so gekonnt im Hintergrund agierende Köchin – es gibt sie gar nicht, da sie mit der Hausherrin identisch ist. Und der zum Schreiben ins Haus gezogene Schriftsteller ist auch nicht das, was er vorgibt – er ist eine Art Detektiv, wie einer der Gäste bald herausfindet. So wird dieses Haus, in dem Generationen daran gearbeitet haben, den Schein zu wahren, und das schon immer der Ort einer höchst doppelbödigen Moral war, zur Bühne für einen skrupellosen Mörder, der auf ihr sein eigentümliches Spiel inszeniert und der es offensichtlich ebenfalls nur zu gut versteht, den Schein zu wahren.

Mit der Boston-Serie, deren zweiten Band aus dem Jahre 1980 wir hier vorlegen, hat Charlotte MacLeod ihren Romanen um das im ländlichen Massachusetts gelegene landwirtschaftliche College von Balaclava (»Schlaf in himmlischer Ruh'...«, »... freu dich des Lebens«, »Über Stock und Runenstein«, DuMont's Kriminal-Bibliothek Band 1001, 1007, 1019) eine ebenbürtige Serie an die Seite gestellt, die eher der Schule von Mary Roberts Rinehart verpflichtet ist; Empfängerin der Rätsel- und Schreckenssignale ist die Heldin Sarah Kelling, während die Detektionsarbeit mehr im Hintergrund vom professionell vorgebildeten Max Bittersohn geleistet wird, der deshalb – und nicht nur deshalb! – für die Heldin nach und nach unentbehrlich wird. Beiden Serien gemeinsam aber ist, daß sie weniger dem Realismus des Verbrechensromans als vielmehr der Spätform des klassischen Detektivromans verpflichtet sind, weniger dem Ernst des Lebens als Schillers Heiterkeit der Kunst, wodurch auch schreckliche Verbrechen ihre Schrecken verlieren und der Humor den Roman hindurch seinen legitimen Platz behält.

Volker Neuhaus

DuMont's Kriminal-Bibliothek

Band 1001 Charlotte MacLeod **»Schlaf in himmlischer Ruh'«**

Band 1002 John Dickson Carr **Tod im Hexenwinkel**

Band 1003 Phoebe Atwood Taylor **Kraft seines Wortes**

Band 1004 Mary Roberts Rinehart **Die Wendeltreppe**

Band 1005 Hampton Stone **Tod am Ententeich**

Band 1006 S.S. van Dine **Der Mordfall Bischof**

Band 1007 Charlotte MacLeod **»... freu dich des Lebens«**

Band 1008 Ellery Queen **Der mysteriöse Zylinder**

Band 1009 Henry Fitzgerald Heard **Die Honigfalle**

Band 1010 Phoebe Atwood Taylor **Ein Jegliches hat seine Zeit**

Band 1011 Mary Roberts Rinehart **Der große Fehler**

Band 1012 Charlotte MacLeod **Die Familiengruft**

Band 1013 Josephine Tey **Der singende Sand**

Band 1014 John Dickson Carr **Der Tote im Tower**

Band 1015 Gypsy Rose Lee **Der Varieté-Mörder**

Band 1016 Anne Perry **Der Würger von der Cater Street**

Band 1017 Ellery Queen **Sherlock Holmes und Jack the Ripper**

Band 1018 John Dickson Carr **Die schottische Selbstmord-Serie**

Band 1019 Charlotte MacLeod **»Über Stock und Runenstein«**

Band 1020 Mary Roberts Rinehart **Das Album**

Band 1021 Phoebe Atwood Taylor **Wie ein Stich durchs Herz**

Band 1022 Charlotte MacLeod **Der Rauchsalon**

Band 1023 Henry Fitzgerald Heard **Anlage: Freiumschlag**

Band 1024 C. W. Grafton **Das Wasser löscht das Feuer nicht**

Band 1025 Anne Perry **Callander Square**

Band 1026 Josephine Tey **Die verfolgte Unschuld**

Bitte beachten Sie auch folgende Veröffentlichungen:

Band 1001
Charlotte MacLeod

»Schlaf in himmlischer Ruh'«

Weihnachten ist auf dem Campus einer amerikanischen Kleinstadt immer eine große Sache, und besonders, wenn die ›Lichterwoche‹ auch noch eine Touristenattraktion von herausragender finanzieller Bedeutung ist. Als Prof. Shandy eine Dame der Fakultät während der Feiertage tot in seinen Räumen findet, ist daher den örtlichen Behörden sehr schnell klar, daß es sich nur um einen Unfall handeln kann...

Charlotte MacLeod ist eine der großen lebenden amerikanischen Autorinnen auf dem Gebiet des Kriminalromans, deren Prosa von der amerikanischen Presse als »elegant, witzig und mit einem liebenswert-warmen Touch« beschrieben wird.

Band 1007
Charlotte MacLeod
»...freu dich des Lebens«

Nachdem er Helen Marsh geheiratet hat, verläuft das Leben von Professor Peter Shandy in ruhigen Bahnen. Nach einer Einladung seiner Frau an die Hufschmiedin des College, Mrs. Flackley, und den Lehrbeauftragten für Haustierhaltung, Professor Stott, überstürzen sich jedoch plötzlich die Ereignisse. Ist die Entführung der besten Zuchtsau des College nur ein Studentenstreich? Was haben der Diebstahl eines Lieferwagens und der Überfall auf eine Silbermanufaktur mit dem verschwundenen Schwein zu tun? Als Mrs. Flackley ermordet gefunden wird, hält das niemand mehr für einen Studentenulk. So hat Peter Shandy alle Hände voll zu tun, den Mörder zu stellen, denn der Hauptverdächtige in diesem Fall ist sein Freund Stott.

Band 1012
Charlotte MacLeod
Die Familiengruft

Es beginnt mit einem Familienkrach: Großonkel Frederick möchte auch im Tod nicht dieselben Räumlichkeiten mit Großtante Mathilde teilen. Auf der Suche nach einer passenden letzten Ruhestätte wird die seit 100 Jahren nicht benutzte Familiengruft der Kelling-Dynastie geöffnet. Der jungen Sarah Kelling fällt die undankbare Aufgabe zu, das Begräbnis vorzubereiten. Bei der Öffnung der Gruft lernt sie Ruby Redd, eine einst berühmte Striptease-Tänzerin von sehr zweifelhaftem Ruf kennen. Mehr als die Rubine in Rubys Zähnen beeindruckt Sarah aber die Tatsache, daß die Tänzerin seit mehr als 30 Jahren tot ist . . .

Band 1019
Charlotte MacLeod
»Über Stock und Runenstein«

Dieses ist der dritte Roman aus der ›Balaclava‹-Reihe, in dem Peter Shandy, Professor für Botanik am Balaclava Agricultural College und Detektiv aus Leidenschaft, mit analytischem Denkvermögen ein Verbrechen aufklärt.
Der Knecht Spurge Lumpkin wird von der Besitzerin der Horsefall-Farm, Miss Hilda Horsefall, tot aufgefunden. Für die Polizei ist der Fall klar: ein tragischer Unfall. Peter Shandy aber kommen bald die ersten Zweifel, und als ein Kollege und ein junger neugieriger Reporter ebenfalls fast die Opfer mysteriöser Unfälle werden, sieht er sein Mißtrauen bestätigt.